有度文化

龙门

胡学文 ———

著

山西出版传媒集团 北岳文艺出版社
BEIYUE LITERATURE & ART PUBLISHING HOUSE

· 太原 ·

图书在版编目（CIP）数据

龙门 / 胡学文著. — 太原：北岳文艺出版社，2019.6
ISBN 978-7-5378-5906-6

Ⅰ.① 龙… Ⅱ.①胡… Ⅲ.① 中篇小说－小说集－中国－
当代 ② 短篇小说－小说集－中国－当代 Ⅳ.① I247.7

中国版本图书馆CIP数据核字（2019）第076262号

龙门

胡学文 / 著

出品人
续小强

选题策划
左树涛

责任编辑
左树涛

封面绘图
陈 宁

书籍设计
张永文

印装监制
巩璠

出版发行：山西出版传媒集团·北岳文艺出版社
地址：山西省太原市并州南路57号　邮编：030012
电话：0351-5628696（发行部）　0351-5628688（总编室）
传真：0351-5628680
网址：http://www.bywy.com　E-mail：bywycbs@163.com
经销商：新华书店
印刷装订：山西人民印刷有限责任公司

开本：787mm×1092mm 1/32
字数：225千字
印张：9
版次：2019年6月第1版
印次：2019年6月山西第1次印刷
书号：ISBN 978-7-5378-5906-6
定价：59.80元

目 录

龙　门

庞丁或扁头

其实，庞丁才是我的本名。那时，我还是张家口第二小学的学生。我没觉得自己的名字有什么不好。五年级上半学期，新换了语文老师。他长了嘴龅牙，嘴巴外突，总是合不拢。我叫他鳄鱼，范大同认为更像野猪。"龅牙"每次喊我的名字，总要停顿两三秒，庞——丁！每次都有爆炸效果，整个教室都要笑翻了。他似乎很喜欢这种爆炸效应，每堂课都叫三五回。我很是不爽，决定给他点颜色。

大街上的车还没现在这样挤，老师的交通工具多数是自行车。"龅牙"的自行车并不难找，他到校早，喜欢放在角落。座包套是针织的，咖啡色。我和范大同扎过贺梅的车胎。范大同想和她好，她爱理不理的，脑袋翘得老高。轮胎没气，她只好推着走。范大同奔上去，愣是扛到修车铺。自此，她肯和范大同并排走了。"龅牙"当然没贺梅那么幸运，对他是惩罚式的。放学，我和范大同远远跟着"龅牙"。轮胎瘪瘫，自行车歪歪扭扭，"龅牙"也歪歪扭扭。跟到明德北路口的修车铺，我和范大同诡笑着离开。

次日，"龅牙"将我拎到办公室，问我一个人干的还是两人合谋。上来就给出选择题，非 A 即 B，我才不上他的当呢。"龅牙"一掌盖住我的额头，另一只手挤压着我的后脑，说还真是扁头。对了，我还有个绰号：扁头。你相不相信，我会让你的扁头变成面饼！这吓不倒我，我一言不发。"龅牙"并未继续挤压，他缓缓松开，突然扯了我的左耳，叫，十个，扎了足足十个窟窿呢。我暗想，不对呀，明明是九个，怎么成了十个？莫非范大同多扎一下，还是"龅牙"被修车的坑了？"龅牙"说，我没冤枉你吧，要不和修车的对对证？我的心扑腾一下，忙抿紧嘴巴。

"龅牙"没审出结果，很不甘心。他让我先回教室，如果放学前不主动交代，他就报警了。还没等放学，我就看见了小舅。让我带上书包跟他走。我说还没放学呢。小舅轻轻推我一把，说老师准假了，现在就走。

我一路磨蹭，想着怎么应对，见小舅发火了，才跟上他。我家住在黄土场六号，据说过去是枪毙犯人的场所，山脚下一堆挤着一堆的黄土，我和范大同仔细寻过，但没发现什么。

上坡便看见停在巷口的警车，我头皮阵阵发紧，想"龅牙"真够狠的。小舅又推我一把，走呀！

竟然来了三个警察，两男一女。杨翠兰坐在餐桌边的椅子上，双眼红肿。年长的警察在她对面坐着，年轻的一男一女分站在两个角落。第一次看到这种阵式，我慌了神。女警察摸摸我的扁头，叫我不要害怕，说着摘下我的书包。她把课本、作业本、铅笔盒掏出来，铺在地上，一一翻检。作业本上对勾不多，更多的是红叉。那一刻我挺羞的。末了女警察依序装回，冲年长的警察摇摇头。

警察离去，杨翠兰一把搂住我，号啕大哭。

警察不是冲我来的。一工厂的财务室被撬，盗走放在保险柜的两万现款。同一个夜晚，值夜班的工人不知去向。那名工人叫庞有亮，是我父亲。警察来了不止一趟，询问杨翠兰，还有我。旮旮旯旯都搜过了，连庞有亮的二胡都没放过。那一阵，杨翠兰的眼睛基本是肿胀的。开始，她和舅舅小声嘀咕，后来说话跟放炮一样，有亮被挨刀货代替。

庞有亮没有踪迹，警察也一无所获。

两年后的某日，我放学回家，杨翠兰正陪李叔喝酒，就如她陪庞有亮一样。李叔是庞有亮的同事，也是庞有亮最好的朋友。李叔每次来喝酒，都会给我带礼物，一盒饼干、一包软糖，还有弹弓什么的。庞有亮叫他不要惯我，李叔总会说，孩子嘛。我挺喜欢他的。有次，他翻我的作业本，我以为他要皱眉头，孰料他只是笑笑，说我比他强，他没一门功课及格。你看，我也当了工人是不？咱照样挣钱！还有一次，他喝多了，外面下着雨，被庞有亮强行留下，他和我睡在外面，第二天，他竟然有些羞，还向我道歉，说他呛着了我。

庞有亮没把李叔当外人，杨翠兰也是。庞有亮携款逃亡，他那些朋友生怕沾惹上麻烦，躲得远远的，杨翠兰就是这么说的。李叔不怕。除了小舅，李叔来的次数最多。有亮不是那种人，你要相信他，李叔每每这样说。或者，以我对有亮的了解，他没那个胆子。那时，杨翠兰便凶神恶煞般大嚷大叫，他把我和小丁抛弃了，这总是事实吧？李叔叹口气，就算是，谁还不犯个错呢？等他醒悟——李叔的声音被杨翠兰排山倒海的叫骂淹没。我觉得杨翠兰有些过分，李叔本来是安慰她的，她却把人家当出气筒。

重体力活，自然是李叔干，如换煤气啦，买个米面什么的。张家口冬天寒冷，入冬前院子里必须备两吨煤。我们住的是排子房，前后距离很窄，没法进车，煤块只能卸到巷口。我家的煤都是李叔一筐一筐抱进来的。小舅得过肺结核，不能干重活，根本帮不上忙。庞有亮离开后，李叔就只干活不吃饭了。有时，杨翠兰菜都炒好了，李叔也不肯。他总说有事，匆匆离去。杨翠兰就塞盒烟给我，我追上去塞给李叔。李叔总要摸摸我的头，轻轻叹口气。

所以，那天见李叔和杨翠兰喝酒，我很意外。杨翠兰也完全不是先前灰塌塌的样子，穿了件紫色的衬衣。庞有亮离开，她就没光鲜过。杨翠兰的腿动了一下，一颗光洁的篮球滚过来。我满心欢喜，抬脚踩住。知道谁给你买的吗？杨翠兰笑盈盈的。我已经是初中生了，她还以为我是小孩子呢。我说谢谢李叔。李叔摆摆手，快吃饭吧。这时，杨翠兰的笑一点一点收起来了，她的脸有些严肃，从今天起，你改叫爸吧。

我好一会儿才反应过来。有些东西突然涌上，说不清那是什么。我没说话，低头进了里屋。背后传来李叔的声音，别为难孩子。

毛 头

黄理朝我走过来时，我的肠子都快饿断了。他像我见到的其他公交司机一样，拎个特大号水杯。夜色昏暗，我仍能看清杯底的残水上漂了几朵菊花。

四月的张垣，特别是晚上，寒意甚浓。十分钟后，我和黄理走进明德北红焖羊肉店。一天前，我就订了房间，酒早已摆好，五星的张家口老窖。黄理说，买这么贵的酒干什么，二锅头就行。我说，黄哥哪里话，二锅头是我这种人喝的。黄理说，也罢，不过下次可不能把我当外人。我说，我从没把黄哥当外人。黄理呵呵一笑，这就对了，谁跟谁呀。

黄理酒量大，我领教过。每次我都做干杯状，但杯底总要剩那么一点点。其实，我敞开喝，他喝不过我。我不是来和黄理比酒量的。我带了两瓶酒，如果我少喝一点，另一瓶可能就不用开了。还有，我尽量夹火锅里的萝卜、豆腐、粉条，油水足，也很好吃的。羊肉自然留给黄理。这样的小九九，我心里有一大把。我并非小肚鸡肠，可日子过成这样，不精打细算不行。大鱼大肉的日子谁不想？命里没有呀。

黄理喝到鼻尖冒汗时，往后仰了仰，他的目光穿过一缕缕热气，定在我脸上，说我问过了，不大好办。我说，肯定不好办，好办还用得着黄哥吗？黄理说，你倒是有啥说啥，只是，我直接挂不上话，也得通过别人。我说，这就麻烦黄哥了。黄理说，单给校长就得一万。我立刻道，没问题。我早打听好了，校长一万，借读费、杂费、书本费另算，也得一万。我妻子在附属医院打扫卫生，她打听的也是这个价。黄理说，中间人那儿……我说，绝不让人家白跑腿。我从上衣内兜掏出两沓钱，昨天就准备好了，一沓一万一沓五千。黄理愣了愣，旋即笑了，我没退路喽？我严肃地说，我没几个朋友，只能给黄哥添麻烦。黄理说，好吧，我试试，办不成可别怪我。我说，黄哥能办成的，到时我……黄理打断我，办成了请我喝酒，办不成也不要骂我。我说黄哥说笑了，我毛头不是那样的人。黄理问，为什么一定要去二小？我听说二小一个班七八十号人，跟煮饺子一样。我本来想说谁不想念个好学校，临时想起那句话，大声说，我不能让女儿输在起跑线上。黄理哈哈一笑，点着我的鼻子说，看不出来呀，毛头，真有你的。

那瓶酒还是开了。心情好，喝得痛快，餐馆快打烊了，我和黄理才离开。我住得远，在大境门外，走回去已是午夜。平时，妻子快睡醒一觉了，她起得早睡得也早。那天，她直愣愣坐在沙发上，我一只脚还没迈进门，她便弹起来问我结果。我说快渴死了，不能让我先喝点水嘛。妻子接了杯自来水，递过来突又撤回去，你不说，就甭想喝！我说好吧，大姐，听你的。

被闹铃叫醒，天已大亮。我嗅嗅鼻子，顺着香气望去，看到餐桌上的炒鸡蛋和炸馒头片。想起昨夜的折腾，我笑了笑，觉得骨头也被炸过了，酥酥的。我洗过脸，将炸馒头片和炒鸡蛋放在饭盒里，拎上昨日喝剩的半瓶酒。

父母也住在大境门外，与我隔一条河，直线距离不过几百米，但因为只有一座桥，每次去父母家要绕一大截。从桥这边走到桥那边，再从桥那边走到桥这边。如我的日子，反反复复，没有变化。

进院便听到父亲的咳嗽声，凿石头一样，咔！咔！！咔！！！我的脑壳阵阵发麻。

母亲正伺候小可洗脸，她护在小可身边，左手香皂，右手毛巾。她瞅见我手里的酒瓶，小声责备。我没接茬儿，说你别这么惯她，让她自己洗。小可说，我自己洗不了。母亲说，听见了吧，我可没惯她。我说，小可，秋天你就要上小学了，自己连脸都不会洗，老师和同学可要笑话你的。小可猛拍几下水，母亲忙说，那时小可就会了。

我没有马上进里间，又被凿了几下，静等片刻，掀起门帘。屋子有些暗，父亲靠在角落，有些模糊。身旁放一个看不出颜色的痰盂，几年前他就离不开了。昨天好点儿了没？我问。明知是废话，但还是要问，每天问。父亲问，酒呢？我不由笑了，你耳朵倒是好使，我妈不让你喝。父亲一阵剧烈地咳嗽，我忙在他后背拍了几下。父亲喘息片刻，催促，拿进来呀，你是来馋我的？我说，哪有大清早喝酒的？父亲没好气，大清早怎么啦？谁规定了？我妥协，好吧，那你少喝点。父亲哼了哼，以为你是大夫呢！

虽然母亲反对，我仍隔三岔五给父亲买酒。父亲好这口，他和母亲因为这个常闹别扭。早些年，父亲在工厂上班，我和母亲在村里侍弄那二十亩薄地。我们村庄管这叫一头沉。工资月月发，一头沉总是让人羡慕的。父亲倒是每月都回，但带不回多少钱，工资多半买酒了。夜晚吵了架，白天母亲仍是满脸笑意。乡亲打趣母亲是不是半夜半夜数票子，数得眼睛都睁不开了。父亲带不回钱，但他说会把母亲弄到张家口，还说我将来可以顶他的班。父亲倒是没有食言，我们的家在一九九二年秋天搬到张家口，但我并没能顶父亲的班。据说，两瓶茅台就可以搞定，父亲也准备好了，但那天晚上他喝醉了，没找见厂长家。第二天厂长出门了。待厂长回来，已有了新政策。母亲自是经常唠叨，我也有过怨言，但能怎么样呢？活着的路又不止这一条。父亲仍然爱喝，母亲管不住。父亲住了几次院后，母亲的反对更加强烈。父亲照旧，只是不喝那么多了。我口头是赞同母亲的，行动却偏向父亲。他的日子不多了，喝点又能怎样呢？不喝怕也熬不到年底。我无能为力，能做的就是让他离开时少些遗憾。

范大同

死者是女性，裸体，三十岁上下，脖颈处有明显勒痕，嘴角有凝固的血迹，小腿处有两处梨状瘀青。除丢散的衣服鞋袜，没有任何随身物品。宾馆监控显示，昨天中午，该女子登记入住，半小时后，一男子进入其房间，三小时后男子离开，手里多了个女式挎包。男子一米七左右，体形偏瘦，头戴鸭舌帽，看不清面容。

我对小李说，摸清死者的身份及社会关系，逐一排查。除了体貌，要注意是不是左撇子。小李问，为什么是左撇子？我说，重新检查尸体，再看一遍监控。小李点头，我懂了。

九天后，案子告破，我和小李辗转呼和浩特、鄂尔多斯，最后在包头将嫌疑人抓获，又是一起婚外情导致的凶杀。我经办的案子，与婚恋出轨相关的占有半数，五花八门，奇奇怪怪。闹出人命并非深仇大恨，常常是芝麻粒般的事。一个人住宾馆走错房间，屋里三个男人正在聊天，走错的人道歉后欲退出，其中一个男人骂了脏话，被骂者下楼买了把水果刀，捅死两人，另一个重伤。更离谱的一桩是一旅客在车站打了个喷嚏，对面的男人说唾沫星子溅他脸上，两人言语不合，撕扯起来。其中一人摸出酒瓶，对方重伤致死。遍地戾气、暴气、怨气，是不是很邪行？

案件虽多，我没有抱怨过。我是工作狂。第一次办案，验完腐烂的尸体，呕吐了三次。现在当然不会了，有时半夜突然想起某些疑点或意识到可能忽略的地方，会立刻赶到停尸房重新查验。我喜欢自己的工作，但还没到因嗜成瘾的程度。破获一个案子会休息一两天。

正好是周末，我打算把洋洋接回住一晚，当然，住两个晚上就更好了。我知道这有些困难，但必须试试。我给老头儿买了一盒虫草，给岳母买了两盒进口的钙片。给洋洋的东西不好买，她不像别的女孩喜欢布娃娃小熊之类，也不馋哪一类食品。我在商场转了两个多小时，选定几盒蔬菜饼干、一套有彩绘的童话书。毫无新意，我自己都有些泄气。但实在不知道选什么，实在不知道她喜欢什么。她有个专门放玩具的柜子，都快撑爆了，其实叫垃圾箱更贴切，因为那些玩具丢进去后，她再无兴趣。

老头儿住在三义巷，四周高楼林立，小区显得老旧了。他在高新区还有一套房，带电梯的，空置多年。他舍不得离开三义巷，他对三这个数字情有独钟。他当年的办公室是三〇一，住宅也在三层。我早已离开老头儿的羽翼，但每次进这个门，都觉得自己矮了一头。

刚刚吃过饭，餐具还在桌上。我叫声爸妈，同时瞥瞥洋洋的房间。老头儿点点头，拿起桌上的报纸，这是他多年的习惯，饭后读报。岳母问我吃过没，我说吃过了。岳母说，刚回屋，才上个三年级，就一大堆作业……你来有事？我捕到她眼底的警惕，说，今天休息，过来看看。

岳母走进厨房，老头儿仍埋在报纸里，我叫声爸，他抬起头。与我第一次见他的时候一样，雷打不动的表情，只是皱纹多了些。我说，我想带洋洋回去住……一晚，明天就把她送回来。老头儿看着我，似乎没听懂。我突然有些慌，这令我羞恼。但我毕竟不同于先前了，老头儿也不是从前的老头儿。我的目光晃了晃，稳稳地和老头儿对在一起。若云怎么样？他问。我说，上个月去看过她，她还好，就是瘦了一些。我没撒谎。老头儿说，你妈想去看看，你带上她。我迟疑一下，下周行吗？老头儿说，看你时间。脑袋重又扎向报纸。我忙说，明天吧，我开车过来。老头儿说，你和你妈商量。

岳母自然不同意，每次都这样。她能摆出一万种理由。但老头儿只要点头，她难不住我。她嘱咐一遍，又嘱咐一遍，喝水，写作业，吃药，我没有失去耐心，一遍遍地应答，妈，我记住了。临出门，岳母突然又想起，洋洋昨天说想吃焖大虾，晚上回来吃吧。我说门口的餐馆虾做得特别好。岳母说，饭馆不卫生，别带洋洋去那种地方。我说，好吧，那我自己做。我拉起洋洋，快步下楼。

洋洋对我和岳母的争夺——姑且这么说吧，无动于衷。有一次，岳母让她选择，她看看我又看看岳母，垂下眼皮，任凭发落的样子。她的茫然让我内疚，也让我有说不出的寒意。

一路无话。直到上了1路公交车，洋洋的眼睛方绽放出细碎的光泽。坐公交是洋洋唯一的爱好，她的嘴巴只有坐公交才撬得开。能坐到终点吗？洋洋问。我说，当然可以，坐到终点咱再坐回来。作业很多吗？我问。洋洋说，我能写完。她很聪明，能听出我的话外音。

坐了两遭，到明德北，已是中午。在就近的餐馆吃了点东西，我问洋洋下午想干什么，洋洋毫不犹豫地说，坐公交车。我暗暗叹口气，说，改天再坐行嘛，咱换个花样，登山怎么样？你还没登过山吧，万一哪天老师让你写登山的作文，你都不知道怎么写。洋洋沉思一会儿，说，听你的。

西太平山就在明德北，一条缓坡，一条石阶，有些陡。我让洋洋选，她竟然选了石阶。倒也没多高，但爬到山顶，洋洋后背有些湿，额头也汗漉漉的。我脱下外衣让她披，她喊热。我说，山上风大，一会儿就不热了，感冒就不能上学了。洋洋乖乖披上。

我和洋洋在朝阳亭坐下去。从这个位置能望见张家口的全貌。我和庞丁常爬太平山，后来多了贺梅，再后来是我和贺梅。每次都要在朝阳亭坐一坐，说说话，有时什么都不说，就那么坐着。我第一次和贺梅接吻，不是在树下，也不是在墙角，就在朝阳亭。后来，有人上来，我和贺梅分开，人离开，又吻在一起。

本来打算坐一会儿就离开，但思绪飞扬，醒过神，一个小时过去了。洋洋两手托腮，目光如水。我问她想什么，她说什么也不想。我说去别处看看，她不肯，就要坐着。我只好陪她坐着。

从西太平山下来，已近黄昏。我和洋洋商量，打个出租车，那么多作业等着。洋洋不说话，径直走向公交站牌。我跟过去，她说，我能写完。等公交的人多，我让洋洋靠后站站，同时拽了拽她。在站牌旁边立定，我便注意到那个瘦瘦的后生，长发细眼，还有他吊在手腕处的外套。他的目光游移不定，显然在寻找目标。干这么多年警察，我虽然没有火眼金睛，但这点儿判断力还是有的。2路公交到了，我拽着洋洋尾随后生身后。一妇女上车的瞬间，包到了后生手里。我喝了一声，将后生扑倒。我没穿警服，手铐却随身藏着。这时，我听见尖细的哭声，是洋洋。她站在几米远的地方，双肩抖颤。我说，别害怕，爸爸逗他玩呢，过来，咱们坐下一趟。洋洋迟迟疑疑靠近我，我拽着被反铐的后生退到台阶上，掏出手机。挂了电话，发现后生用异样的目光看着洋洋，我突然急了，大吼，你他妈给老子蹲下！

　　　　李　丁

如果一个人脾气暴躁，最好不要开出租。柔韧的血管也会变脆，

011

说不定什么时候就炸裂了。但开出租却又是治愈急躁的良方，一天天下来，藏在身体里的火星一颗颗熄灭，再无燃烧的可能。被车流挟裹，任喇叭轰鸣，也可安之若素，比如我。

我旁侧的哥们儿不停地按喇叭，虽然他清楚摁也无济于事，还是频频拍打。他肚里有火，他在发泄。可有的时候，越急越上火，越上火越急。我估计他开出租不超三年。长青路是张垣最堵的一条，早先市委市政府在这条路上，常有上访告状的，男男女女疙疙瘩瘩，从政府门口一直堵到新华书店。若运气差，被裹在其中，没有两三小时逃不出来。开发商跑路，工厂发不出工资，被坑的被骗的，每个人都是火药桶，你一个出租车司机，敢大嚷大叫吗？后来，市委市政府搬到高新区，长青路变成单行道，但照样堵。第一附属医院还在这条路上，不光坝上坝下，内蒙古、外蒙古的病人都往这儿跑。我拉的父女也是到一附院的，他们上车我就告知会堵。我从后视镜窥视，老人倒是安稳，女儿神色焦急，但没有狂躁举动。老人腿脚不便，若现在走着过去，二十分钟也到了。

终于挨到医院门口，比刚才好走多了。但快到三中时，又不动了。我想不对呀，这个时间不该如此。当然，堵就堵了，还能怎么着呢。我摇下车窗，正想抽支烟，脑袋里突然闪了一下。虽然只是预感，但我没有迟疑，钻出车门，穿梭前行。

还没到明德北，我就看见了在路口指挥的杨翠兰。她周围的车辆如一堆蚂蚁，那多半是没听她指令被她逼停的。那时，已有一个交警靠近她，并试图将她拖离，哪里拖得动？杨翠兰化身交警，力气超凡，根本不像六十五岁的女人。我奔过去抓住杨翠兰，与交警形成左右合围之势。杨翠兰叫，干什么？没见我正忙着吗？我冲她耳朵叫，妈，我李爸四处找你，他快急死了。杨翠兰顿时被针刺一般，迅速偏过头，在哪儿，他在哪儿？我忙说就在前面，猛拽一下。杨翠兰步态不稳，身体不时碰到车身。交警尾随我和杨翠兰一直到人行道，我回过头，实在对不起，给你添麻烦了。交警说，今年已经是第三次了。我说，真的对不起。交警挥挥手，走吧，看好她。

杨翠兰左顾右盼，你李爸在哪儿？我牢牢抓着她，说，就在前面，拐过弯就到了。杨翠兰说，你可别哄我啊。我说，我不会哄妈的，李爸驮个煤气罐，你去帮帮他。杨翠兰脸上泛起喜气，没错，他是换煤气去了。

终于到了，我几乎被水洗了一般。杨翠兰问，你李爸呢？怎么不见他？我拽开车门说，你上去，咱们开车找他。杨翠兰说，你又哄我，我不上。我大吼，杨翠兰！杨翠兰直定定地看着我，你叫我？我可是你妈啊。我说，你再磨蹭，就再也见不到李爸了。杨翠兰紧张极了，那快点儿啊。

我仍住在黄土场六号，上坡，杨翠兰认出来了。你怎么回来了？你李爸呢？她不像刚才那么狂躁了。我将车停在路口，他出远门了，没跟你说吗？杨翠兰叫，他没出远门，他换煤气去了。我说，驮回煤气他出的门，他会打电话回来，你必须守在电话跟前。我这么说，杨翠兰乖顺许多。

我结婚时，李爸和杨翠兰将隔壁的房买下，拆掉院墙，改造成一个大院子。杨翠兰仍住原来的屋，数年前装修过一回，现在只是多了两扇护窗。那么粗的钢筋竟然锯断了，显然不是一天两天完成的。杨翠兰仔细地擦拭着那部红色电话机，每天不知要擦多少遍，快擦破皮了。等待李爸的电话，是杨翠兰五十九岁以后人生中最重要的内容，每次看到她一动不动地守在那里，我都心如刀绞。可此刻，我却有难以形容的惊骇和愠怒。我伸出手，声音如铁，拿来！杨翠兰问，什么啊？我指指护窗，钢锯条！杨翠兰甚是紧张，什么钢锯条？我抓起电话举过头顶，你要不交出来，我就把电话砸碎。杨翠兰慌了，别砸别砸啊。她转过身撩起床垫。我暗暗心惊，竟然藏了三根钢锯条。哪来的？我追问。杨翠兰摇着头，眼睛盯着我手里的电话，随时要扑上来的样子。我说，你办不到，电话一砸就碎，告诉我，哪儿来的？杨翠兰指指头顶。角落有个通风口。我看着杨翠兰，她说，我不骗你。我缓缓将电话放下。

通风口处扣着木盖，没有固定，我轻轻移开，沿四边摸了一圈，竟然还有两根钢锯条。此外还有一把钣手、一把改锥。我问杨翠兰什么时候放进去的，杨翠兰摇摇头。她抓过电话搂在怀里。我叹口气，妈，你可不能往外跑了，李爸打来电话，没人接，他该多伤心呢。杨翠兰拼命点头，我哪儿也不去。

下午，我便把护窗焊好。我跑出租，妻子与人合开麻将铺，谁也没有大把时间陪杨翠兰。有时我想，这和监牢没什么区别，但有什么办法呢？让杨翠兰跑出去等于害她。

我又把屋子检查一遍，连杨翠兰的被褥枕头都仔细搜过，确认她没有藏匿别的工具，但我并不踏实。电话哑寂时间久些，她就变得狂躁。妻子让麻将铺的客人假扮李爸往家里打过几次电话，但立刻被杨翠兰识破。李爸的声音已经渗入她的血肉，哄她可没那么容易。

妈，我出去接应李爸，你好好守着电话。杨翠兰一动不动，没有任何反应。我摸摸她的肩，说困了吧。她仍一声不吭。一绺白发垂在脸侧，我轻轻顺了顺。她就这样，前一个小时还大嚷大叫，后一个小时就突然痴呆无声。我把她扶到床上，试图把电话机拽出来。她搂得紧，只好作罢。

我给贺梅打电话，问她忙不忙，我过去一下。贺梅问，是不是阿姨的病又加重了？我说，有点儿。贺梅说，在民政局听讲座，结束我去家里找你。我忙说，开点药就行，我在诊室等你吧。贺梅停顿一下，说也好。但不到十分钟，贺梅的电话就过来了，说已经往回赶。我说，不急的。贺梅说，少废话，等我！

开了药，贺梅执意要去家里看看杨翠兰，我说她正睡觉呢。贺梅白我一眼，她是我的病人，我有这个权利。我只好笑笑。

杨翠兰仍是痴呆安静模式，贺梅给她量血压，她极为顺从。但对贺梅的询问，她一言不发。

她今天又跑出去了，从屋里出来，我向贺梅解释，她可能有些累。贺梅问，闯祸了？我说，还好，没发生事故。贺梅说，再让阿姨来院里住一段吧，毕竟有人护理，各方面都比家里方便。我迟疑一下，吃完这两瓶药再观察。贺梅说，住院费用你不用操心，这个可以变通的，我们毕竟有福利性质。我立刻道，那可不行！贺梅目光犀利，我知你不缺这个，但如果可以省，为什么不呢？我说，已经够麻烦你了。贺梅说，我是医生，有什么麻烦的？把阿姨送过来吧。我说，今天不行了，明天吧。贺梅突然笑了，我可没规定日子。我说，其实我打算请个陪护的，我老婆的麻将馆现在也挺挣钱，只是……贺梅问，阿姨和你继父生活了多少年？我怔了怔，说，二十一年。贺梅问，和你父亲呢？我说，十五年零三个月。贺梅不语，半晌才说，难怪。我说，这和时间多少没关系。贺梅说，当然，我清楚，但未必一点关系没有。我不知道怎么开口。贺梅偏过头，你现在特烦我吧？我说，那又不是秘密。贺梅说，我想把治疗方案调整一下，不过你得配合。我说，这还用说？贺梅说，我还没说呢，说出来，你就不会这么痛快了。

贺　梅

站在楼顶边沿的是盛红敏，红衣黑裤，长发飘飘，格外抢镜。她喜欢红衣服，颜色随季节更替变化，粉红、橘红、紫红、黑红。楼倒没多高，八九层的样子，但摔下来，非死即残。我双手呈喇叭状，冲她大喊。盛红敏没听见，或不屑于理我。她缓缓张开双臂，很优美的飞翔姿势。我的心几乎蹦出来。铃声大作，我从梦中挣脱。电话就在床头，两次才摸到。我不想安装固定电话，手机足够了，但院里有规定，谁也不能例外。半夜来电，肯定没好事。果然。挂了电话，我快速抓过衣服。衣服团在一起，其实井然有序，我焦急，却不慌乱。

还没到二楼，便听到疯狂的号叫。焦姓病人身子蜷曲，如一张陈旧的弓，双手捂着裆部。值班医生跪压着焦姓病人，护士小贾手足无措，瑟瑟发抖。我问叫救护车了吗？小贾几乎要哭了，贺大夫……我喝叫，打120。她这才跌撞着往医办室跑。我蹲下去，抓住焦姓病人的胳膊，让他放松，慢慢抬离。他下身赤裸，挪开血淋淋的手，一目了然。我问，在哪里？值班医生没听懂，我又问一遍，他方醒悟，往四下里乱瞅。焦姓病人幸灾乐祸地笑起来，你们找不到了，哈哈。我瞅瞅开了半扇的窗户，让值班医生即刻下楼，尢论如何要找到。记得带上手电，我说，叫上小贾。我得留在病人身边。我不是外科大夫，处理不了这个，但我可以让病人镇定，减少出血。

终于能喘口气，喝口水，已经是次日中午。焦姓病人的命是保住了，但……他是三天前住进来的，我还没记住他的名字。不出所料，当天家属就到院里交涉了。虽然焦姓病人还在一附院的床上躺着，虽然我认为患者为上，但我亦能理解家属的愤怒。院里临时成立了事故小组，院长自然是组长。院里不会让我参加，因为我总是为病人和家属说话。有一次院长急了，冲我拍了桌子。我不是故意和院长唱对台戏，家属也不会找我，但说着说着我就投敌叛国了。院长原话。院长挺不容易，上个月有个病人吞了钢笔帽，才消停几天，又发生自宫事件。

达成赔偿协议后，院长把我叫过去。他脸色晦暗，眼袋又大了一圈。他问，喝水不？我说不喝。他问，抽烟不？我说不抽。院长拍拍松弛的腮帮子，牙疼，上火就牙疼，不等退休，牙齿非掉光不可。我说，你可以提前退啊，掉光牙，就啃不动排骨了。院长哼一声，我焦头烂额，你倒说风凉话。我说，不敢，我自知有罪，听凭院长发落。院长说，罪谈不上，但责任是有的，不能不处理。我说，你叫我就这事吧，你定就是，不用和我商量。我已经背了好几个处分，再多一个也没什么。就如我收到病人的锦旗一样，已经没了感觉。处分记载在档，那一大堆感谢信、锦旗在柜子里沉睡。功过于我都是浮云。

院长感慨，我能像你这么洒脱就好了。我站起来，如果没别的事……院长做个手势，我又坐下。院长问，他的刀片是哪来的？我回答不上，这也是我疑惑的地方。入院时，已经检查了他的衣物，没携带什么，自入院就没出过病区。事后我问过值班医生和小贾，傍晚焦姓病人没什么异常，除了想摸小贾的手，被小贾呵斥后，也只是嬉笑一阵。自宫不是临时起意，入院前怕就有过念头。由此我推断刀片是他带进来的，没被搜到。但仅仅是猜测，或有别的可能。我问，这有意义吗？院长反问，你说呢？你不在乎多背个处分，我可不想被指着鼻子骂娘。我瞅瞅那几盆花，君子兰的叶子七零八落，龟背竹只剩下半个背了。每次纠纷，那些花都跟着遭殃。

院长说，他们拿花撒了气，就不在我脸上留记号了。我第一次感觉院长可怜兮兮的。我扭过头，我一直在想。院长说，刀片其实没什么可怕，可怕的是摸不清他们脑袋里藏着多少疯念头，没有刀片，还有别的。盛红敏的面容闪出来，我突然一悸。院长说，你常常让我不痛快，但我还真是敬重你，因为你像一把钻头，越硬的东西你越不服输，如果说有谁能钻进患者的脑子，那个人只能是你。我有些不适，略带调侃道，谢谢领导。院长目光凝重，为了医院，也为了你自己。我说，听见歌声了吗？我得走了。

院长室和行政科室都是平房，在医院最后一排，与病房楼隔着几百米距离，但我确实听到了歌声。盛红敏在唱。非常奇怪，无论在医院哪个角落，我能听到的。她唱的是卡伦·卡朋特的《昨日重现》。卡伦·卡朋特，一个三十三岁便离开人世的歌手。盛红敏最喜欢唱她的歌。我其实是个音乐盲，也完全没有音乐细胞，没有盛红敏，我不会知道这些。

快下班时，小贾把盛红敏带到医办室，仍是红黑标配。住这么久医院，她的身材依然令全院女性嫉妒。小贾退出去，只剩我和盛红敏。盛红敏每天要单给我唱一曲，不然她会狂躁不安。起初，我只是作为辅助治疗的手段，渐渐的，我有些依赖盛红敏的歌声。如果某天没听到，睡觉都不踏实。熟悉的旋律，《时光飞逝》，《卡萨布兰卡》的主题曲。唱的专注，听的痴迷。直到小贾敲门，我的思绪才从另一个世界拽回。再见，贺大夫，盛红敏深深鞠躬，每次谢幕都如此。我微笑示意，她可以走了，随后立刻扭头，盯着另一个方向。

盛红敏在这座城市曾经家喻户晓，她是山城最美的主持人。那时，我读中学，最喜欢看她主持的节目。我没资格认识她，她与我是天与地的距离。后来，盛红敏从屏幕消失了。传闻很多，她出国了，她失恋了，等等。我不相信那些传闻，她是什么人？她怎么可以失恋？还有说她精神失常，我认为更是无稽之谈，是嫉妒她的人故意编派。没想到盛红敏会成为我的病人，原来那些传闻并非空穴来风。盛红敏永远不会知道，她的仰慕者在那一刻突然被尖硬的利器刺穿。盛红敏和我不仅是医患关系，也不仅是歌唱者与听众的关系。我说不上来那是什么，那该称之为关系，还是别的什么。我只知道，我对她，有不舍，有心痛。盛红敏的病情始终没有好转，但也没太大波动，不在重点监控之列，可我常常梦到她告别人世，割腕、跳楼、吞物……没有一个病人如盛红敏这样折磨我。院长说得没错，每个病人脑袋里都有刀片，盛红敏不会例外。但我钻不进去。

毛　头

　　在桥头蹲了不到半小时，我就揽上了活儿。谈妥价钱，我随业主看房，然后拉单子让他买料。我换上工作服，喷水，铲墙皮。我干过很多种活，跑车、装卸，还在屠宰厂杀过三个月猪。现在是刮泥工。这个城市每天都在建楼，不愁没钱赚。老鹰吃肉，麻雀吃谷，各有各的活法，各有各的奔头，我挺知足的。但我不能让女儿像我一样，她该往吃肉的方向努力。大女儿读了所技校，不怎么好，这怪我，从念书那天起，她就和别的孩子拉开了差距。在小可身上，我要下大注，让她进张垣最好的学校。

　　两天半，三百八十元到手了。业主不错，我少要了二十块钱。我买了两袋小可爱吃的无水蛋糕，割了二斤肉。叫花子鸡刚出炉，来了一只。这等美味自然要喝点酒，不然父亲还不嚷翻天？明德北堵车了，电动车、自行车、行人都钻缝儿走。我是他们中的一员，我可不傻傻地站在路边等待畅通。又是那个疯癫的老女人，我明白堵车的原因了。她有家人吗？怎么不看着她点儿？一个司机伸出头呵斥，这么窄，挤什么挤？我没理他，只要不蹭着他的车，想怎么走就怎么走。终于钻出来了，我把肩上的电动车放下来，像打了胜仗一样挺挺脖子。

　　母亲面带惊讶，真是你呀，老东西说你回来了，我以为他胡说八道呢。目光落到酒瓶上，顿时冷了脸。我笑笑，少喝几口，养人。一阵咳嗽之后，父亲说，已经买回来，就不要馋我了。母亲说，听见了吧，老东西不识惯。父亲提高声音，你再说我坏话，我把暖壶砸了。母亲气呼呼的，有本事你把房顶揭了。父亲啪啪拍墙，我掀开门帘，连洗杯的工夫也等不及了？父亲扬起的胳膊缓缓垂下，嗳嘿，我就是气气她。

两口酒下去，父亲的神色便活了。这酒不错，不过不如上次的。父亲评价。我说，那还用说，上次喝的是五星。父亲问，你请客了？请谁？我说，黄理。父亲的嗓子又开始凿了。黄理这个名字让他不舒服。他和黄理的父亲同一年进厂，黄理父亲不但把老婆孩子的户口转成非农业，还给两个儿子安排了工作。喝口水？我问。父亲摇摇头，大大喝下一口酒。酒比什么都管用，他说，小可妈不是干得好好的嘛，怎么又想换工作？我说是小可上学的事。父亲问，念个书也得找人？我说，那得看上什么学校，我想让小可上张家口二小，没关系哪里进得去？父亲沉默一分钟，那得花不少钱吧。我喝了口酒，嚼了粒花生米，见父亲仍瞪着我，说，喝你的酒吧。父亲说，要花多少？我说，你操心自个儿吧。父亲便垂了头。

过了一会儿，父亲问，我还有多长时间？我装出生气的样子，胡说什么呢？父亲说，自个的病自个清楚，怕是没几天了，我想问问，医生是怎么说的。我说，我妈还指望你的退休金养老呢。父亲说，我对不住她，也对不住你，我是个烂人。父亲从没用过这样的词。我说，这酒劲大吧，没喝两杯，你就胡说八道了。父亲说，别看我嘴巴硬，心里一直愧疚，我就一混蛋。我说，醉了，别喝了。父亲挡住我的手，我是混蛋，却不是穷光蛋。我乐了，莫非你藏了宝贝，是祖传的吗？父亲窥窥门口，仿佛怕母亲听到，我确实藏了……现在我不能告诉你，等快闭眼睛的时候，所以我得清楚自个还有多长时间。我嘻嘻哈哈的，你想立遗嘱，我可以请个律师。父亲一本正经，没那个必要。我说，行了行了，我不要你的宝贝，你少冲我妈发点儿脾气就行了。父亲说，习惯了，改不了。我说，那你留给她吧，省得你愧疚。父亲问，不相信你老子？我说，相信！行了吧？父亲说，你会相信的。

妻子带回一张《张垣日报》，第二小学校庆日，有两个整版都是关于二小的。我把那张报纸看了好几遍，妻子说都快吃了。从第二小学毕业的名人很多，官员、老板、主持人、记者、作家、经济学家，连现任市长都是。社会上说二小多么多么牛都是有根据的，绝不是胡说八道。兴奋之余，我也有些不安。想把孩子弄进二小的家长绝不止我一个，在这个城市，太多人和我竞争。

一大早，我就给黄理打电话，黄理说正在进行中，有什么情况随时和我联系。他说，没那么简单，你别催！我听出黄理不高兴了，忙解释说不急的。上午，我特意去了趟二小，当然进不去。我扒着栏杆瞅了一会儿。气球和彩色条幅还在，鱼一样摆来摆去。

下课了，娃们拥出教室，叽叽喳喳的。没有比这更动听的音乐了。有朝一日，小可也会成为这音乐的一部分。我闭上眼睛，沉醉其中，直到铃声再次响起。眨眼之间，校园空空荡荡。另一种声音传来。一男教师走出楼道口，朝侧面的平房走去。又出来一女老师，径直朝大门走来。我盯着她，也许她就是小可未来的语文老师或数学老师。怎么这么面熟？我暗自嘀咕。她走到校门前，保安迎上去，不知说了什么。大门缓缓拉开，那是保安遥控的。女老师走出大门，我突然想起，女老师应该是第二小学校长，昨天的报纸登了那些从二小毕业的名人照，也登了校长的照片。没错，她就是！我还记住了她的名字，孔侃。我敢说，见到总统我也不会这么激动，浑身过电一样。我甚至想跑过去，问声好。当然我没那么做。那会把人家吓坏。我像打摆一样抓着栏杆，望着那个背影钻进轿车，望着轿车消失……

范大同

去单位的路上，小李打电话，说晚到一会儿，随后说了弃婴什么的。我随便唔一声。昨天，去戒毒所看若云，回来便心不在焉。整个夜晚都被她纠缠——结婚多年，她第一次进入我的梦境。她手持利刃，目光又凶又冷，在我的身体上比比画画，我被她震慑住，完全不能动。清早，我脑里似乎塞满糟糠，难以集中注意力。小李没必要打电话给我，不要说晚到一会儿，就是整日不露面，我也不会训他。过了三分钟，也可能是五分钟，脑里突然咔嗒一声，随即回拨过去。我告诉小李在福利院门口等我，我马上赶过去。

一旦有事，整个人便上了发条，二十三分钟二十秒之后，我将车停在福利总院门口。婴儿放在一个没有提把的篮子里，身上盖一块荷花图案的薄毯。小李去柜员机取款时发现的，在靠近门口的地方。小李把攥着的纸条给我，我瞅瞅就说，我来处理，有事你忙吧。小李说，我没事。我说，那你找点事干。

小李没再说什么，他当然听出我想支开他。我没做任何解释。其实没什么秘密，有秘密就不会这么说了。

这个地方我太熟悉了，庞丁家就在附近，以前我俩常到这儿玩。总院卜设三个分院，养老院、孤儿院、精神病院。无聊时，我们故意挑逗精神病人，冲他们扮各种怪相。有栏杆护着，丝毫不用担心他们扑过来。那些可以在院里自由行走的，病情较轻，没什么攻击性，但也不能刺激。唯一有趣的是小哑巴，每次见到我和庞丁都会敬礼，左手敬了右手还要敬。

办完交接手续，院长送我出来。我和院长见过两次，一次办案，一次也是送一个弃婴，算是老相识了。院长说，你连杯水也不喝，我真是过意不去。我哈哈一笑，等我退休了，打算住到养老院，你给我留张床。院长也笑了，没问题，我争取当到你退休。精神病院是侧楼，通体白色。我拽回目光，对了，听说你们这儿有位大夫，特别擅长治失眠症？院长说，有啊，我们院的顶梁柱贺梅，贺主任，很了不起。然后压低声音，不瞒你说，市里有位领导，还有领导的老婆，严重失眠，都是贺大夫治好的，范队长怎么知道她的？你想找她瞧瞧吗？我说，最近睡眠很差，如果方便……院长说，当然方便，走，我陪你过去。我问，是在那座楼吗？我自己去吧。院长说，她这个人很怪，我怕她冲撞了你。我说，不要紧的。院长推我一把，走吧，我得给她介绍一下。

算起来和贺梅有一年没见了，上次还是在同学聚会上，说了没几句话。我本想送她一程，但她喝醉了，由庞丁扶着，我没再上前。

我平时走路没什么声响，可不知精神病院的楼梯是什么材料做的，每迈一个台阶，都像锤子砸在冰上。贺梅正在给病人量血压，她很专注。院长打个手势，让我坐，我摇摇头。贺梅该是瞥见了院长，也该注意到了我，但她的姿势表情没有任何变化。量完，病人离去，她把测压仪放回盒内，这才抬起头。

贺大夫，这是刑警队范队长，院长介绍。贺梅的目光终于落我脸上，没有意外，当然更没有惊喜。我忙上前，伸出手，贺大夫好。贺梅冷冷的，队长？我犯什么事了吗？院长抢先道，瞧你这张嘴，范队长……我向院长示意，院长无可奈何地笑笑，那我下去了，让贺大夫给你瞧瞧。

我在贺梅侧面的凳子上坐下来。在老头儿面前，我矮了一头，在贺梅面前，我至少矮两头。我已经没有和他们并肩的可能，虽然我从未放弃努力。贺梅说，你别影响我工作。我说，我是来看病的。贺梅冷笑，你该明白，这是什么性质的医院。我说，当然知道。贺梅问，专程吗？我摇摇头，不，顺便瞅瞅。贺梅说，好吧，什么症状？她的目光柔软了许多。我问，不量量血压吗？贺梅带着嘲讽，这是精神科。我硬着头皮说，可是，你刚才也量了的，难道他看的不是精神科？贺梅审视着我，一言不发，就像我无言地瞪着犯人那样。我不是犯人，可我还是发慌。贺梅说，这里可不是刑警队。我说，对不起，我忘了。

贺梅说，有一类病是妄想型的，病人总怀疑自己得了什么病，好吧，既然你想量，把袖子撩起来。我忙说，谢谢谢谢。她没理我。她一丝不苟，没敷衍我。我直视着她，甚至有些放肆。她注意到了，我以为她会脸红，但直到量完，她的神情都没有变化。一百到一百五，略高一点儿，也还正常，她边放测压仪边说，不用吃药，注意休息。

谢谢你，我轻轻地说。贺梅仍是医生的口吻，建议你找个专科大夫，你可以走了。我说，你还没给看呢。贺梅带了些愠怒，你到底想干什么？我说，我睡眠不好，真的。贺梅显然有所怀疑，你……睡不好？我说，忙起来还行，一旦没有案子，大脑松弛下来就睡不好。贺梅揶揄，你每天都盼望着这个城市发生点儿什么吧。我说，你错了，我向老天发誓，我从无那样的念头。贺梅瞪我一会儿，最差的时候，睡几小时？我说，说不好，三小时，也可能两小时，还全是梦。贺梅笑笑，谁不做梦呢？很多人白天都做。我突然又矮了一些。我垂下头，我只做一个梦。贺梅没再笑，示意我往下说。我说，我总是梦见自己的身体长出东西，有时是一株花，有时是一棵树，有时是铁栏杆，还有一次一群蛇从身体里钻出来，摇摇摆摆。贺梅问，你害怕吗？我摇摇头，只是有些恼火，我不停地拔，可总是拔不完，累得要命，每次醒来都特别口渴，所以睡觉前一定要在床头放两大杯水。贺梅说，过度焦虑，不要紧，我开点药，你先吃着试试。我说，那谢谢你了。贺梅低下头，开了方子给我，到一楼取药。我站起来，却没马上离开。贺梅一动不动，还有事吗？我问，我可以给你打电话吗？贺梅说，当然可以，如果你咨询用药的话。我说，可不可以一起吃个饭？你方便的时候。贺梅极其干脆，不可以！

发动着车，我看见庞丁拎着一兜水果往福利院走来。我从车里钻出，喊他。庞丁显然很意外，用那样的目光看着我。我再说一遍，我叫李丁！我说，叫惯了，改不过来呢。庞丁问，你怎么在这儿？我笑笑，我怎么就不能在这儿？你不接我电话，我只好在这儿等你。庞丁说，我开车的时候不接电话，谁的都不接。我说，你不用解释，接不接都是你的权利。庞丁问，找我干什么？如果让我约贺梅，我办不到。我说，我刚从她办公室出来。庞丁眼睛发直，你找她干什么？范大同，是个爷们儿，你就离她远点儿！我说，你不用冲我嚷嚷，我只是找她开点药。我返身从车座抓出那两个药瓶，看见了吧？庞丁讥讽，不愧是公安，什么招都使得出来。我叹口气，我知道你不相信我，我也没指望你相信，你有理由这样。但我告诉你，在我心里，你仍然是我最好的朋友。庞丁说，我可没资格和警察交朋友。我听到心里的碎裂声，很响。我说，你是想说我没资格对吧，或许是，不过，你不要把我想得那么坏。庞丁说，哪敢啊，据说你是这个城市的英雄，常在电视上露脸。我家的电视不好，我总是看不清，不知道是不是你。真的是你吗？有个硬岳丈确实不一样。我有些生气，我是干出来的，庞丁，你不要把我想得那么无耻。庞丁说，我哪儿敢呀，你觉得我有这个胆子？没别的吩咐，我要进去了。我问，去看贺梅？庞丁的神情闪过一丝波纹，像水面掠过微风，很快就合回去。他用近乎严肃的声调说，我母亲在上面，这不需要向你汇报吧。我叫，阿姨住院了？为什么不早告诉我？我得去看看她。庞丁说，不必了，她不喜欢不相干的人靠近。丢下我，大步走开。

庞丁或李丁

初三毕业前夕，我参与了一场群架。一方是范大同，另一方是邻班的杨不凡。杨不凡的父亲是红星锁具厂厂长，据说常给学校捐款捐物。杨不凡拥有一辆雅马哈摩托，他常在操场上显摆，吓得女生们尖叫躲避。贺梅没躲，不但没躲，还骂了他。杨不凡就这样认识并迷上贺梅，常纠缠她。范大同和杨不凡干了一架，没分胜负。杨不凡约范大同再战，范大同当然不惧。星期六的黄昏，我随范大同到大境门外应战。对方五人，为首的杨不凡持了一把水果刀。范大同问我怕不怕，我说怕个屎。其实我有些发毛。范大同捡起俩半拉砖头，塞给我一块。混战持续了十几分钟，范大同小臂被扎了一刀，杨不凡被范大同拍倒在地。两人都挨了处分。杨不凡没再纠缠贺梅。我损失最大，因小腿骨折，未能参加中考。

在医院的半个多月，基本是李叔陪我。我习惯叫他李叔，叫别的我别扭。杨翠兰负责送饭，中午一趟晚上一趟，不是炖排骨就是煲鸡汤，出院时我长了五斤肉。回家继续躺着，李叔请了半个月假，没法再请，杨翠兰也上着班，白天基本我一个人在家。我抓着遥控器，从头撅到尾，再从尾撅到头。喜欢的就停一下，不喜欢的就翻过去。范大同来过几次，其中一次与贺梅一道。他找了份零活，也待不长。有时，任电视响着，我呆呆地望着窗外的杏树。杏树是我和庞有亮一起移栽的，那年我五岁，与杏树苗一样高。庞有亮说比比看，你俩谁长得高。我的个子蹿得快，一度超过范大同，但还是没长过杏树。又结果了，再有一个月就可以采摘。一棵树能摘两三筐，当然吃不了，庞有亮打发我给左邻送一碗左舍送一碗。李叔则把杏做成酱装在小罐头瓶里，仍与左邻右舍分享。庞有亮的影子一点点地从我和杨翠兰的生活中淡出。起初，杨翠兰说起他还咬牙切齿，骂他自私鬼，没良心，她隐约听到庞有亮有个相好，他与相好一起跑的。后来，她没了怨怨，如果说起来，用"那个人"称呼。李叔虽不会拉二胡，但厨艺很好。他只要有空，绝不让杨翠兰沾手。他最擅长红烧，红烧肉、红烧猪蹄、红烧鲤鱼、红烧冬瓜和萝卜。庞有亮和我一样总是吃现成的，如果杨翠兰不在家，他只会白水煮挂面。庞有亮的业余时间都用来拉二胡，仿佛这才是他的正业。杨翠兰为此常数落他，她最常说的一句话是有本事你搂着二胡睡。庞有亮没打过杨翠兰，偶尔嚷叫，多半是杨翠兰摔了他二胡的时候。李叔脾气更好，嚷都不嚷，邻居们说杨翠兰因祸得福，掉进了蜜罐。如果当杨翠兰面说，杨翠兰总会叹息一声，还能怎么办呢，我和小丁总要吃饭。听上去是被逼无奈，其实心里美着呢，这个我知道。就像那些被树叶掩映的杏，不管藏得多么严实，我还是能发现。一个两个三个……我像将军一样辨识着士兵的面孔。

那天，李叔拎个编织袋回来，满脸兴奋地让我猜。还没等我张嘴，他就把手伸进袋子。竟然是一长尾锦鸡，我不由啊了一声。锦鸡受到惊吓，不停地挣扎，李叔抓得牢，几片羽毛飘下来。我以为是李叔抓的，他说他哪有那么大本事，是从别人手里买的。你一个人怪闷的，给你弄个伴儿。李叔连夜做了笼子。笼子吊在窗外我看得见的地方。锦鸡仍然惊魂不定，也可能是悲伤过度，对食槽里的大米粒视而不见，偶尔鸣叫一声，听着让人难过。第三天越发蔫了，一声都不叫。我问李叔怎么才可以让锦鸡进食，李叔想了想说，也许不合胃口，我试试吧。他捉了一些虫子，锦鸡终于有了兴趣。我喜出望外，说李叔你真了不起。李叔说如果你整天想着一件事，一定能做成。李叔让我快快恢复，这样就可以亲手捉虫子喂锦鸡。你喂它，它就喜欢你。我信李叔的话，每次都亲手放食。一个月后，锦鸡的羽毛亮闪闪的，叫声也不那么悲伤了。我取得了它的信任，靠近，它便扑闪翅膀。它的眼睛亮极了，像两面小镜子。哪天没捉到虫子，它也可以吃大米，当然只有我撒它才吃。范大同不信，试验过，嘿了一声，挺通人性啊，真他妈的。范大同问我怎么训练的，我没告诉他。说了，他也未必信，那实在算不上密招。

九月底，我重返校园。但我的心并没有回来，常常走神，牵挂我的锦鸡。腿没好利索，不能快走，但是放学我就一路疾行。锦鸡见到我便欢快地扑腾。只是我没有虫子喂它，这个季节哪里找虫子？就算我有时间也不可能。当然，锦鸡可以吃米粒和麦子。一个冬天，锦鸡瘦了许多，羽毛常常是零乱的。李叔说，也不全是吃不上虫子的原因，野鸡，野外的环境更适合它。我犹豫几天，把我的想法对李叔说了。李叔说，小丁，你有任何想法我都支持，只是它在笼里生活得时间久了，觅食能力退化，这么冷的天，冻不死也得让野猫野狗吃掉，不如天暖了再放。我认为李叔说得有道理，就搁下了。

转年春天，一个周六的上午，我与李叔一起上太平山放生。真要放了，又怪不舍的，我的情绪十分低落。在那片树林前站住，李叔说，现在你还可以反悔，给你五分钟时间，你决定吧。我凝视着锦鸡，它也正注视我。我说，还是让它解放了吧。我缓缓打开笼子，锦鸡迟疑着，我做了个飞的动作，它也迈了一步，又一步，仍在迟疑。它终于站在石头上，却没有飞。我问李叔，它是不是不会飞了？李叔说有可能，等等看。我连做了两个动作，它扑棱一声，飞到树枝上。我哈一声，它会飞呢。锦鸡叫了几声，飞向树林深处，转眼就不见了。我以为它会回头看看我，但没有。我怅然若失，李叔拍拍我的肩，回吧，它会记着你的。

我和李叔准备下山，锦鸡却又飞回来，仍旧站在刚落过的树杈上，冲我鸣叫。我兴奋得五官都变形了，快看，它还认得我。李叔说，它当然认得，在和你告别呢。叫了几声之后，锦鸡再次飞走。李叔说，怎么样，它也舍不得你，你信了吧？我双眼放光，憋足劲儿叫了声李爸。他愣了愣，说，好小子！

毛 头

父亲咳嗽了多半夜，母亲没睡好，满脸倦意。母亲心疼我，说我白天干活，不让我留在父亲身边。可我也心疼母亲，她也一把年纪了，况且她白天也有忙不完的活儿。我提出和母亲轮流陪父亲睡，母亲没拗过我，同意了。

父亲是从午夜开始咳嗽的，断断续续。凌晨三点，他坐起来，坐着就没那么剧烈了。父亲让我睡，说再不眯一会儿天就亮了。我倒了杯水给他，坐他对面。父亲说，你要不睡，就给我倒杯酒吧。我不同意，哪有半夜三更喝酒的。父亲央求我，就一小杯，待会儿咽了气，就喝不成了。我心下不忍，倒了一小杯。父亲伸出舌尖轻轻舔了一下，喘着粗气说，酒也能止咳的。我说，你喝酒总有理由。父亲咧嘴笑了。突然间，父亲变得严肃，毛头，咱爷俩说说话。

我到底还有多长时间？我清楚地记得，那个夜晚，父亲问得特别认真。我佯装生气，怎么又说这个？就不能说点儿别的？父亲说，人都是要死的，我想得开。我说，我要能掐算，不成神仙了？父亲说，你问问医生。我硬邦邦地说，医生也不是神仙，要问你问。父亲说，你要不问，我就自己去，我还动得了。我瞪着他，你还嫌不乱？父亲固执地说，我心里得有数，咽气前，把该交代的都交代了。我说，有什么话现在说吧。父亲瞪我，你咒我现在死吗？我气笑了，咋说你都有理。父亲说，你明天回趟老家，先把墓地选好。我说，我还没问医生呢，急什么？父亲说，选墓地很要紧。我不理他。父亲说，别把我埋在张家口，埋不起。这倒是实话，我咨询过墓地价格，最便宜的一平米也要三万，好一点儿位置都要七八万。我没敢和父亲提，不知如何开口。父亲如此说，我大大松了口气。父亲说，把我埋在祖坟，祖坟不要钱，活着是你们的累赘，死了不能再成为你们的负担。我突然一阵羞愧，为自己刚才的想法。我小声说，如果你……父亲打断我，我要和你爷爷、太爷爷在一起。我说，听你的。父亲说，你明天回去一趟。我说，你急什么？父亲说，早晚也得回去，宜早不宜迟，定了，我踏实。我问，还有啥交代的？父亲说，对你妈好点儿。他的腔调让我不快，这还用你交代？父亲说，你妈跟我一辈子，没享上啥福，说起来我是吃公家饭的，人人羡慕，可到头……连户口都没迁过来，我对不起她，也对不起你。父亲猛咳一阵，接着说，这房别卖，等着拆迁。显然在交代后事了，我有些难过。父亲说，这辈子让酒害了，我要不馋酒，不会这么糟，毛头，我是不是很自私？我说，我也爱喝两口，你都瞅见了。父亲说，我算个什么东西。我说，越说越离谱，醉了？父亲说，我还有些钱，不多，连你妈都没告诉。我笑了，那是你的喝酒钱吧？父亲在鞋垫下柜缝处都藏过酒钱，害得母亲每天像个侦探。父亲也笑了。我问，你的宝贝呢？现在拿出来让我瞧瞧？有一刻，父亲的脸变得僵硬，还有一丝尴尬。其实我是逗他的。父亲垂下头，我做梦都想有一件宝贝，咽气前传给你。我说，那你继续做，没准梦想成真呢。父亲抬起头，好像相信了我的话。

次日一早，我赶到长途汽车站。父亲催得急，况且如他所言，早晚要办。定了，他踏实，我也踏实。村庄距县城尚有四十公里。到村已经中午，我找到家族主事的长者，说明来意。我计划当日返回张家口。长者领我去了一趟墓地，我才知道事情远非先前想得那么简单。坟墓原本排列有序，也留了活人的位置，是按一具棺木的大小留的。那是过去的标准，现在丧葬风气变了，时兴大穴，一个逝者占去约两个位置。没有空位，后逝者只好埋在别处。虽然也在祖坟附近，但等于另立坟头。所以选墓不是一句话的事，要和族人商量，还要请风水先生。我只好住下。

长者问我墓穴按什么样的标准，有一万八的，有两万八的。我吃了一惊，这么贵？长者说一万八的是硬砖砌墙，白灰壁，大理石地面，墓顶为水泥板。长者特意强调是张家口砖，三七式。二万八的仍是三七砖墙，但四壁全是大理石，有精美的图案。我问，含棺木钱吗？长者的表情有些复杂，顿了顿说，棺木是棺木的，有几千的，有几万的。

我没吭声，这和在城里买公墓差不多了。过了一会儿，我问，不用丧葬公司不行吗？长者说，至少砌墓要用吧，莫非你还能自己砌？我真想自己砌，自己刮泥子，但我清楚，不大行得通。我问人们都选什么标准的，长者说当然一万八的多，也有选二万八的，你父亲怎么说也是吃官饭的，还是选两万八的好，不然面子上过不去。我说，其实都一样，人死灯灭。长者道，怎么可能一样呢？人在地上几十年，在地下是永久的，活着想好，死了就不想了？古代的皇帝坟墓盖得不比宫殿差，不就打算死了也过原来的日子吗？普通人活着过不上，死了总可以。你别认为黄土一埋就得了，那是你父亲以后的住处呀。我并不认可长者的话，不过没有反驳。况且，他只是建议，决定权在我。接下来又说了些别的，但我心不在焉。我来回权衡，睡觉前才决定。长者赞赏，这就对了，你父亲活着风光，去了也要体面。

第三天，我才返回，虽然超出我的想象，但还能承受，可以向父亲交差。我仰靠在座椅上，想眯一会儿，回去还有许多事等着。

电话响了，是黄理的。

贺　梅

上班的路上，我疾步如飞。总是这样，被追着似的，偶有人打招呼，我稍稍点下头，绝不停留。踏进总院大门，准确地说，听到盛红敏的歌声，我的脚步才会放缓。院长虽多次批评我，但也经常表扬，从未迟到啦，爱院如家啦。他根本就不知道，我是因为牵挂一个人。值班医生不打电话，说明一切安好，但被噩梦扰了一夜，我管控不住自己。我只相信自己的耳朵。

盛红敏唱的是《廊桥遗梦》的主题曲《此情永不移》。不知她脑里装了多少支曲子，如果上帝让我许愿，我第一个愿望就是钻进盛红敏的脑子里，沟壑还是丛林？峡谷还是险滩？我常这样想。此刻，我小心翼翼的，就像踏过不知深浅的河流。

不待我问，值班医生首先汇报了盛红敏的情况。我点点头，问杨翠兰怎样？值班医生说，还算安静，就是不让人靠近。顿了顿又补充，她只信你。我说应激性障碍常常把现实和想象混淆，思维混乱，但某一瞬间是清醒的，如果把那一瞬间拉长，长到几个小时甚至几天，等于在现实和想象之间竖起了隔离墙，那么就有治愈的可能。值班医生马上问，贺主任又有新点子了？我说，谈不上新，只是把治疗方案调整一下。

把该做的安排妥，我才去杨翠兰病房。她每次来都住单间，谁让她是李丁的妈妈呢？我好歹有这个权利。除了去大街上指挥交通，更多时候她喜欢一个人待着。单间对她的病有利。她仍抱着那部暗红色的已经磨破皮的电话机，睡觉吃饭上厕所也是如此，她生怕错过丈夫的电话。我坐在她对面，阿姨，你今天好漂亮。杨翠兰露出羞涩的笑，你也漂亮。我说，与阿姨差远了。杨翠兰抓抓耳边的头发，都白了，怕他认不出我呢。我说，那怎么可能？你依然这么漂亮，叔肯定认得你。杨翠兰扭头望着窗外，换个煤气，咋这么长时间？不会被车撞了吧？我说，不会的，叔又不是第一次干这个，准是顺便办别的事去了，以前不也有过类似情形吗？杨翠兰的眼睛再度有了亮光，他车胎爆了，害我热了两次饭。我说，我就说是吧。杨翠兰嘟囔，也不打个电话。我说，周围没电话，怎么打给你？杨翠兰盯住我，手机呢？他带了的。我说，如果没电呢，他怎么打？她想了想说，也是。我做惊讶状，阿姨用什么牌子的搽脸油，好香！杨翠兰说，紫罗兰。我哇一声，这名字听起来就香。杨翠兰的脸颊微微泛红，他喜欢闻这个。我小声问，李丁不知道这个秘密吧？杨翠兰略显紧张，你别告诉小丁，他还小。杨翠兰的思维串台了。我立即道，好，我不告诉他，谁也不告诉。杨翠兰松口气，你真好。我问，外面有人唱歌，你喜欢吗？杨翠兰大幅度摇头，呜里哇啦的，像哭一样。我笑笑，那是外国歌曲，你不喜欢，咱放点别的。我把小录音机拿出来，问，准备好了吗？然后轻轻一摁。低沉忧伤的二胡曲缓缓流出。杨翠兰怔了一下，仅仅是怔了一下。好一会儿，她才盯住录音机，眼睛有些大。我屏住呼吸，观察着她的反应。但她只是瞪着，仿佛那是她从未见过的怪物。阿姨，我轻声问，你以前听过吗？杨翠兰没有反应。等了一会儿，我又问，杨翠兰说，听过，老早了。我迫不及待，你能记起什么时候在哪儿听到的吗？杨翠兰说，老早了。我启发她，是不是和小丁一块听的？杨翠兰摇头，忘了。我问，你能听出是什么乐器吗？杨翠兰眨眨眼，不会是二胡吧？我竖起大拇指，阿姨太牛了！怎么样，好听吗？杨翠兰说，也像哭。我立即摁下停止键，不听这个了，咱换一曲欢快的。除了《二泉映月》，杨翠兰的前夫最喜欢拉《赛马》。激昂的旋律在屋里回荡，杨翠兰皱皱眉，但仍在倾听。她的身体慢慢向桌子倾斜，我小心翼翼地叫声阿姨。杨翠兰突然站起来，关了！太乱了！！我说，听阿姨的。杨翠兰喘气不匀，像随奔马跑了一圈。我问，你也听过是吧？是和小丁一起吗？杨翠兰摇头。我说，不要紧，你慢慢想，想起来告诉我，有奖励哦。

　　回到医办室，我从柜子里取出二胡。李丁送来时，两条弦均已断掉。我找人安了两根新弦，调了音，定了调。装扮换了换，身体仍是原先的。只待乐师奏响，那是下一步计划。循序渐进，不可操之过急。家具、器物，包括杨翠兰的记忆都与李丁的继父有关，唯有这把二胡是李丁生父的。李丁的生父挤进了杨翠兰的脑子，那么另一个人就有可能往外退，哪怕一点点。我承认这个想法有些疯狂，但作为精神科医生，我知道药物永远达不到最佳疗效。我没十足把握，只能试着往前走。李丁犹豫了几天才答应。我知他担心什么，那也是我担心的。

但李丁还是相信我了。没他的配合，试验不能进行。今天是第一次治疗，还算满意。我给李丁打了电话，末了说，谢谢你。李丁叫，贺梅，你是打我脸吗？他在大街上，我听得出来。我说，不，我说的是心里话，阿姨出院那天，我请你吃饭。李丁生气了，你越说越不像话了。我笑了笑，小心开车，见面再聊。

我不是心浮气躁沾沾自喜的人，但那天有些兴奋，很想找个人说说话，最好喝上一杯。院长、助理、护士，想了一遭，没有合适的。我犹豫一下，给他发了短信。他是我的病人，失眠症患者，是我治愈的，在治疗期间和他有了关系。但我从不联系他，除非他给我打电话。他很忙，几乎每天都能从电视上看到他。离婚后，我独自生活，有的是时间，他发信号，我即刻赶到宾馆，像个应召女郎，但我不以为意。除了时间，我只有寂寞。他曾提出让我去个轻松的地方，那是他一句话的事。我说考虑考虑。他没说什么，冲这一点，他挺善解人意的。过了半小时，他回信了，检查组来了。没有多余的话，但我清楚那五个字的分量。每一个都超过我的体重。我并不怪他。我想起范大同，也许他可以。有些滑稽，怎么想起他了？虽然我不再恨他。时间确实是良药，但也没有彻底将过去放下。对饮欢庆？拉倒吧。

夜晚降临，我开了瓶红酒，法国的。我没要过他任何东西，除了酒。我还抽烟。院长眼毒，问我平时抽哪种牌子。我当然不会回答。我只在自己的房间抽，什么牌子都与他无关。我打开录音机，盛红敏的声音响起，是《昨日重现》。我录了好多，说起来，盛红敏是陪伴我最多的人。酒与歌声一道流进我的身体，带着些许醉意，我跳了一段舞，在昏沉中进入梦乡。

次日，我的脑袋有些沉，但没在床上拖延，仍旧步履匆匆。范大同是在我抚摸那把二胡时进来的。我停下来，问他睡眠怎样，是不是还需要开药。范大同扬扬手里的食品袋，说来看看庞丁的母亲。我说，这里是特殊病人，没有家属的同意，不能探视，你问过李丁了吗？范大同说，我只是探望一下，送些吃的。我拿起电话，范大同可怜巴巴地说，贺主任，求你。我说，那么，请你离开吧。范大同说，这些东西你交给她，好吗？我停了一会儿，说只此一次。范大同说，我保证，如果……我竖起手指，他说，好吧，谢谢你了。他仍站着。我问，你还有事？他上前一步，欲拿二胡。我拦住他。范大同问，这不是庞丁父亲的二胡吗？我看了他好一会儿，你认得？范大同说，当然认得，你知道，那会儿我和庞丁天天腻一块，每次去，他父亲都拉二胡，喏，这缺了一个角，是庞丁碰到地上磕的，弦是刚换的吧？我说，没错，就是那把。范大同问，怎么在你这儿？我说，你开始办案了？范大同带了些歉意，对不起，我是好奇。或许是他略带歉意的神情触动了我，或许是我仍沉浸在治疗的兴奋中，对他简单讲了。范大同满脸疑惑，这管用？我说，你该离开了。范大同叫，我可以帮你啊。我冷冷地说，这里不是刑警队。范大同急躁地说，听我说行吗？要唤起庞丁母亲的记忆，最有效的不是二胡。轮到我疑惑了。范大同目光闪亮，他生父不比二胡管用？我问，你什么意思？范大同把脸扭向窗外，你该明白的。

李　丁

突然看见了庞有亮。

我猛地踩了下刹车，坐在后排的女士几乎撞到隔离网。顾不得那么多了，我迅速右靠，停车，往庞有亮行走的方向追了几十米，已无踪影。从路口拐进去是古玩市场，人头攒动。我扫了几扫，不甘心地拽回目光。女士问发生了什么，我听得出她的不悦。我说实在抱歉，收你半价。女士立即不吭声了。从火车南站返回，我走进古玩市场。我不懂行，平时极少到这种地方。转了两遭也没扫见那个身影。或许是幻觉，但也有可能是他。虽然只看个侧面，但脸形、走路的姿势都错不了的。二十多年过去，庞有亮还有他犯的事早已被忘记，他本人也会这么想吧，那么他回张垣瞧瞧也极有可能。如果是这样，总有一天会撞见他。

用庞有亮治疗杨翠兰的病，我觉得实在荒唐，但架不住贺梅劝说。那些理论、那一堆专业术语我听不懂，她打的比方我是明白的。她说如果汤咸了，最好的办法就是用水稀释。我答应配合，万一有可能呢？就不用整日把杨翠兰关在牢笼里了。

庞有亮的痕迹已剔得干干净净，只有那把二胡留了下来，和扳手、改锥一起藏在顶棚的角落。杨翠兰最该丢弃的是二胡，因为庞有亮拉起二胡便把一切抛诸脑后，杨翠兰深恶痛绝，几次扬言要砸掉二胡。可是，她没有丢弃。我想不通，问贺梅。贺梅说，每个人心里都藏着秘密，本人也未必能破解。贺梅回答了我，我却不知道答案。但不管怎样，二胡是庞有亮的宝贝，唤起杨翠兰的记忆该是可能的。但愿吧。

庞有亮也移出了我的脑子，偶尔记起，也如飞烟，转瞬即逝。我以为和他再没有关系了。贺梅开始对杨翠兰治疗后，他频频闪现，起初只是一粒粒悬游物，慢慢连成一条条线，之后便一块块堆在那里，由模糊渐至清晰。那年中秋节，杨翠兰把排骨炖在锅里，让庞有亮看着，她去商场买月饼。这天，月饼打折，她是会过日子的女人。她特意嘱咐庞有亮好好盯着。庞有亮倒是没拉二胡，值了夜班，他睡着了。杨翠兰风风火火地赶回来，庞有亮刚刚被烟呛醒。杨翠兰的嘴可不是吃素的，庞有亮招架不住，便向我求救。是的，只有我能平息杨翠兰的怒气。事后，庞有亮塞给我三元钱作为奖赏。我常常闯祸，庞有亮常被请到学校，校长、政教主任、班主任都训过他，彼时的庞有亮像罪犯一样弓腰点头，发誓要狠狠收拾我。他把他们都骗了，他所谓的收拾就是他拉二胡的时候罚我站立。只有一次，他当着某女生的家长扇了我一巴掌，拎着我的耳朵怒冲冲地离开。走出校门，他就说，如果我不动手，那个女人就先动手了，或许就不是一巴掌。他还说，不管什么场合，都要动心眼。

我想起了很多……

是不是这个原因我出现幻觉，而并非庞有亮回到张垣？我不知哪种可能更大。我再难以专注，从早到晚，坐在车里左右扫视。当看到一个人，还在很远的地方，只是有几分相像，我便点下刹车，放慢速度，然后加速前进。我清楚，这很不应该，但就是不由自主。有一次，一个客人恼怒了，虽然我再三解释致歉，他还是叫我停车，骂骂咧咧地走了。

我给杨翠兰送换洗的衣服，贺梅说进展还算顺利，如果治愈杨翠兰，盛红敏也有希望。盛红敏的歌唱得棒极了，她没准能重返舞台。贺梅吃了兴奋剂般。盛红敏家喻户晓，我当然知道。贺梅从脚底拎出一盒茶叶，让我带走，说有些家属蛮不讲理地谢她，她实在招架不住。我说，那是谢你的。他们不知道我最在乎的是什么，她说，你该知道的。我下意识地瞅瞅贺梅的小臂，那儿有一道疤痕，是被家属划伤的。我当时说，干吗不改行？她回答我说，慢慢你就知道了。

我开始给阿姨减药了，贺梅仍沉浸在兴奋中，我找到一个愿意来医院拉二胡的人，在唤起阿姨一部分记忆后，我就让他当面拉给阿姨。然后，她突然盯住我，怎么了你，心不在焉？我说，没有啊。贺梅笑笑，骗我！我问，什么时候可以出院？贺梅问，怎么啦？我说，没怎么，就是问问。贺梅摇头，我给不了你准确时间，心理疗法，我也是尝试。你安心开你的车，我在这儿，你尽管放心。费用的事，我已经向院里申请，应该没多大问题。我忙说，这就不必了，已经给你添了太多麻烦。贺梅反击，这话很伤人呢。我说，我检讨，不过，确实是，医院不是你家开的。贺梅说，不是没有先例，况且我在阿姨身上进行的治疗是试验性质的，在别的医院，所有试验药品都是免费的。我知道你这个人，怕麻烦别人。我不是别人，对不对？其实，应该感谢的人是我，没你的信任，我怎能进行下去？我说，好吧，听你的。贺梅说，这就对了，只要能治好阿姨的病，别的都是次要的。我说，是。贺梅打趣，那为什么还垂头丧气的？

我想向贺梅说的，见了她又不知道怎么开口。在她追问之下，我讲了最近的一切。沉默一会儿，贺梅说，幻觉的可能更大一些，相隔二十年，即便他真的回来，相貌体形会发生很大变化，你怎么可能一下认出来？我说，万一他真的回来呢？贺梅说，纠缠你的不是他是否回来的问题。我问，那会是什么？贺梅说，说起来缥缈，但你被困住了，他若回来，被你发现，你该怎么办？报警，还是视而不见？我被问住。

范大同

去年，局里将十宗案件列为重案，都是陈案。破获了几起，其中一桩命案，嫌疑人逃亡二十八年，更名换姓，娶妻生子，还是个小老板。此案的侦破给局里长了脸，庆功会，副市长都参加了。海燕电子厂失窃案不在重点之列，根本就没人提起，似乎被遗忘了。如果不是去看庞丁的母亲，我也想不起来。庞有亮外逃多年，或许练就了狐狸的嗅觉，但更重要的是缉捕他的网没有持久张开，可能与涉案金额有关吧。如果庞有亮是一剂药，没有什么比把他本人带到杨翠兰面前更有效。我一直想为庞丁做些什么，我希望和他回到从前。那么，就从这个案子开始吧。

当年负责此案的队长三年前因病辞世，接手的警员也已经退休多年，在秦皇岛与儿子住在一起。我去了一趟，约老警员在餐馆见面。

老警员双鬓斑白，但面色红润，状态很好。我迫不及待，直奔主题。老警员轻轻哦了一声，说，这是真正的海鲜，你尝尝，在张家口吃的不新鲜，即便是活的，也没这儿的味道。我说，我可不是来吃海鲜的，我更喜欢牛羊肉。老警员说，习惯就好了，我刚来也吃不惯，现在没海鲜，喝酒都没味儿。我说，还是说案子吧。老警员问我多大了，我说这是你当年的习惯吧。老警员说，你四十上下吧，我在这个年龄也觉得自己跟铁块似的，一有案子几宿不睡，抓捕了嫌疑人，那个兴奋。但人毕竟不是铁，说老就老了，好些案子没着落，揣了一堆遗憾退休。哪能事事如意？可这股劲就是缓不过来。刚退那几年，做梦都是案子的事，现在好些了，那已不属于我。我理解你，但你纵有三头六臂，也难免遗憾，干吗这么急？我说，我已经订了返程票。老警员说，那么久了，总得容我想想，来，这是母蟹。

我拽掉螃蟹的腿。老警员缓缓开口，那个案子我记得，因为接手时我有点情绪。有一桩大案，没让我参与，理由就不说了。干咱这行，谁不想啃硬的？普通案子没什么劲。当然纵有情绪，我也不马虎。只是……我调查的时候，海燕电子厂已经被北京一公司收购，生产的也不再是收音机，工人退的退调离的调离，认识嫌疑人且有过接触的也就三五个人。当时的两万块钱还算个大数，后来就不算什么了，我调查那几个人对嫌疑人不是很了解，对他的评价只有一个字：傻，竟为两万块钱扔下老婆孩子跑了。当然，也有关于嫌疑人的传言，如受情妇蛊惑等，没有证据，不足为信。他们对抓不抓到嫌疑人毫不关心，反问我，为什么还查？就是把他抓回来又能怎样呢？觉得嫌疑人不值得，警察也不值得。只有那个躺在病床上的原厂长有些激动，他因为这个挨了处分，但也提供不了什么线索。这桩案子在我手里没什么进展，我只是补充了些调查笔录，发了些协查函。你在卷宗里看到了吧。其实也没什么可调查的，窃款逃亡，所有的证据都指向他。如果发现他的匿身处，直接抓捕就可以。我一度想从他家属那里寻找线索，做那个女人很多工作，但没有收获。对了，你为什么突然对这个案子感兴趣？难道没有更值得破的案子了？我说，所有的案子都值得办，大小只是性质问题。老警员别有意味地笑笑，我差点忘了，你是个副队呢。我沉默一分钟，这桩失窃案发生时，我正读小学，嫌疑人是我要好同学的父亲。老警员点头，凡事必有缘故，祝你成功。我问，嫌疑人是否有同伙？老警员说，卷宗里不写着吗？我说，是写着，但我发现前后意见并不一致。老警员说，廖队长起先认定是有同伙的，后来排除了这种可能，理由写得清清楚楚，我倾向于有同伙参与，却写不到纸面上。我问，为什么？老警员说，只是个人感觉。我说，很想听听。老警员说，那天傍晚，嫌疑人去十字街口的商店买了一瓶二锅头，他常去那儿买东西，店主认得他。在他值班的办公室发现了瓶盖，但没发现酒瓶，应该是离开时带走了，或是扔到什么地方，反正厂子里没寻见。谁会在出逃时揣半瓶酒？我认为瓶里的酒已喝光了，他没那么大酒量，该是两到三人一起喝的。可是现场只有他一个人的脚印。还有，如有同伙，应一起出逃，但廖队长调查过，市区没发现无故失踪人员。他逃了，同伙像平常一样过日子，这说不通啊。所以，我只是感觉，你知道，干咱们这行的，有时管不住脑子。咦，快吃啊，都凉了。

从秦皇岛到张家口只有慢车，要坐十多个小时。距开车尚有两小时，我在街头转了转，买了几张报纸，好打发火车上的时间。广场入口处有一乞丐，蓬头垢面，每有人经过，就举起不锈钢茶杯。我扫他一下，没怎么在意，脑里似乎有东西在飘，我要竭力抓住。走出十几米，我终于捕到，突然一个激灵。我返回，慢慢走到乞丐身边，将买报纸找回的一元硬币投进钢杯。当啷一声，很响。乞丐说谢谢，却没抬头。我摸了摸，没硬币了。我问，你饿吗？要不要吃些东西？乞丐仍未抬头，虽然头发长，脸也脏，但脸的轮廓还是看得清。那一刻，我的心都快蹦出来了。我说，如果你饿，我可以买些给你。乞丐说，包子，猪肉大葱馅。乞丐猛抬起头，两笼我才能吃饱。我愣了愣，说快到点了，丢下二十元离开。乞丐在我背后说，你是好人，愿你长命百岁。

我边走边想，也许庞丁的父亲已经沦为乞丐，两万块钱够干什么？以往的思路，总认为他藏匿在什么地方，如果成为乞丐，就没有藏的必要，或者说，是另一种形式的逃亡，是被警方忽视的藏匿方式。甭说在陌生的地方，就是在张家口的街头流落，又有几个人能认出他？缉捕思路该调整一下。只是——我突然想，如果将已沦为乞丐的庞有亮拎到庞丁的母亲面前，他是药，还是毒药？我和庞丁的裂痕就此愈合还是越来越宽？在那一刻，我感觉自己和那些疑问同时悬在了半空。

毛 头

我登上公交，站在距黄理最近的位置。他说，我等你好几天，每天都揣着，恰今天没带。我说，我不是来拿钱的。黄理问，那你来干什么？我说，找你呀。

事没办成，黄理要把钱退我。接到电话那一刻，我觉得心被整个挖掉了。就在长途汽车上，我给其他人打电话。有的当场就拒了，有的过两天告知帮不上忙。妻子不知怎么和一个陪床家属搭上话，那人说试试。今天上午给了回话，又一扇门堵死了。我又想到黄理，他是唯一的指望。我没把钱取回，就是怕断掉这根线。到公交车上找黄理有些不妥，但我实在等不及了。

我小声讲了，黄理没吱声。到了终点，人下空了，黄理方说，不是我不帮，朋友说难度大，我有什么办法？我说，你再和朋友说说，使使劲呗。我掏出刚刚取出的一万块钱，说只要能成，钱不是问题。黄理瞟我一眼，毛头你疯了吧。他挡了一下，我还是把钱塞给他。你把我的话转给你朋友，帮帮我，行吗？我摇晃着，快站立不住了。黄理说他就再拽下脸试试。我说，无论如何也要办成。黄理说，没有这么说话的。我说，对不起，这两天我脑子要炸了。黄理问，为什么非要去二小？大境门有学校呀。他已是第二次问。我没有正面回答，说哪怕砸锅卖铁。

第二天开始，我不住地给黄理发短信，诸如，天热了，黄哥多喝水；吃了吗，要不要坐坐？还有一些黄段子，让他解闷。黄理终于烦了，别催我好不好？我盯着那个问号愣了好一会儿，回复：对不起。我有催促的意思，但不完全是。

第九天，终于等到黄理的电话，他张嘴先骂我，但声音里满是兴奋。那时，我正站在架梯上干活，举一托板泥子。巨大的喜讯差点将我击倒，我晃了晃，一只手撑住墙，黄哥，谢谢你。黄理又骂，你小子，没日没夜地催。我说，今晚坐坐吧，我给黄哥赔罪。黄理说，还是免了吧，我都怕你了。我再三恳求，黄理应了。挂了电话，我仍打摆子一样抖，直到女业主进门。她是个孕妇。我的失态被女业主瞅在眼里，她问我是不是发烧了。我说没有啊。女业主说，你在抖哎，我瞧着都晕。我说，有点累。女业主说，那你歇歇吧。我笑笑，不妨事。女业主说，得给我刮平哦。我说，你放心，我干这个不是一年两年了。我凝神屏气，终于平静下来。女业主没有离去，这是要监督了。她有一搭没一搭地和我说话，提及孩子，我告诉她，小女儿在第二小学就读。女业主甚是吃惊，真的呀？你可不简单呢。我不是爱吹嘘的人，那一刻也不知怎么了。女业主问我家在哪儿，我说大境门。女业主叫，那更不简单呢。她说买这处房就是为了孩子将来能上二小学，多花很多钱呢。我瞄瞄她的肚子，暗暗叹服，也就六七个月吧，与人家相比，咱那点本钱算什么？

中午，我买了两个肉包、一瓶啤酒，找处干净的台阶坐下。身后是女业主的小区，对面是第二小学，学校已经放假，校园空空荡荡。庆祝的彩色气球早已不在，只有旗帜在飘。我的小可就要成为这里的一员。我觉得和这所高大上的学校有了某种亲密关系。一个人在校门前溜来溜去，立刻引起我的警觉。他有些鬼祟，我停止咀嚼，死死盯着他。如果他有什么企图，我会立即冲上去。过了一会儿，有一个人走到他身边，两人握握手，走向停车场。我吁了口气，继续吃包子。

啤酒只是庆祝序幕，晚上我和黄理猛猛地喝了一场。我对黄理说，小可入学那天，要在张家口最高的旋转酒店摆一桌，约上你的朋友及朋友的朋友。黄理说，等小可上了大学。我说那怎么行，一定要摆！黄理用手指点着我，你呀，真拿你没辙儿。

出餐馆，我踉跄一下，黄理问不要紧吧，我说再喝半斤都没问题，硬是把黄理送上公交车。路上的情景我仍记得，穿越小桥时，我坚持不住，趴在栏杆上呕吐起来。我醒来时，躺在父亲身边。父亲将水杯递给我，渴了吧？我揉揉发胀的脑袋，我怎么回来的？父亲哼一声，鬼知道你怎么回来的。我使劲地想，还是想不起。我说，这么晚了，怎么不睡？父亲说，我等着喝酒呢，你拎个空瓶回来。我看看表，已经后半夜了，说，赶紧睡吧。父亲说，睡不着，觉越来越少了，怎么喝这么多？我说，小可上学的事定了。父亲说，难怪，醉一场也值。又说小可的事解决了，该操心操心他了。我说，瞧你这话说的。父亲问，你问医生了吗？我问，问什么？父亲很不满，我就知道你不上心。我想知道还有多少天，你就不能问问医生？我又好气又好笑，没见过你这样的人，非要掰着指头算。父亲固执地说，我想知道。我说，那你问去呗。父亲说，医生不会告诉，不然我就去了。我说，不告诉你，就能告诉我？父亲说，你不一样，医生会说实话。父亲像中了魔，我的争辩和劝说丝毫不起作用。

贺　梅

　　二胡曲唤起了杨翠兰的部分记忆，虽然我说不准那部分究竟是多少。是温暖的，还是伤感的，我心里也没谱。但我清楚，那部分的记忆如窗户的缝隙，终会变宽，直至彻底打开。也许会刺激到她——还有什么比目击丈夫的车祸过程更刺激呢？那是她应激性障碍的病因——但若能驱散她的阴霾，那也值得。

　　杨翠兰抱电话的胳膊松弛许多，我试着从她怀里拽出来，但未能成功。我一碰，她又抱紧了。她紧张地说，贺大夫，不能动。我说，我替你保管。她拼命摇头，不行，他李爸快来电话了。我说，好吧，咱边听边等。一天上午，我终于把她的宝贝拿到手了。我轻轻放到桌上，继续和她听二胡曲。她很投入。一曲终了，她突然兴奋地叫起来，我知道了，这是《赛马》！我比她还激动，你确定？她的目光画画一样绕了一圈，就是《赛马》。我说，恭喜你。杨翠兰不安地说，你真要奖我？我说，当然，有奖状，还有奖品。都是准备好的。奖品是一块放在塑料盒里的蜂蜜蛋糕。她吃了一半才想起电话。我说吃完再给她，她不肯，一定要抱在怀里。

　　半个月后，我觉得火候差不多了，电话脱离她怀抱的时间越来越长，最长的纪录是三小时。播放的那几支二胡曲，她均说出了曲名。我和杨翠兰讲，她表现越来越好，所以打算给她举办一场专门的音乐会。杨翠兰问是不是要去剧院，我说就在这儿，观众就你和我。杨翠兰问李丁可以听吗？我说那就把李丁也喊来。

　　那天，杨翠兰换了一身新装，我打趣她像新娘一样好看。我注意到李丁的眼神，这样的玩笑让他紧张。接到我电话那刻，他心上的弦可能就绷着了。杨翠兰努努嘴，竟有几分羞涩。

乐师如约而至，灰色中山装，黑裤子，这是杨翠兰前任丈夫最喜欢的装扮。我窥视着杨翠兰，她没有特别反应。像正式演出一样，乐师深深鞠了一躬，我碰碰杨翠兰，她随我鼓掌欢迎。没有序幕，没有过渡，乐师往凳上一坐，直接开场。乐曲如瀑，我立刻觉得自己被浸透。再瞧杨翠兰，微张着嘴，要大口呼吸的样子。也就是三五分钟，杨翠兰突然喊，别拉了！乐师颤了一下，并没有停。他在等我的手势。杨翠兰坐在我和李丁中间，这样安排自然是以防万一。没想杨翠兰动作神速，猛跳起来扑向乐师。相隔不过两米，乐师根本没有躲闪的时间和空间，径直被她扑倒。我和李丁把杨翠兰拽开，李丁死死抱住她。我扶起乐师，说了一万个对不起。杨翠兰仍在跳叫，我暗暗想，亏得李丁在场。

回到医办室，乐师摸着被杨翠兰抓伤的脸，很是恼火。你说她是个病人，可没说她是个疯子！我说，她就是病人，这世上没有不得病的人，她的病不过特殊些。又说了些致歉的话，在费用上做了补偿。

杨翠兰已经安静下来了，那部电话又被她牢牢抱在怀里。我让李丁忙他的，李丁不放心。我说，我心里有数。李丁压低声音，你要继续吗？我说，当然，疗效很好，为什么要停止？李丁说，药还是用一些好。我说，心理干预也是药，而且是可以根治的药，你既然相信我，就相信到底。李丁垂了头，好吧，有情况随时给我打电话。我说，你配合我的最好方式，就是安心开车。李丁说，这几天我挺好的。我说，那就好。

我削了一个苹果，一半给杨翠兰，咱们边吃边听好吗？就像昨天一样，女人多听音乐会变得漂亮。我观察着杨翠兰的反应。她没有反对。播完一曲，我问，是不是比刚才那个人拉得好？她好像没听见，小心翼翼地擦拭着电话机，但我知道她在听。好半天，她终于抬起头，带了些戒备。我笑笑，这是考试题，你必须回答。她的目光变虚，像被大雾笼罩住。我轻轻击击桌子，浓雾慢慢散开。我说，其实，我清楚你在想什么。杨翠兰缩缩肩。我说，乐师是我花钱雇来的，你把他赶跑了，不过，我不生气，他让你想起一个人，对吗？杨翠兰低下头，继续擦拭。我问，那个人，你恨他？杨翠兰顿了顿，说，不。我加重语气，你撒谎了，你还在恨他。杨翠兰抬起头，没有。我说，你该恨他，若是我，也会恨他。杨翠兰满脸惊愕。我说，你细细想想，有些地方，他还是不错的。杨翠兰摇摇头。我说，不急，你慢慢想，咱们再听一次《赛马》好吗？杨翠兰轻轻点头。

李　丁

　　我刚发动着车，范大同推门进来。我就知道你在家，为什么不接我电话？我说，静音，没听见。范大同哼了哼。我也没好气，我犯了什么事吗？范大同说，想和你谈谈。我说，没空，还得挣钱呢。范大同说，我打车，你不至于拒载吧。我不情愿地说，去哪儿？范大同说，南站，走西坝岗。

　　西坝岗堵车程度仅次于长青路，那天还好，踩油门的脚可以用力了。范大同喂了一声，慢点开。我问，什么时候司机归刑警管了？范大同掏出钱夹，将二张粉色的百元大钞拍在仪表盘上，是这个价吧，我包了。我没吭声。过了一个红绿灯，我放慢速度。我暗暗猜测范大同找我的目的。他肯定有目的。虽说后来我和他来往不多，但他是什么样的人，我最清楚。不需要问，等他开口就是。范大同发完信息，偏过头。我不理他，目视前方。范大同盯我一会儿，将头转向车外。我心里嘿嘿几声，你是刑警队副队长又能咋样，我不犯法，你还能把我铐了？我以为范大同只是暂时沉默，好大一阵，他仍没开口，不由

046

拿眼扫扫他。他并没有陷入沉思或发呆状态，而是瞅来瞅去。这小子别是在欣赏风景吧？抑或是检查市容市貌？这不可能，他没这份闲。报纸上说他忙得没日没夜的，午饭夜晚吃，晚饭凌晨吃，他的时间像黄金一样。他似乎在寻找什么人……突然一个激灵，不由踩下刹车，猛了些，范大同上半个身子几乎倾倒。没这么撒气的，他说。我没接茬儿。庞有亮才从我脑里淡出，最近几日，我再没看见他。或如贺梅所言，那不过是我的幻觉。但范大同的怪异举动……我只和贺梅说过，难道贺梅告诉了范大同？有万分之一的可能，范大同也不会放弃，我又想起记者的话。他是来追捕庞有亮了。一定是这样。他以为坐在我的车上，抓捕庞有亮就更有把握。他打小就想当警察，也确实是这块料。但这次他要失望了。我冷笑一声。

南站乱哄哄的，我说，这儿不能久停。范大同说，谁说要停？往回返，走清河路。我有些恼火，你这是干什么？范大同说，我不能告诉你，别忘了，我是包车。我说，把你的钱拿走，我不拉你了。范大同说，小心我投诉你。我哈一声，随便。范大同语气柔软了许多，庞丁……我——我打断他，我叫李丁。范大同说，好吧，那就李——丁，我没折腾你的意思，绝没有！我直视着他，那你要干什么？范大同说，我会告诉你的，但现在不行，先开，好吗？如果我拒绝，他会乞求我，这也是他的本事之一。

说实话，我有点紧张。我粗声大气，也是为了掩饰。我并不担心庞有亮被范大同抓捕，如果他确实溜回张家口的话。可不知为什么，我还是紧张。这种感觉从来没过，在范大同面前。

范大同仍是捕猎的神态。他在找人，确定无疑，也许还揣着手铐呢。这时，我倒希望他和我说说话。我几次偏头，他没有任何反应。快到古玩市场时，我感觉心跳在加快。范大同嘿了一声，我下意识地问，怎么了？范大同回头望了望，路面有一只被压死的鸟，我以为你会躲过去。我讥讽，警察都这样？范大同说，你可是为鸟举办过葬礼。那是放归锦鸡的那年冬天，我在西太平山发现十多只冻死的鸟，用捡来的石头垒了个坟包。我说，挺奇怪的，一个连誓言都能扔到脑后的人，却会记住一些烂芝麻。范大同说，你有资格损我。我说，我哪敢，除非你借给我胆子。我以为他会回击，但他只是笑笑。

依照范大同的吩咐，我把车停在路边。范大同走向明德北超市。我摸出手机，翻出贺梅的号。听到贺梅的声音，我突然语塞。怎么不说话？贺梅问。我深吸几口，喉咙畅通了些。昨天吃多了，我说。贺梅笑了一声，学会幽默了，吃什么大餐？我说，烙饼卷大葱，还有酱菜丝。贺梅说，故意来馋我。我能想到她板脸的样子，忙说，打扰你了吧。贺梅说，真不经夸，是要和阿姨说话吗？我说，不用了，晚上去看她。贺梅说，状态挺好的，安心开你的车吧。合上手机，我吁了口气。就算贺梅说了，也是无意的，怎么可以问她呢？

范大同出来了，拎了一大包东西。他把东西扔到后座，仍旧坐到副驾驶。西太平山，他说。我怔住，去那儿干什么？范大同反问，我必须告诉你吗？我说，开不上去的。范大同说，非要我一遍遍求你，你才答应？我一声不吭地发动了车。

山门在半腰，门是伸缩的。范大同亮出证件，守门人把门打开。我说，这算不算以权谋私？范大同笑了，你打算告发我？我反问，以为我不敢？范大同说，那我告诉你，我在工作。我说，这钱也是单位报销？范大同笑出声，审问我呀？我有权保持沉默。

就停在这儿吧，范大同指了指。路侧有几株山桃树，山桃拇指大小。山桃长不大，也就这样了。范大同拎着袋子走了几步，回头，下来呀。我说，我是司机，没义务陪你干别的。范大同走过来，算我求你，给个面子行不？我迟疑一下，推开车门。

范大同说到西太平山，我就想到朝阳亭。果然。范大同从食品袋

048

掏出火腿肠、鸭蛋、矿泉水、罐装啤酒，还有面包。他拧开矿泉水瓶盖递给我，自己开了一罐啤酒。你还记得吗？咱们比赛谁吐得远。我说，忘记了。范大同说，那时，什么都有趣。我说，成功人士都喜欢怀旧。范大同说，反正没旁人，你随便损随便骂，就像——我立即道，我可不敢。范大同并不在意我的冷嘲热讽，继续道，一晃就四十了，真他妈快。我说，报纸上说你忙得睡觉都没工夫。范大同仰脖，把整罐啤酒全倒进去。你生父酒量多大？他抹抹嘴角的泡沫问。我愣住。我见过他喝酒，不知道他酒量多大。似乎漫不经心，但我瞧出他是有准备的。是的，他从来是有目的的。我瞪他好一会儿，才问，你绕了半天，就是为了问这个？你直接问就可以，何必兜圈子，还搭上二百块钱。范大同笑笑，直截了当，你会回答？我恼怒地说，你以为兜个大圈子我就会回答？范大同说，前几日，在秦皇岛火车站广场碰到一个人，很像庞叔。我哼了哼，那你把他抓回来呀。范大同说，可惜不是，我想说不准会回到张家口。我问，有人告诉你了？范大同说，这倒没有，仅仅是个人推测。我问，你什么意思，要审问我吗？范大同又开一罐，做个碰杯的架势，怎么总是气冲冲的？我意识到自己的反应确实激动了些。静默几分钟，我问，你到底想干什么？范大同问，你不想知道他的下落吗？我没有任何犹豫，极其干脆，不想！范大同说，那桩案子历经三任队长，现在我接手了，但要破获，需要你配合调查。我重声强调，我不想知道他的下落。范大同拍拍我，我躲开。他说，我是警察，既然接了，就不会罢手。

范大同

出了戒毒所，我没有立即上车，腿有些沉，每次都这样。你他妈把两个女人都害了。庞丁的声音带着彻骨的寒意。那是很多年前了，当警察一直是我的梦想，却被挡在门外。终于有了一线可能，我不愿错过，哪怕挤得头破血流。我是坏人吗？我不清楚。从帝王到乞丐，谁不设计谋划自己的人生？我没想伤害谁，许多事非我所愿。当然，不能排除我的嫌疑。那些被我抓捕的犯罪嫌疑人个个都要辩解，有时我挺羡慕他们，信口开河，胡说八道。而我只能默默承受——干什么不付出代价？

我点了一支烟，望了望湛蓝的天空，一行大雁飞过，不留任何痕迹。我给岳母打了个电话，说若云挺好的，医院那边也已经联系妥当，明天一早我开车去接。老头儿散步淋了点雨，他没在意，夜里便发烧了。吃了药烧退了，却断断续续地咳嗽。老头儿似乎对医院怀有恐惧，我和岳母为他费了许多口舌。如果是我父亲，我早发火了。但对老头儿不能，以前不能，现在更不能。岳母压低声音，问那个专家的情况，我说没问题，放心。岳母不说话了，但并未挂电话。我眼前立马浮现出她嘴角下弯的弧度，于是补充了专家的相关信息。岳母嗯了一声，说听人说起过。

本来有别的事，路上接到小李的电话，我立刻拐了方向。小李一路小跑迎上来，叫声范队。看得出来，他已在台阶等候多时。翻来覆去就那几句话，嘴硬得很，小李解释，掩饰不住他的恼火。我摆摆手，让他先去休息。小李略显不安，范队？我说，后面还有任务，你把觉补够了。

疑犯看见我，坐姿马上有了变化，垮塌的腰立时挺直。昨日抓捕的，入室盗窃。审问非常顺利，连以前的两起也交代了。但问题就在于太顺利了，他有急于交代的迫切，似乎被抗拒从严坦白从宽几个字震住了。实话说，我之前没太把他放在心上，觉得不过是个小蟊贼，他尚显青涩的脸在戴上手铐的同时几乎被恐惧扭歪，整个人都在战栗。审讯时依然战战兢兢，一度不能进行。我和颜悦色，说了些改邪归正之类的话，他方放松下来。其实，他交代的同时我就有所怀疑。他言语流利，眼神却游移不定，完全不在一个节拍。我相信自己的感觉，他不是普通窃贼。审讯交给小李，他需要锤炼。小李撬不开，只能我来。

我盯着他，一言不发。审讯时，我有隐秘的难以言说的兴奋，因为在疑犯面前我不会矮着。我从不报怨忙碌，闲着对我是折磨。

和我对视一会儿，他的目光缓缓移开。该说的都说了，他等了几分钟，见我没反应，补充道，没什么可说的了。闭嘴！我喝。他甚为惊愕，眼神带着试探。我仍旧瞪着他，目光不凶，并非凶才起作用。有些疑犯耐不住我的瞪视，十多分钟就缴械。当然有例外，不是百发百中，那样我会改变套路。我是不是要坐牢？他想装嫩，但太嫩了。我几乎要笑了，脸肌外扩，然后慢慢收拢。他低下头，像睡着了。但我清楚他仍能感受到我的瞪视。他有点儿慌，低头不过是掩饰。许久，他偏偏头，我立刻将他的目光攫住。坐直！我喝。

我掠过墙上的钟表，整整一小时，仅仅有些慌张，绝对是个毛油子。开始吧，我轻声道，甚至有几分温柔。你先说，还是我先说？他说，该说的我都说了，总不能让我胡说吧。我说好，那就听我说。

我就讲去年破获的重点案件，疑犯潜逃二十八年，终于落网。抓捕他时，他和家人正在饭店为十六岁的女儿庆祝生日。我们没有立即冲进去，一直等到他们唱完生日歌，吹灭蜡烛。带他离开的时候，他女儿扑上来，认为我们抓错了人。她哭叫着，我爸爸是天底下最好的爸爸。疑犯提出想和女儿说句话，我们同意了。知道他说了什么吗？我问，他摇摇头，看得出来，他很好奇。我说，我们没听到，他是咬着女儿耳朵说的，但是他和女儿都流泪了。

接着讲另一起，也是潜逃数年。因为一个女孩，一个男孩把另一个男孩捅了，一刀扎在胳膊上，另一刀刺偏了，只伤及皮肉。持刀男孩连夜登上南下的列车，他不敢在一个地方待太久，最多半年，遇到心仪的姑娘，姑娘也喜欢他，但他不敢和姑娘发展。逃亡九年没睡过一天踏实觉。他决定自首。被捅的男孩当年就和女孩结婚了，两人还到刑警队为逃跑的男孩说情。捅人的男人知道这一切后，追悔莫及。他自己把自己毁掉了。

你为什么和我讲这些？疑犯问，我又没杀人。我说，你害怕听这些吗？疑犯说，我有什么害怕的？随便你。我说，如果犯困，就说，我最会治了。疑犯马上端正身体。我接着讲破获的案子，抢劫、杀人、偷窃、纵火、强奸。说到案子，我记忆力出奇好，许多细节都能说出来。

小李进来一趟，把盒饭和矿泉水放下便退出去。他知道我的习惯。从中午到黄昏，从黄昏到深夜。疑犯问，能不能吃点东西？我说，到现在我连早饭都没吃。疑犯说，想喝点水。我指指自己的喉咙，谁才有资格喝水？疑犯说，你不能虐待我。我说，你懂的词挺多呢，你没吃没喝，我也没吃没喝，我和你一样待遇，这叫虐待？疑犯问，吃点再讲不更好？我说，我有个习惯，得把自己掏空才吃得下去。疑犯说，头晕，坚持不住了。我说，我可以帮你坚持，如果你有需要的话。需要吗？疑犯揣测地看着我，摇摇头。他的目光已不如白日有神。

凌晨三点，疑犯已是满脸的困顿和倦意。审讯正式开始。半小时后，疑犯终于招供。确实不是普通窃贼，有命案在身。我喊进小李，让他做笔录。

五点半，审讯结束。

小李敬服地看着我，欲言又止。我说，我知道你想问什么，没有根据，只是感觉。小李劝我关掉手机，好好睡一觉。我说得去医院了。

毛 头

等车的实在多，我费了点儿劲才挤上去。黄理喊，往后走，别堵在门口。然后，他看到了我，皱皱眉。我没有朝后挤，我不是来坐车的，连续找他三天了。开学前，黄理托的人回话，校长让缓一星期，等开了学，稳定了，再往班里插。开学一星期，小可仍不能入学，回话说还要等，教育局和市政府收到了状告第二小学的信，上面正在查。两星期后，答复今年班容量实在太大，只能明年了。小可已经到了上学年龄，明年？那不是胡说八道吗？若明年还不行，那是不是要推到后年？我让黄理再叫朋友找找校长，黄理不肯。他说如果不愿意等，就让朋友把钱退回来。我并不是担心那两万五打了水漂，小可上不成学，我没法向妻子及小可交代。妻子打听到，开学后仍有插班的，校长给出的理由不足信。小可进不去，只能说明关系不行，也可能嫌钱少。如果是钱的问题，我可以再拿嘛。黄理认为不是钱的问题，并劝我别再砸钱。可不砸，小可就彻底没了希望，我急得起了满嘴泡。

到展览馆下去一堆人。一个女孩登上来，身后跟一个中年男人，个头高，几乎摸到车顶。我偏了偏身，但两人没往后走，女孩几乎与我并立，她抓扶杆的手与我碰在一起，她往旁边稍移了移。抓牢了，男人对女孩说。刚才上车时，女孩稳稳的，他却做着护的架势。有些怪，但我没多想。

你连活儿也不干了？黄理问。我说，哪有心思干活？黄理说，你就是天天跟着我也没用。我说，再催催你朋友。黄理说，已经答复了，再等一年又能咋的？我说，不能等了，今年必须上！黄理苦笑，我实在是无能为力了。我说，只要能进，什么条件都行。黄理明白我讲的是什么，摇摇头，不能再往进陷了。我拼命克制，还是带出火气，我已经陷进去了！

车颠了一下。

我的肩感到厚实的力，是刚才上车那个高个男人。不要和司机讲话，他的目光像他的手一样有压迫的感觉，车上不是你一个人。虽然他高出我许多，但我并不怵他，满腔的怒火正没处发呢。你管得着吗？我有些恶狠狠的。我是乘客，当然管得着，如果你不把别人的安危放在心上，我就把你揪下去。他抓住我的胳膊，我不由龇了牙。女孩喊声爸爸，他松开手，仍死死盯着我。静默了两分钟，我向车尾走去。

只能躲开，骨子里我是怯懦的。车空了许多，我坐在最后一排，等男人和女孩下车。到白桥站，只剩下三名乘客。男人和女孩在前，我在后。男人偶尔扫扫我，他像猜透我的心思了，故意和我耗着。我暗暗骂娘。我就不信他能陪到底。我有的是时间，看谁能耗过谁？他能耗下去，莫非他女儿会陪着他耗？

两个来回，上上下下，男人与女孩竟然没下车。我简直要疯掉了。到明德北，我冲下车。我疯了不要紧，小可怎么办？我打算明天继续找黄理，不信还能碰到男人和女孩。明天是周一，难道女孩不上学，男人不上班？

睡了一觉，我改了主意。我是个笨人，但某一刻突然灵光闪现。为什么非要黄理的朋友送钱呢？我自己也可以。校长已经拿了我两万块钱，并已经许诺，对小可的名字自然有印象。何必求黄理？何必让黄理找他朋友？捷径对我对校长都有好处。我打算先送一万，加上先前的已经三万，该差不多了。后来一想，再送两万胜算更大。妻子不同意，说四万块上大学也用不了。我好一顿劝，妻子仍不同意，还摔了碗。存折她保管着，她不同意我就拿不到钱。她下班回来，我接着做工作，她还是不肯。我火了，揪住她的头发揍了一顿。

取出钱的当天，我便守在第二小学门口。我见过校长真人，登她照片的报纸就在我枕下压着，出门那刻我塞进包里。我仍怕认错，隔一会儿就拿出来瞅瞅。有些紧张，有些激动。在我心目中，第二小学校长比市长分量重。脸被妻子抓破了，火辣辣的。

一个牵着狗的女人走过，那狗长得像狮子，浑身金毛，极长极长，脑袋上也是，几乎把眼睛盖住了。狮子狗在我裤口处嗅了嗅，我正想伸手摸摸，那女人喝叫一声。小狗好像没听见，倒是我吓了一跳，立刻缩回。一个背着手的老年男人走走停停，一瞅就是那种有退休金拿着闲得近乎无聊的人，遇见下棋的看一阵，碰上吵架的必伸长脖子瞅个究竟。经过我面前，他停住。肯定是脸上的伤痕引起他的注意。我的目光直定定的，他立刻扭开。我碰碰伤痕，问自己，这么做会不会鲁莽了些，要不要和黄理商量商量？下课铃响了，校园立刻开了锅。里面本该有小可的声音。我的心立刻被油煎了，一阵阵抽搐。试试也没什么不妥，我想，小可实在是不能再等了。

校长是最后出来的，和一位教师相跟着，到门口两人说了几句话，校长似乎在嘱咐他什么。趁这个工夫，我又拿出报纸对了对。校长朝停车场走去，我跟在她身后，有十米左右的距离。她拉开车门，我喊了声孔校长。孔校长转过身，我快跑几步，自报家门，我是毛小可父亲。孔校长问，学生家长？我连忙点头。孔校长说，有事找班主任，几班的？我的脸突然就红了，还没上呢，黄理的朋友找过你，毛小可，想上一年级，你有印象吧。我的手已伸进包里。孔校长说我听不懂你说什么，人一闪，砰地关了车门。我呆呆地站着，眼瞅着轿车驶离。

回想整个过程，我没说不当的话，如果有不妥，就是不该当下就掏钱，那可是停车场。虽然没掏出来，但我的动作她是明白的。那时似乎有人经过，我听到了说话声。好在她没有翻脸，我有补救的机会。

我吃了几个包子，梦游似的转了半天，下午再次来到第二小学门外的停车场。看到孔校长的车，我长吁了一口气。然后我拦了一辆出租车，商量好价钱，我让司机把车开到孔校长车的对面，那儿正好有个空位。停车费我出，不待司机张口，我就说了。我给他指指孔校长的车，告诉他，一会儿跟在那辆车后面。我不干犯法的事，司机从后视镜窥窥我。我说，你看我像坏人吗？你大可放心，我们祖宗几代连个小偷都没有过。司机没再说什么。他的后脑被削了似的，比面板还平。他不是那种饶舌司机，除了必要的问题，没说过多余的话。正合我意。我无法预知结果，但我觉得运气正在转好。

孔校长终于出来了，她换了身装扮，穿了裙子。天气转凉，像她这个年纪的女人很少穿裙子了。我让司机跟上，别太近了，不跟丢就行。司机一言不发。大街上车水马龙，车厢内静得能听见心跳声。我换了几次姿势，但眼睛始终盯着前方。司机不错，始终与孔校长隔着两三辆车的距离。我还是不放心，生怕跟丢了，那样还得多花一天时间。我耗得起，小可耗不起。

堵了。我不由骂娘，虽然孔校长的车也被堵在路上。我以为司机会有所回应，但他仍沉默不语。孔校长的车过了路口，绿灯开始闪烁，我的心提到嗓子眼儿，在变成黄灯那刻，出租车冲了过去。孔校长原来住在富丽山庄，我在这个小区干过活的。我把钱塞给司机，车一停便推开车门。

贺　梅

我煮了碗面条，倒了杯红酒。碟子里半截吃剩的黄瓜、一块豆干。晚餐越来越简单，有时生个火都懒，两杯红酒、一碟小菜就打发了。刚吃两口，收到他的信息：我十点以后有空。这是他的信号，是他的召唤方式，没有多余的话，没有任何温度。这是多年修炼的结果，什么场合都滴水不漏。我把手机放到一边，虽然知道他绝不会有第二句，还是瞄了好几次。我吃完面条，喝掉两杯红酒，回复了一个微笑的表情。然后开始化妆，当然不会浓妆艳抹，我不喜欢，他也不喜欢。

我踏上宾馆台阶，坦然、平静，有时自己都怀疑是来约会的。刷门卡时，我下意识地看看表。十点一刻，刚刚好。我不是刻板的女人，但约定还是要守的。

凌晨，他还在熟睡，我悄悄起身，怕影响他睡觉，我从不开灯。但灯突然亮了。他坐起来，梦游似的看着我。我怔了怔，轻声说，还早呢。他没说话，直到我穿戴妥当，才提醒，别拉下东西。我笑笑，替他把灯关了。他的提醒得体、温暖，但我有奇怪的感觉。等电梯时，我拉开手包，多了一张银行卡，一定是趁我洗澡时放进去的。没有密码，但我猜得到。传言他要调离，这么说是真的。那么，他突然开灯算是告别仪式了。这是他的方式，我并没有什么不适。我没有向他提过任何要求，这张银行卡是他的补偿费了。可我并不觉得需要补偿。电梯上来了，无声地打开。我返回，把卡从门缝塞进去。

走出宾馆的旋转门，我打开手机，没有来电提示。我松了口气。回到家，我又看座机的显示屏，时间尚早，眯一会儿绰绰有余。但总觉被绳子拽着，煮了碗燕麦粥，煎了个鸡蛋，吃毕便往单位走。

下午三点，我把乐师带进病室。我讲了杨翠兰的故事后，乐师同意与我合作。这已是第四次演奏了，杨翠兰安静了许多。乐师落座，杨翠兰便主动把那部电话放到桌上。这次拉的是《良宵》，我不时观察着杨翠兰，她的身子微微前倾，虽不能用沉醉形容，但已经入戏。上次用了两分十秒，这次只用一分九秒。如果乐师换成她前夫……我不能预判她的反应，但我敢肯定，她不会抓狂。我已成功地帮她从记忆里捞起前夫的许多好，一旦扎根，那是会繁殖的。当然，那是个缓慢的过程，快了未必好。

院长不声不响地闪现在门口，我正要起身，院长摆摆手。这一段没出什么乱子，院长似乎不大适应，一趟趟往精神病房跑。以往不是这样，没有事故，很难见到他。送走乐师返回，院长正和杨翠兰说话。杨翠兰双臂垂顺，规规矩矩地站着。我对杨翠兰说，院长只想知道你吃得好不好，不用紧张。我推推院长，小声说，这不是你待的地方。院长边走边说，你还给我划定范围了？问我晚上有无安排，想请我吃顿饭。末了强调，我每次请客你都不到场。我说，你知道的，我不喜欢人多。院长说，今晚单独请你，赏个脸吧。说到这份上，我只好点头。

我准时赶到明德北红焖羊肉店，院长已经在座。桌上立了一瓶红酒，我的目光不由自主扫过去。院长说，拉菲，一九九六年的。我怔了怔。院长说，红酒，你该比我懂。我很弱智地问，你怎么知道我喝红酒？院长说，猜出来的。我知不是实话，但这个也没必要认真。院长问，还要为那个女人演奏多少次？我纠正，是治疗。院长说，好吧，还要治疗多少次？我说，十次左右。院长说，请乐师是你自掏腰包吧。我说，我不能预知结果，不想加重家属负担。院长说，你可以找我啊。我甚意外，顿了顿说，已经减免了她的住院费用……院长说，这种带有试验性质的治疗，院里应该支持的，你何必？我不知该批评你还是表扬你。我说，那样最好，只是……院长摆摆手，那就这么定了。我举起酒杯，我代病人及家属感谢院长。

聊了一会儿杨翠兰，话题不知怎么转到他的家事，一箩筐。他女儿所在的企业倒闭了，又遇上婚变，整日待在家里。他担心她精神出问题，想让我帮帮忙。我以为要我做心理辅导，但他说明意思，我突然愣住。我想起那张房卡，以为没人知晓我的秘密，许久才道，我不过是个医生，怎么和人家说上话？院长说，你治好他的失眠，你去找他，他肯定给你这个面子。在回来的路上，我曾想，如果范大同把李丁的生父抓回，找找他，或许会判得轻些。但也只是想想，因为一切都是假设。现在，我与院长面对面坐着，他的要求实实在在。院长声音低沉，听说他要调走了，这是最后的机会。我端起杯，一点点地啜尽，斟酌着，院长这么信任我，我很感动……然后，我看看窗外，说，恐怕要让你失望了。

范大同

我找见了庞有亮曾经的两个同事。接到出警电话，我正和其中一个聊天。是的，聊天，而不是询问。我已经找过他两次，这是第三次。基本上是废话，但有价值的东西往往在废话中。这和淘金一个道理，只要有耐心，不愁没收获。庞有亮曾在元旦晚会上拉过一曲《赛马》，那人说以前并不认识庞有亮，他本人平日爱哼唱，所以散场后找到庞有亮，还给了庞有亮一支烟，谁知第二天庞有亮就不认识他了。不过也正常吧，有才的人难免古怪。我让他哼唱《赛马》，他刚唱出腔，电话响了。我说，实在不好意思，有紧急任务。

案子有点儿特殊，死者系第二小学校长，社会影响大，市领导做了批示，要求尽快破案。局长也立了军令状。在案情分析会上，局长连鞠三躬，甚是动情。然后，他又把我叫到办公室，说破了此案，我将由代理正式升任队长。其实，他不许诺，我也不会懈怠。

死者被扼颈窒息。显然双方打斗过，其指甲处提取的血迹非她本人的。但现场只有一个打碎的杯，其余并无损毁。死者包里的钥匙、身份证、银行卡、美容卡均在，另有八百元现金。连夜从外地赶回的家属确认没有丢失其他物品。盗抢钱物，基本可以排除掉。

监控显示，死者的车进入小区不久，一个男子跑进来。死者往三号楼方向行走，男子尾随其后。死者边走边打电话，显然没注意到身后有人。男子没有任何遮挡。我注意到他的挎包，不大，如果是凶器，那就是蓄意的。两人在楼道口消失，二十四分钟，男子仓皇离开。小李问要不要把疑犯的照片打印出来，我说暂时不用。我觉得在哪里见过疑犯，但脑里总有一个地方卡着。调看小区门口的监控时，突然记起来了。我对小李说，走，去公交公司。

二十三小时后，嫌疑人被抓获。还没到审讯室，嫌疑人就交代了。结果令人瞠目，亦令人唏嘘。

次日一早，我在刑警队门口看见那个老头儿。昨日，抓捕嫌疑人费了些周折，嫌疑人没抵抗，但老头儿死活不让带人。他显然身有重病，不说话还喘，激动起来更是剧烈地咳嗽，脸膛紫黑，似乎随时会昏厥过去。我解释半天，甚至嫌疑人也劝他，他仍颤颤巍巍守在门口质问为什么抓人。半小时过去，老头儿没有松动迹象，我试图拖开他。岂料老头儿突然抱住我的腿，说我们一定弄错了，他娃连个蚂蚁都不敢踩的，不会做犯法的事。我说只是去问个话，稍后就放他回来。他这才有所松动，说不放他娃，他就死在公安局门口。没想到他还真来了。

老头儿一手扶墙，一手掐着佝偻的腰。喉咙卡着，他费力地咳，感觉脖子要抻断了。小李端过来一杯水，老头儿接了。他喝水的工夫，小李告诉我，老头儿早就来了，非要在门口等。

喝了几口水，老头儿呼吸通畅了些，然后被小李搀进办公室。说话不算话，老头儿坐定便这样质问我。我说，你家人呢？老头儿说，家人让你们抓了。我笑笑，我来告诉你为什么。

老头儿的反应出乎意料，半天才骂，傻娃子！然后冻僵似的定住。良久，脸化开，两行泪蜿蜒而下。我说，你打车来的吧，让小李送你回去。老头儿猛又咳嗽起来，脸由青转紫。我让小李打120，声音不高，老头儿竟然听见了。他挥舞一下胳膊，大喘着粗气说，用不着，给我点儿水。喝过水，老头儿缓过一些。他问能判几年，我说我不是法官。老头儿问他娃有立功表现呢，我说当然没坏处。老头儿提出要和儿子见面，我说现在还不行。老头儿瞪着我，目光并不凶恶，像是揣测我。我示意小李，小李去搀他。老头儿甩了甩胳膊。我说，这不是你待的地方。老头儿说，我要是犯人，你就不赶我走了吧。我笑笑，抱歉，我很忙。老头儿大声说，我没说假话！我怔了怔，盯老头儿一会儿，说，主动说出来，就是自首。老头儿问如果他自首，他儿子是不是可以减刑。我说，这是两回事，你自首可以对你宽大处理。老头儿说，那我不自首了。我说，随便你。小李看我，我用眼神制止他。老头儿不像玩笑，我相信自己的判断。老头儿咳几声，我快死了，宽不宽大都一样，我只盼毛头……你请示一下上级。我说，那你等着。出屋，我在门廊站了片刻，打了个电话，是给岳母的。转回去，老头儿满脸期待。我说，打了。顿了顿说，上级说可以考虑。老头儿急切地说，能减几年？我说，这不是做生意，不可以讨价还价。老头儿说，你别骗我。我说，还是送你回去吧。老头儿说，海燕电子厂。我突然一个激灵，然后盯住他。老头儿说，窝在心里二十多年了。我生怕老头儿反悔，小心翼翼地说，你知情？老头儿神情里竟有一丝嘲弄，当然知情，那就是我做的。小李已经开始记录了，我倒了杯水，让老头儿润润嗓子。

　　断断续续的，说了近两个小时。中间，我问了几个问题。躲了这么久，还是没躲过老天的报应，老头儿最后说。

　　关系重大，我立即向局里做了汇报。隔天，两台挖掘机开进海燕电子厂南侧的荒地。电子厂连同南侧的荒地被两米高的红砖圈着，这一区域已经属于某房企，不日高楼将拔地而起。白天，老头儿被救护车拉至现场，夜晚再送回医院。虽然安排了警察轮流监守，我还是不放心，当然不是担心他逃了。扑朔迷离，关键时刻，老头儿绝不能出意外。

第八天中午时分，白骨被挖出，法医摆出一个完整的人形。身份需要进一步确认，但基本明了。做 DNA 亲源认定，庞丁和母亲必须到场。我不知怎么和庞丁说，交给了小李。这不妥，大不妥。很快，我叫回小李，必须我去。

过程我不想说了。比对结果出来，我立刻回到病房，和这个红星锁具厂前技工聊了一会儿，我话锋一转，你说谎了。老头儿瞪大眼睛，都挖出来了，这还有假？我说，庞有亮死了这没假，但你还有隐瞒，没有全交代，我之前没问你，就是等你主动说出来。老头儿皱巴的脸轻轻抽了一下。他说，该说的，我全说了。我说，你有同伙。一丝慌乱掠过老头儿的脸，一阵猛咳。我说，有一点点隐瞒，那就不算自首。告诉我，同伙是谁？半晌，老头儿抬起头，告诉你也没用了，他死好几年了。我冷笑，既然死了，你为什么还替他藏着，独自担罪有什么好？老头儿说，钱大半归我了，我发过毒誓的。我审视着他，两人作案，你分了大半的钱？老头儿嗫嚅，他还得了别的。我问，什么？老头儿说，说了你未必信。我有些不耐烦，到底是什么？老头儿说，他娶了那个人的女人。

庞　丁

昨天，下了一场雨，冷飕飕的，花谢了，花枝已被风雨摧打得满身污泥，不成形状。半山腰的枫叶仍红得耀眼，再有个把月，枫叶也该凋落了。

车停在山脚下，我一手拎锤，一手拎锹，拾级而上，不是很陡，但拐来拐去的。台阶两侧的松树一样高，据说长到一定程度就不长了。张家口有好几处墓地，这里是北山墓地，从西太平山可以望得见。他的墓地是我选的，不在中心，但也不是角落，我觉得这个位置刚刚好。

墓碑是白色的，上面两行字，黑的一行是他的，另一行没颜色的是杨翠兰的。杨翠兰说过要和他埋在一起，人过世，字才能漆黑。墓前的石板颜色灰暗，那是焚烧冥币留下的痕迹，每年我都要祭奠三次，清明、中元，还有年根的时候。这个人，我先叫叔，后叫爸，连姓氏都改了。我至今难以相信，那又怎样呢？铁证如山！所以他不能再躺在这儿了，他失去了这个资格。我脱掉夹克，抡起铁锤，狠狠一击，墓碑竟然纹丝不动。我又一锤，再一锤，墓碑终于裂开，仍然没倒。似乎有什么声音，我扭头四望。也许他就在附近，在某个树杈上蹲着。我希望他在场，让他看得明明白白清清楚楚。如果他有疼的感觉那就更好。

再次举锤，双臂却抖起来，我不知何故。终于，胳膊垂下来，还有我的脑袋。我本该咬牙切齿，本该仇恨他，可鼻子一阵一阵地酸。我稀泥一样坐在地上，脑里过电影一样，全是他和杨翠兰那些事。他做的红烧鱼很好吃，那天杨翠兰或许是太饿了，粗心大意，一根鱼刺卡到喉咙里。她吃掉两个馒头，喝了半斤醋，没什么感觉了，以为没事了。第二天，她的脖子就肿了，送到医院已经说不出话了。做了两次手术才把那根鱼刺取出来。他二十四小时守护，我要替他，他坚决不让。杨翠兰出院，他瘦得脱了形。自那之后，餐桌上再没出现过鱼。他对杨翠兰的好，我能说出来一箩筐。可怎么就……我知道了真相，却更加糊涂。如果不是那场车祸，他至今……他换煤气回来，杨翠兰正好走出明德北超市，两人是斜对角，杨翠兰看见他，喊出来。他本该等在那里，杨翠兰的声音似乎有魔力，他连红灯都忘了。在那个上午，杨翠兰的喊叫也毁了她自己。他是这样一个人。可他究竟是怎样的人？

本想稍歇歇，可坐下去就是半天。中午，我缓缓站起来。墓碑砸碎了，但我没有把他挖出来。让他躺着好了，虽然墓地很贵。独自躺着吧，让他。

我不能把庞有亮埋在这个墓穴。

我在东山买了块墓地，花光我仅有的积蓄。这是我唯一能为庞有亮做的。埋葬庞有亮那天，范大同也来了。我和他不是一路人，来往渐少，不过，这件事我挺感激他。庞有亮不再是畏罪逃亡。

从山上下来，我走得极快，远远地把范大同甩在后面。不知为何，我有一丁点紧张。范大同喊我，我假装没听见，径直走向停车场。庞丁！范大同突然提高声音，我只得站住。多陪陪阿姨，范大同拍拍我的肩，转身离去。

临近中午，我去清真食府买了一斤焖丁，胡萝卜牛肉馅。快到明德北，又堵车了，我给贺梅打电话，让她转告杨翠兰。到精神病院已是十二点一刻。贺梅在楼梯拐角站着，吁了口气，总算来了，阿姨等急了，进去吧。

以为你不来了，杨翠兰盯着我手里的餐盒，那是什么？我说，你猜猜。杨翠兰说，我闻到香味了，肯定是饭。我竖竖大拇指，真聪明。打开餐盒，杨翠兰欢叫，焖丁！我夹到不锈钢碗里端给她。她小心翼翼咬了一口，有汤滴出来，她吮了吮，咬第二口。我问，好吃吗？杨翠兰嗯一声。顿了顿，我又问，你记得第一次吃焖丁和谁一起吗？杨翠兰指指我。我问，还有谁？杨翠兰的眼珠不动了，她是想再想的，但有些吃力。我忙说，快吃吧，趁热。杨翠兰的神情浮起一个大大的问号，你……不吃？我笑笑，指着墙上的二胡，你吃，我伴奏，想听什么？

在高原

一

　　终于尝到了高原天气的滋味，中午阳光烙人，下午落了场雨，气温陡降。米高穿着短袖，竟抵不住凉意，哆嗦了一下。外套是带着的，但返回宾馆已经来不及。路边的麻辣烫冒着腾腾热气，米高无意中瞟了瞟，摊主马上问要不要来一碗。米高略一犹豫，点点头。平时，他根本不吃这些。所有摆在露天场合的，如烧烤煎饼之类，他都不吃，即便吃碗面也得找个小馆子。并不是多么讲究，也没什么特别的缘由，比如卫生，小馆子也未必干净，就是习惯。

　　米高坐下来，有意无意地觑着校门口。食摊距校门口二十几米，还不到下课时间，已有接孩子的家长汇集在校门外。这情形与城市那些小学没什么不同，不过是接送工具，轿车夹在形状颜色各异的电动车、自行车、三轮车之间。吃了两个海带串，嘈杂声已经大起来，米高的视线被大腿或车挡住。他急忙站起，抹抹嘴巴往前挤，猛又停住，他搜见了她。她总是抢在最前面，距校门也就一步之遥。虽然看到的只是侧面，仍能感觉出她的专注，还有焦灼。那些家长探头不过是形式，她不。她从不与人闲聊，似乎也不去听旁人说什么，仿佛她接的人不在教室而是从一个遥远的星球回来。米高观察三天了，她的姿势

066

几乎没有变化。

　　放学铃响起的同时，门卫便将大门打开，堵在校门外的家长自觉分成两排，让出中间的通道。米高又往前靠了靠，能看清她的正面了。她穿一件深紫色上衣，衬得脸有些暗。手里还抓一件小袄，粉色的。她的另一只手突然扬起，招了招——又一队学生出来了，都穿着校服。米高不知是怎么辨认出女儿的。她准确地从队伍里牵出她，麻利地套上粉袄，拽着她往外挤。她的目光不像先前那么专注了，而是多了些……警惕。是的，警惕，左看右看。米高与她的目光撞在一起，这是第一次，他迅即滑开，装出找人的样子。再回头，她和女孩已经走到马路对面。她的电动车在那里。

　　校门口空了，食摊一个接一个离开，米高仍然站着，仿佛忘记了寒冷。她看见了他，虽然她不认识他，可毕竟是看见了。她把他当成家长，还是……也许她根本就没在意他，那么多面孔，他又没什么特别。目光的瞬间撞击很可能是他的错觉。可是，米高还是有些焦躁。其实已经没必要再来校门口守候了。昨天就确认了，他相信自己，没必要来的。他又来了。为什么要来呢？他没有自责，只是有些焦躁，还有不知所终的空。

　　天色暗下来，米高才往回走。县城不大，被一条窄河割成两半，东西一遭也就一小时。共五所小学，米高来的第一天就摸清了。女孩就读的学校在县城边上，有些偏，可能是女人特意选的。这些年，她该是换过挺多地方，当然也可能一直躲在这个高原县城。

　　米高回宾馆穿了外套，在门口的餐馆要了两个菜、一碗米饭。菜是服务员推荐的，炒蕨菜、炒黄花，均是当地特产。确实好吃，米高搜肠刮肚，想着怎么夸比较合适——服务员目光殷切，似乎等待验证她没诓他。牙硌了一下，是沙粒。米高下意识地捂捂腮帮子，随后吐到餐巾纸上，又漱漱口。服务员有些紧张，她看到了他的动作。米高并未说什么，再硌到牙就不客气了。咀嚼速度没有慢下来，反而加快了，似乎非要硌一下。两盘菜吃得干干净净，感觉撑着了。纵是这样，他还是溜达到丰丰理发店所在的巷子里。丰丰与女人的名字没有任何关系，理发店的位置也有些偏僻。女人和女孩就住在店里，晚上就关了，和街面上的发廊正好相反。此刻，米高看到的只是透着灯光的窗户。来巷子更是没有必要，米高也说不清楚，可能是心里发空。肚子饱胀着，心却更空了。来回走了几遭，起先还能看到进出的人，后来整条巷子只剩米高孤绝的身影。

再回到宾馆快十点了。冲澡时，他觉到了不适，不只心空，整个身体都是空的。他摇晃一下，然后小心翼翼地贴在墙壁上，喘息片刻。喷头还在淋水，有如涛声。入住第一天，他便感觉到身体的反应。以为是高原反应，海拔两千多，比不上西藏，也可以了。睡了一觉便恢复过来，毕竟不是西藏。一次性反应，对身体没什么损伤，怎么又……脑里晃过什么，可能太空了，他没抓住。涛声越来越大，他伸出胳膊，摸索着将水龙头关掉。涛声仍旧不绝。他终于明白，袭击他的并不是高原反应。又停一阵子，他使劲儿抹把脸，扶着墙走出去。躺了一会儿，混杂的声音渐渐平息。头不晕了，另一种慌却袭上身。这么多年过去，他以为再不会有窒息的感觉。这是怎么了？

铃声是自己设的，老曲子，每天不知听多少遍。可半夜三更叫起来，仍显陌生刺耳。其实，他并没睡。周末，又逢月底，肯定会来电话。快一年了，他已经摸清了这个电话的规律。

在哪儿？沙哑的声音透着凌厉。

古原。他顿一下又补充，一个高原小城。

古原？显然，这对他完全陌生，他没有任何想象。

米高说，靠近内蒙古边境。

男人问，有消息吗？

米高望望墙壁，空空荡荡，没有任何装饰，然后说，还没有。

男人说，下个月的钱已经打给你了。

男人没有多言，他所有的话都藏在薪酬里。米高明白，那不是简单的话。

收到了。每次挂断电话，米高都有不可遏制的愠怒，仿佛男人逼他签下了生死契约。

二

为什么躲我？许丽丽不厌其烦、一成不变穷追不舍地追问。米高的回答也千篇一律。为什么我见不到你？你在哪里？我现在就要见你！她呼喊着。米高说，我在外地，现在不行。许丽丽不死心，外地是哪里？就是火星我也要去。米高说，不行，你不能过来。许丽丽嚷起来，你就是躲我！米高说，好吧，就算是吧，我们不要再见了。你他妈就是一个混蛋！许丽丽终于歇斯底里。这是她的收场方式。米高挂断电话。

许丽丽和男人的电话不同，没时没点，清早、正午、半夜，似乎她时时刻刻在想念米高，他是她的空气，没有他，她就活不下去。有时，他无情地切断之后，她仍顽强地拨过来，米高不堪其扰，只得接起。仍是那几句话，语气都不带变的。数次交锋，米高不再接她的电话，她就疯狂发短信。有时，他回复一下，但多数情况置之不理。

回复当然有他的道理，她的问题与他无关。比如，嗓子疼得厉害，发不出音了。他回复：找含片啊，多喝水。都是废话。她奔四十的人了，又不是不懂。但必须有所表示。他心肠还没冷硬成生铁。次日，她说含了两盒，更疼了，好像喉咙长了东西。他说一定是化脓了，你必须去打点滴！！！他用标点符号加重语气。她再问你是真心的吗？他

069

就不说了。这种时刻，她就会妥协，好吧，我现在就去。

感觉到裤侧的振动，米高正面对着闪电湖发呆。他是看了古原的宣传图册跑过来的，闪电湖距县城十几公里，据说有上百种鸟繁衍生息。米高喜欢鸟，还养过一只画眉。对彼时的他，他的爱好有些奢侈。他前前妻如是说。画眉死后，他没再养过，想看鸟就去周边的湖泊或城市公园，当然是在闲暇的日子。现在，他又有大把的时间了。休息日，女孩不用去学校，女人也不用接送，米高无须去校门口守候。

湖面辽阔，却没几只鸟。米高瞅了老半天，才看见远处的湖面有几个黑点，应该是野鸭了。以前到野外看鸟，他会带上望远镜。看不清，坐坐也好，至少这是个有鸟的地方。

裤侧又振动一下，米高慢吞吞地掏出手机。不用猜，也只有许丽丽这般惦记他。

我在回西安的路上。

你在哪儿？

米高的手有些僵，"哦"写了两遍才发送出去。

我母亲去世了。

什么时候？米高问，觉得被什么东西拽了一下。

昨天夜里。前几天还好好的。我没娘了。

我能帮什么忙吗？米高盯了一会儿，又一个字一个字删掉。节哀！他说。

许丽丽没回，米高等了片刻，仍然没回。他抬起头，湖面上的黑点似乎变多了。他数了数，确实多了六只。黑点与黑点距离很远，但知晓彼此的存在，就像他和……许丽丽。这个他竭力躲避的女人。或许能为她做点儿什么，这样想着他站起来。可是，能做什么呢？突然出现在她身边？她老家在西安郊县，他是知道的。以什么身份出现呢？又能干什么？米高在大坝踱了两遭，再次坐下。看鸟吧，虽然只是一个个黑点。

先是眩晕一下，似乎被捂住口鼻，呼吸变得艰难，与此同时，心却被挖割着，米高已清楚与稀薄的空气无关。这是他两次婚姻的后遗症，好多年没犯过，以为再不会了。身边不缺女人，却远离了婚姻，防火墙是有效的。他不知是怎么回事。他没改变姿势，竭力对抗眩晕和窒息的袭击。一刻钟，也可能两刻钟，他终于平静下来。

中午，在闪电湖畔的农家酒店随便吃了点，想着回宾馆也无事，不如留在湖边。看鸟也是理由。这些高原的鸟，回城就看不到了。那明天呢？一个声音问道。明天还来看鸟，索性看个够，把瘾过足过透。那么后天呢？他皱皱眉。

傍晚，米高终是闲不住，信步向巷子走去，突然听到一声号叫。一个臃肿的女人往巷口跑来，一个男人追在她身后，两人都跑得不快。女人胳膊挥舞，双脚虚飘，男人则有些摇晃。两人相隔七八米。终究，男人还是赶上来，抓住女人猛一扯，突又松开。女人如一个圆滚滚的布袋摔到地上，连滚两遭。男人几步上来骑住她，从她怀里掏拽。女人双手死死护着，男人推不开，抽了她一个嘴巴。女人号叫着，抢劫啦抢劫啦。

旁边迅速聚拢四五个人，围观，都无动于衷。米高正欲上前，一老婆子说，老三灌猫尿就打老婆，早晚得出人命。米高的脚便定住。

男人终于得逞，从女人怀里拽出个小袋子，那或许是她和他仅剩的家当。男人起身欲离开，女人突然一扑，拖住男人的脚，男人猝不及防，摔个大马趴。周围一片哄笑。女人连滚带爬，把男人压在身底。小袋子重新回到女人手上。待男人摇晃着站起，女人已经没了影儿。她没走远，钻进了对面的豆腐店。有人往另一方向指了指，男人骂骂咧咧地去了。

米高站在外围，注意力已经转到丰丰理发店。女人自然听得到巷口的吵闹，她至少要探探头吧。但人去巷空，理发店的门始终关着。外边的世界与她无关，理发店俨然成了她和女孩的堡垒。

三

　　灯光下，照片上的女人略显灰白，但完全没有病弱的感觉。这与她的大眼睛有关，那么黑那么深，似乎轻轻一触便被融化掉。照片是男人提供的，此外，还有半本日记。另一半显然撕掉了，痕迹尚存。其实就是个抄写本，多是诗句，也有一些励志故事，偶尔在空白处插一行个人私密记载：她踢我，刚好在放下笔的时候；突然想起昨夜的梦，在高原上拼命跑。加起来也不足百字。还有呢？她用过的东西，比如旧手机或梳子之类。男人摇摇头，说都处理了，女人住的房子因为火车站搬迁，也拆了。

　　那天是中秋节，整个大楼可能只有米高一个人，为了躲避许丽丽，整整一天没有下楼。傍晚，米高接到一个陌生电话，以为又是许丽丽，有时她会借用别人的手机。他犹豫一下，接通。

　　半小时后，米高和男人在咖啡馆会面。关了一天，米高想透透气。当然，男人绝望的语气也起了作用，他像个濒死的人急于托付后事，声音沙哑中夹着凄厉。

　　这些年，米高接了无数案子，碰到过各类奇奇怪怪、匪夷所思的人和事。儿子告老子，母亲告儿子，小三告原配，私生子与生父对簿公堂……在律师界，米高绰号米大胆，什么案子都敢接，什么官司也敢打，当然有危险，他脸上有伤痕，脑袋缝过两次。女儿在国外，他孤家寡人，不怕这些乱七八糟。让米高扬名的一桩官司，他三年追寻，终是找见化名的包工头，以及包工头藏匿转移财产的证据，为那些民工讨回百十万的工钱。

男人无疑是有什么官司。男人大约说过，米高有些错愕。我是律师，米高特意强调。男人说，你没必要提醒我。米高让他找私家侦探，他不接这样的活儿，也干不了。男人说雇过六个侦探，八年过去，一无所获。米高说你报警呀，警察的效率比私家侦探高几倍。男人不语。米高觉察到男人的不悦。要么不愿意报，要么不能报，男人不说，米高也清楚。米高说自己真不行，让他另请高明，起身打算离去。男人猛地揪住米高，我还没说完，再坐一会儿。一会儿，行吗？米高只好再次坐下。男人提到费用，非常可观。米高不动声色，胸中还是起了微澜。男人笃定的神情明白无误地告诉米高，他出的就是这个价，并非口误。男人补充，我只要求你不要分心。米高静默片刻，还是摇头。男人让米高开价。米高缓缓道，这不是费用问题。男人出价非常高，但对米高没有太多诱惑。米高虽不是腰缠万贯，但足够女儿以及女儿的女儿高质量生活。她又不购置私人飞机、私人游艇。至于他自己，所需无多，一日三餐而已。现在，接案子已不是为了挣钱，而是他活着的方式。男人困惑地看着米高，米高并不想做过多解释，再次让他另找高明。男人说你就是高明呀。米高说我不是。男人僵硬的目光垂下去，忽又翻上来，恳求道，帮帮我吧。米高的心尖锐地痛了一下。几年前，一个女人也是这般可怜巴巴地望着米高，让他帮帮她，替她丈夫申冤。米高没接，因为他彼时已经和女人家的对手方签约。米高帮事主打赢官司，只出了点丧葬费。但米高的心没有丝毫轻松。好长一段时间，米高都会想起女人的眼神，现在换成了男人。虽然刚才这个男人还带着霸气，但此时脸上有崩塌式的悲伤。米高有些无力地说，好吧。

男人非常迅速地拉开提包。银行的封条尚在，人民币像结实的砖头。这是定金，余下的钱他会按月汇到米高银行卡上。协议早就准备好了，只需米高签字。米高翻了翻，没什么苛刻条件，就签了。男人把协议装起来，目光不再那么凌乱，你不用给我打电话，我会打给你！然后，男人把照片和半个日记本交给米高。

米高后来想，他之所以和男人签约，也有挑战自己的意思，换一种活的方式未必不好。那一段时间被许丽丽纠缠，焦头烂额的，正好躲躲。男人和女人之间自然是有故事的，男人不讲，米高当然知道没必要问。是是非非恩恩怨怨，很难说清。但是……线索也太少了。

她的同学、朋友的联系方式呢？

男人摇头，我不清楚，她从来没告诉我。

米高再次将目光聚到照片上，她的家人呢？

男人略显不耐烦地皱皱眉，仿佛不是他求米高，而是米高求他。

米高说，如果你不希望……

良久，男人说，她是个孤儿。

四

与往常一样，女人牵住女孩的手，走到马路对面，开启车锁。女人用的是 U 形锁，她习惯锁后车轮。就在她蹲下去的刹那，一个黑影掠过，迅速抱走女孩。待女人反应过来，黑影已经跑出十几米。女人拔腿便追。黑影夹着女孩钻进路边的轿车绝尘而去。女人扑倒，哀号不止。

米高从梦中惊醒，喉咙火烧火燎的。他趿着拖鞋灌了大半杯凉水，看看时间，还不到四点。再次躺下，却怎么也睡不着了。耳边似有哭声，米高不由屏住呼吸，确实有，就在隔壁。隔壁住一对青年男女，米高在电梯见过他们。两人闹腾了多半夜，米高一度想去敲门，终是不忍，谁还没年轻的时候。

刚打开手机，许丽丽的短信跳出来，只有一个字——冷，两小时前发的。八月，西安的夜晚或许有几丝凉意。但他清楚，许丽丽的冷与气温无关。她需要在两个哥哥之间站队。从她没有逻辑的短信中，他窥见了被亲情遮掩的黑洞。他没给她任何建议。家庭官司对他来说驾轻就熟，却在自己的婚姻中两次败北。胜负之外，很多东西是厘不清的。除非他是她的代理律师。因为曾经的关系，已经再无可能。他不会给自己人当律师。他和许丽丽交往时间并没有多久，可内心，至少某些时候，他把她当自己人。米高斟酌半天，回了三个字：我也冷。忽然，米高想起梦里的女人，她比他和许丽丽更冷。虽然他没有近距离凝视过她的眼睛，但就这几天的观察，她的举止、她的神态，还有夜晚便成了堡垒的理发店，无不透着寒冷与恐惧。

正是这样的原因，米高陷入犹豫。只需一个电话，他的任务就彻底结束。条款中有一项是关于奖赏的，付薪酬之后，有额外的奖励。但米高明白，女人和女孩的生活会从此改变。虽然他不清楚男人和女人及女孩之间的故事，基本能猜个大概。虽然不清楚男人怎么做，也知道数年寻找一个女人绝不仅仅是为了寻找。米高不敢往下想。敷衍男人？即便寻找未果，男人也照常付酬，协议写得清清楚楚，男人赖不掉也没有赖的意思。但那样，米高会陷入另一种不安与薪酬无关。

脑袋有些胀痛，米高冲过澡，溜达到学校门口。已经没有守候的必要和意义了，但米高忍不住。而且，除此，他不知在这个高原小城还能做什么。他连续看两天鸟了。

食摊已经依次排开，到校最早的不是老师，不是学生和家长，而是那几个摊贩。米高买了份煎饼，拎在手上当掩护。没有放学那般喧闹，米高难以混在人群中，他怕被她识破。她也许注意到他了。看上去她和别的家长没什么不同，但她揣着戒备，那是她的防卫武器。

女人和电动车进入视野，米高竟有几分紧张。女人停住，想抱女孩下来，但女孩不肯。她推女人一下，显然要自己下。女人说了什么，但终是妥协，只做了个防护动作。小女孩蹦蹦跳跳往里走，进入大门，女孩回过头，冲站在原地的女人挥挥手。女人没有马上离去，目光一直追着女孩进入教室。

校门外空空荡荡，空气也变得稀薄了。米高返回途中，把煎饼给了路边休息的清洁工，是个脸呈褐色的女人，冲米高说了差不多二十声谢谢。她的清扫范围就是校外这条街，这几日米高来来回回，好多不该熟识的都熟识了。他想起石城的育才街，女儿就读的小学，在育才街与槐北路交口。离婚后，女儿基本是他一个人接送，他不但熟悉两侧店铺的名字，甚至育才街的味道也是熟悉的。女儿初中读的寄宿制学校，初中毕业他就把她送到了国外。国外没那么方便，他没去看过她。每次想女儿，他就到育才街走走。店铺不断变换名字，但育才街仍是那种味道。若再走下去，这儿就成他的育才街了。在育才街行走，他知道自己要干什么。在高原上的这条街，他已经失去目的，更像迷路或梦游。

走至桥头，米高倚石栏停住。天净如洗。石城看不到这么蓝的天空。这可以作为他仍留在高原小城的理由，至少是部分理由。高原的天永远是蓝的，他可以永远留在这儿，如果他愿意。

五

母亲下葬的当天，许丽丽就离开了。她原想多住几日，母亲的魂还没有走远，在老宅才能感知到。可两位兄长像剪子一样把她夹在中间，往哪边靠她都不忍，所以选择逃离。没有了母亲，家不再是家。

米高像技艺高超的裁缝，细针密线，把许丽丽的片言只语对接缝合在一起。正如她所言，他懂她在说什么。从接触第一天起，他就成了她的裁缝。许丽丽有几分姿色，但绝不是他和她在一起的缘故。那时，他已经有些名气了，不缺钱当然也不缺女人。婚姻让他止步，对女人还是迷恋的。他中意一夜情，不拖泥带水，天亮各奔东西，彼此陌生，再无交集。特别有感觉的，会互留号码，但绝不会留恋。米高这方面有严苛的分寸，他专有一部手机，用的都是临时号码，不停地换卡，切断一切不必要的联系。他不是猎艳高手，只是杜绝可能的麻烦和纠缠。所以那些和他上床的女人并不知晓他的身份，直至遇见许丽丽。他是她的代理律师。可以向老天发誓，他绝没有打她的主意。那是犯忌的，而且是大忌。因此，他和她来往，听她倾诉，格外坦然。都怪那个该死的大雨滂沱的夜晚，他留在她家，等待雨停下来。她提议喝点酒，他点了头。任他怎么努力，也没有点滴记忆，那一切是怎么发生的。为躲避许丽丽，他伤透了脑筋。她没有威胁他，不过是想和他在一起，但那恰恰是米高的恐惧。世界虽大，没几个人可以说话。这是许丽丽原话。米高躲她，却没和她断绝来往，那句话起了极大的作用。

　　我想把头发剪了，许丽丽说。她长发及腰，发质特别好，剪掉怪可惜。她并不是和他商量，但他有什么建议，她肯定会听。他能给什么建议呢？为他留着？脑海里灵光突然一闪，如果许丽丽在，他会陪她到丰丰理发店剪头发。那么，可否让许丽丽过来？她会来的，只需把地址给她。

　　我在……米高盯视良久，又一个字一个字删掉。这是利用许丽丽，有些卑劣。他想到女人和女孩的堡垒中看看。理发店营业时，是可以进去的，他是顾客。他担心惊着她，怕堡垒的瓦片碎裂。可是，他确实想去。一趟趟去学校门口守候，已经没有必要了。但如果是陪许丽丽剪发就不同。反正许丽丽要剪，在哪儿剪不一样呢？他和她多半年没见了，他知她在哪里，她却不知他身处何方。可以借这个机会见见啊，在这个高原小城。

米高终于写下一行字。

六

许丽丽是次日傍晚到的。米高估算了一下，她至少要两天以后到，小城没飞机场，除非许丽丽会腾云驾雾。所以看见许丽丽的一刹，米高整个人呆立着，像灵魂出窍。没等他反应过来，许丽丽已经扑到身上咬住了他的肩，又稳又狠，像饿极了但不乱阵脚的猎豹。米高没有章法地推着。许丽丽焊在他身上。他龇着牙，轻……轻些。许丽丽松开口，米高刚松口气，她又咬住另一侧，没那么狠了，但时间更久。米高不断推着，没有叫出声。然后不知他推着她，还是她卷着他，两人倒在了床上。

好一阵折腾，屋里已经暗得漆一般，两人躺着，悄无声息，似乎说话的力气都没了。但她抓着他的手，过了一会儿，米高说没吃饭吧。许丽丽松开。米高打开灯，许丽丽举手遮遮眼。米高的目光掠过她的裸体，她觉察到了，返手护下体，同时骂他流氓。米高笑笑，把衣服丢她身上。两人的衣服均有不同程度的毁坏。

米高带许丽丽到常去的那个餐馆，除了蕨菜、黄花，又点了炒口蘑、炖鲤鱼。鲤鱼是闪电湖的。米高说明天我带你去。许丽丽没回应，目光上上下下缠绕着他。大半年没见面，两人均有变化，有些能看出来，有些是看不出来的。她瘦了，大约与母亲离世有关。

你不头晕吧？米高小心翼翼地问，这里是高原，容易缺氧。

许丽丽说，我去拉萨都没事，你在，我到哪儿都不会缺氧。

米高下意识地瞅瞅左右，许丽丽声调极高。

许丽丽问，又让你紧张了？是你缺氧吧。

恰好服务员端上炒黄花，米高忙说，你尝尝，野生的，味道不错呢。

许丽丽说，你喜欢野的对吧，你就因为这个躲我？

米高不想和她争吵，尤其在公众场合。他努力赔着笑，你扯远了。

许丽丽哼一声，这次你甭想躲开我。

回到宾馆，两人又滚到一起。许丽丽温柔了许多，她小心地摸着他双肩的血印，问疼不疼。米高反问，你说呢？许丽丽说，谁让你躲我这么久？没吃了你算你命大。米高说，我的肉没那么好吃。许丽丽问他来这里做什么。米高脑里晃过女人的身影，迟疑一下说，不做什么。许丽丽说，你躲我也不用跑这么远呀。米高嘿嘿一笑，这么远，还是被你追杀到底。许丽丽戳他一指头，为什么躲我，我就那么讨厌？米高说，也不是躲你，就是想一个人静静。许丽丽问，现在呢，野食吃腻了？不待米高回答，就说，你干什么我都不怪你，就是不能逃跑。想都甭想，记住了？米高点头。

许丽丽非要枕着米高的胳膊。米高几次想抽出来，胳膊有些麻，他睡不着。米高每次稍有动作许丽丽就醒了。她没说什么，却枕得更紧。米高失落地想，她以后会不会给他拴上链子？他并不后悔把地址告诉她，他还是在乎她的。他窥见了自己以往不曾窥过的内心，这是他在高原的另一个收获，何况他还有私心。

第二天吃过饭，他说还想在小城待几日。小城空气好，生活节奏慢，不像城市，每个人脸上都挂着焦虑。你多休息几天，散散心。许丽丽直截了当，你待几天我就待几天，你住一辈子我就住一辈子。米高愣怔间，许丽丽撞他一下，怎么，害怕了？米高忙摇头，你不后悔就行。许丽丽嘲讽，喊，少来虚玩意儿，是你会后悔吧。米高笑笑。

然后……米高沉吟片刻，摸摸她的头发，是有些长，稍剪一些，没准效果更好呢。许丽丽嗯一声，是有些长了，可这小地方……米高说，纪念吧。许丽丽极其敏感，纪念什么？米高说，重新开始的纪念。

许丽丽的目光就幽幽的。米高直想给自己个嘴巴。

米高带许丽丽从宾馆出来，穿过十字街，大约百米便到了巷口。许丽丽当前锋，米高可以大摇大摆进入女人的堡垒。他寻她大半年，还没近距离接触过她。他并不清楚自己的目的，或许近距离接触之后才能决定怎么答复男人？

看见丰丰理发店，米高的心抑制不住地狂跳。营业时间，门敞着，不过垂着门帘。门帘是椭圆形珠子串起来的。没有风，每一颗珠子都安安静静的。

是这里吗？许丽丽问。

米高点点头。

许丽丽撩门帘的刹那，米高突然抓住她的胳膊。许丽丽不解地看着他，怎么了？米高扯起她就走。许丽丽叫，干什么呀？他步子飞快，她被他拖着。米高说，不剪了，我喜欢你留着长发。许丽丽咕哝，莫名其妙。但她整个脸庞都被惊喜涂抹过，闪闪的。你喜欢，我就留着，跑什么跑？米高说，看鸟啊，慢了鸟就飞了。

米高和张吾同

一

　　那天的酒场，米高原没打算去。他一向不喜欢热闹，年过四十，就更不喜欢了。临近下班，老夏又打过电话，米高不好再推。老夏和他上下届，虽说只是个小老板，但交际广，哪个行当都有朋友，别人求到米高的事，米高多半得找老夏。米高没帮过老夏什么，也帮不上。老夏与米高性格趣味相差甚远，但常混在一起，特别是喝酒，老夏总要招呼米高。

　　堵车，不长的路，走了一个多小时，米高赶到包间，他们已经开始了。除了一张陌生面孔，其他的米高都认识。朋友也谈不上，说不是朋友吧，又常在酒桌碰面。老高介绍过陌生面孔，其他人便起哄，说米高迟到，须罚酒三杯。米高先和陌生面孔喝了一杯，又自个儿喝了一杯，老夏便打圆场，两杯行了，他酒量一般，我喝多，还得他送。有人说，换个人送。老夏说，那不成，我老婆只认米高，别人叫不开门。众人哄笑，米高忙举杯说，就一杯，我喝了吧。老夏在什么场合都是主角，是中心，而米高生怕别人注意，那会让他不舒服。被忽视的感觉更让他自在。米高坐稳当，话题很自然地转移。

　　话题一个接一个，普京当选，朝鲜核试验，速成鸡，瘦肉精，表叔，房姐，股票，通胀，精子库，世界末日，等等，把大家都熟悉的旧闻拿到酒桌再炒一遍。当然，也有米高平时听不到的小道消息，如某个官员的背景、某个交易的黑幕。米高很少插话，他没什么秘闻提供给大家，听就是。喝一通，说一通，酒场嘛，也就这样。某个人的手机响了，稍稍安静了一些。那人挂断后，老夏提议，干嘛老说不相干的事，咱说说自己。众人嚷嚷，说什么，我们的事你不都清楚？老夏说，你们干过的勾当我倒是略知一二，咱别说干过的，说说最想干但还没干的吧。众人嚷着叫老夏先讲。老夏说好吧，我带个头，我最大的愿望是五十岁前建一百个行宫，每个行宫养个小三。笑声顿起，你长几个肾，不要命了？一百个是替别人养的，你自己十个就差不多了。老夏定了调，众人也胡说八道，有想当钓鱼岛岛主的，有想和某个女明星睡一觉的，有想搞个印钞机的。轮到米高，米高说能天天吃没有农药的蔬菜。众人不买账，不行，这不是你个人的愿望，都想呢，说个你自己的。米高抓耳，老夏说，同过床的，扛过枪的，今儿加一条，说过机密的，米高，你不能掉链子。

目光聚到脸上，米高没有选择，说，审判张吾同。

没有爆笑，场面突然静了，仿佛呼吸都被滤掉。目光仍然在米高脸上定着，显然在等下文。米高想笑一笑，没笑出来，那句话便僵僵的，我想审判张吾同。

张吾同是谁？

是……我不知道是谁。

应该是挺好笑的，仍没一个人笑。不但没笑，大家的神色反有些怪，很轻，可米高觉到了。还是老夏圆场，气氛起死回生。

老夏又喝高了，米高照例打车送他回去。老夏酒局多，他的车常年在车库睡大觉。和老夏喝酒，十次有九次是米高送他回去。这可能是米高唯一能帮老夏的地方。往常，米高要把老夏送到楼上，老夏酒后嗜睡，米高怕老夏走不到楼梯口就睡过去。那天下了车，老夏没让米高进小区，说他没事了，让米高早点儿回。米高问真没事？老夏说真没事。米高转身，还是有些不放心，半路往老夏家打了个电话。

米高也有些晕，栽到沙发就迷糊了。后来，他被冻醒，摸出手机看时间，看到吴京的短信。她说要账不顺，还得晚几天回。米高把手机合上，丢到一边，躺下片刻，又爬起来，看了看吴京发短信的时间。

二

第二天，米高没去上班。他所在的单位极不起眼，说出来没几个人知道。有时米高说了，对方会瞪大眼，问这个部门是干什么的，米高得解释半天，后来，他就不说自己的单位了。老夏介绍米高，称米高米总，米高也不解释，由他去。可有可无，因而总是被忽略。也有好处，米高早去晚去，去与不去都可以。

这几天，米高正看央视十套的纪录片《人类星球》，昨晚错过一集，他在电脑上补回来。一个人在家，他把音量调得极高。如果吴京在，他就得戴耳机。他戴耳机的时候不多，吴京一年有三百天出差。吴京比他能干，和他结婚时，她是临时工，而他是本科生。米高开始分配在农业局，两年后到了现在的单位，再没挪窝。再挪窝的可能性很小了，哪个单位会要个四五十岁没有任何特长的男人？米高闲散惯了，换个地方未必适应。他的性格和他的单位也算脾味相投。与米高相反，吴京换了十几个工作，直到进了这家灯具厂，由推销员一路干至销售主管。没有奖金，没有任何福利，米高那点工资基本忽略不计，这个家全靠吴京撑着。吴京没因自己挣得多给米高甩过脸，米高也从不看吴京脸色行事。吴京在家，米高戴耳机是因为吴京怕吵，她在外边说得太多听得太多，回到家只想安静休息。默契？平等？米高说不上来。他是希望吴京不那么忙的，可吴京在家时间久了，他又感到不自在。怕吴京看出他的不自在，她休息，他准时准点上下班。

吃过午饭，睡了一觉，正琢磨该不该去单位遛一遭，老夏来了电话。米高以为老夏又有饭局，无论如何，今天不去了。老夏问他在哪儿，他说脑袋有点昏，在家窝着。老夏贼贼地问，咋？怕我喊你喝酒？米高说真的不怎么舒服。老夏问，不打紧吧？米高说，不打紧，可能是有点感冒。老夏忽然道，你不够朋友。老夏的声音有点儿重，米高听出来了，笑笑说，我真的不舒服，又有饭局？老夏说，我说的不是这个。米高问，不是这个是哪个？老夏说，你清楚。米高问，我清楚什么？老夏顿了顿说，米高啊，我可是从不把你当外人。米高听出老夏的严肃，愣了愣，我也没把你当外人呀，什么事你不知道？什么事不找你？老夏说，我等了你整整一上午，等你给我打电话，你小子撑劲大啊，我只好上赶子了。米高摸不着头脑，问，你说的什么事呀，我怎么听不懂？老夏骂，你小子和张吾同是什么关系？

米高愣了片刻，突然就笑了，根本就没有张吾同这么个人，我不过是随便说说。老夏追问，没有？你敢说没有？米高几乎看到老夏瞪圆的牛蛋眼。老夏眼大，眼皮厚，自嘲是牛蛋眼。米高说，也不是没有，可我并不认识他。老夏说，认识也罢，不认识也罢，反正有这么个人吧？米高说，可能有这么个人，但与我无关。老夏问，无关，你审判他干什么？米高笑骂，靠！那不是胡扯吗？老夏说，朋友归朋友，有些事不能摆到桌面上，我懂，你和张吾同有什么过节，不说也罢，什么时候用我，一个电话就得，咱公检法都有熟人。老夏如此认真，米高急了，叫，我和他没什么过节啊。老夏不客气地回敬，没过节，审判个鸟？米高意识到逻辑上有些混乱，越想理顺，越理不清楚，恼火地咳一声，反正，我不认识他，随你怎么想吧。老夏说，算啦算啦，我哪有那么贱，上赶着求着帮你，实话说吧，我上午接到四个电话，问你和张吾同怎么回事，我说不知道，他们根本不信，我是你最好的朋友啊，他们认为我肯定知道。我他妈不知道怎么解释。你不说，我也不想知道。我又不想认识张吾同，也不关我的事。

和老夏通过电话，米高的脑袋真昏了。昨天，他确实是随意扯的。距小区不远有个公园，米高常去散步，公园厕所墙上有这么一句话：审判张吾同。米高每次上厕所都能看到这句话。不知怎么这句话就刻到脑子里了，竟然随意扯出来

米高没去单位，而是去了公园。他走得很快，从未有过的快。还在，模糊了一些，歪歪扭扭的，或许是哪个顽皮孩子的杰作。那几个字对米高的意义就是上厕所时看一遍，再无其他。不知别人是否注意到，是否放在心上。米高也仅仅是扫扫，怎么……米高摸摸兜子，找出数日前交有线电视的发票，报复似的把那几个字擦一遍。突然心一沉，他把证据毁了。又一想，什么鸟证据？暗嘲自己愚。

米高不怎么痛快，看书、看电视注意力都不集中。后来，他去街角看下象棋。晚上，米高觉得还是向老夏解释一下。那边很吵，米高说你不方便，改天吧。老夏说能讲就讲，没什么不方便，我出来了，你说吧。米高就讲，那句话是从公园厕所墙上看到的。老夏笑了，米高，你解释这个干吗？米高说，真是这么回事，我真不认识那个鸟人。老夏说，不认识就不认识吧，我又没逼你认识。米高问，你相信啦？老夏笑了，一个子虚乌有的鸟人，你干吗这么在乎别人信不信？米高脑子又有点乱，于是狠狠骂了脏话。老夏说，瞧瞧你这脾气，你平时不是这样嘛，我信，你没事就好。老夏语气很平静，可米高总觉得其中掺了什么。挂了电话，米高发了好一阵子呆。

三

米高的每一天是以刷牙来结束的，刷完牙就该上床睡觉了。那天，他刷完，对着镜子龇龇牙，忽然想起一档子事。他重新打开电脑，搜索张吾同的相关信息。叫张吾同的还真不少，有作家，有经理，有教师，居然还有一个杀人犯，潜逃八年，终于落网。这几个张吾同应该不是厕所墙上那个，都在别的省份。米高仍在纸上草草记下他们的信息，突然生自己的气，随后把那张纸揉作一团扔了。

吴京回来是两天后了。她进门先洗澡，每次出差都这样，好像一路都在灰里滚着。米高掐着点儿，她进门，他放好水，不迟不早。她在家睡觉时候不多，吃饭时候不多，米高能替她做的没几样。洗完澡，马上过夫妻生活，倒不是两人多当紧，而是不敢耽误，吴京随时可能拎包走人。那次，吴京洗完澡，米高接了一个电话，扯得时间稍久了些，其实也就二十分钟吧。他刚挂，吴京被电话催走，半个月不见影子。米高从来不问吴京生意上的事，吴京也不说。吴京升销售主管后，更忙得首尾不见。

两人在一起的日子很像流水线，在不同的时间复制相同的过程，有些乏味，不过，习惯了，也没什么不好。米高一个人在家，除了更自在，也没什么不同。

吴京从卫生间出来，不是披着浴巾，她穿戴整齐，不过换了一套装束。已经习惯那个过程，米高就有些愣，问，这就走吗？吴京反问，谁说我要走？刚回来就让我走，你什么意思？吴京荡着浅浅的笑，语气中却透着怨。米高忙说没有，我怎么会……我巴不得……他没往下说，他觉得该说出来，但他没有，似乎怕那几个字烫着。吴京说，可以歇两个星期。米高啊一声，随后就想拧自己的嘴。吴京稍稍瞪他一眼，你惊着了是咋的？米高辩解，没有没有，你该好好休息几天，他们不能当牛马一样使唤你。

程序乱了，米高有些不适应，吴京很随意地问米高怎么了。米高说没怎么呀，吴京说，你想问什么就直接问。米高愕然，我问什么？吴京说，问你想问的。米高笑了笑，我，没什么想问的，什么也没有。吴京拍拍沙发，坐呀，好像你是客人。

吴京有些反常。在外面把舌头磨短了，回家就不想张嘴，这是她说的。今天，她的话格外多。

我说说外面的事，你想听不？

米高说，行啊，你想说，我就想听。

吴京抿抿嘴，积蓄力量似的。我以前不愿意讲，是不想让你难受。你我没背景，没资源，我还比你少一样，没文凭。可是，咱得挣钱是不？靠什么？除了一张嘴两条腿，就是辛苦了。进灯具厂，人家问我能吃苦不，我说我最拿手的就是吃苦。试用期半年，底薪只够吃喝，完不成销售任务，半年就得滚蛋。六个月的中间，我好容易签了个单子，没这个单子，我离滚没多远了。那个单子是和外地的教育局签的……算了不说了，我被折磨过了，不想再折磨你。现在当了主管，在领导眼里，依然是个扛包的，不过原来扛一个包，现在扛几个包。在外面更什么都不是，孙子都不如。有时，下作得自己都怀疑，但我没做过对不起你的事，你信吗？

可能是吴京拐弯过快，米高的反应便有些迟钝。对视数秒，米高才意识到她在等他回答，忙不迭地点头，信呀，我没说过你什么。吴京说，你没说，不一定就相信。我知道你不相信我。米高有些恼火，我没招惹你，你这是怎么了？吴京说，我也没招惹你呀，谁知你怎么了？你看看这个吧。

吴京的手机有一条短信：米高在调查你和张吾同的事。

米高的脑袋砰的一声，像被枪击中了，但他的眼睛并没有发黑，硬而亮。

吴京说，灯具厂没有叫张吾同的，大老板姓李，二老板姓乔，我的客户中有姓张的，但没有这个名字。下三烂的勾当我没少干，我雇过小姐，只要客户有要求，我尽量满足。但我没卖过自己，谁稀罕一个老女人？

谁发给你的？米高的呼吸很粗。

吴京说，问你自己吧。

米高按那个号拨过去，接通，他的腿突然有些颤，没人接听。米高一遍遍地拨，后来就拨不通了。米高迎住吴京的目光，我没调查你和张吾同的事，这是造谣，是胡说，你别理他。吴京说，那个人不会无缘无故给我发短信，他怎么知道我的手机？还知道你？米高说，恶作剧，一定是恶作剧。吴京说，但愿吧，这也太无聊了。米高骂，简直是无耻。

米高说出去买点水果，到楼下便迫不及待地给老夏打电话。米高声音不高，可气冲冲的。老夏说，你这口气是兴师问罪呢，你是不是怀疑我给吴京发的信息？米高说，怀疑你就不给你打了。那天吃饭的没几个人，你帮我分析分析，谁最有可能，干吗陷害我？老夏说，把那个号码发给我，我试试吧，别上火。

米高进屋，吴京问，水果呢？米高一拍脑袋，瞧这记性，被气昏了。吴京意味深长地看了他一眼。

四

米高把那天晚上吃饭的人过滤一遍，除了那个陌生面孔，没有谁和他有过节，他们没有理由给他恶作剧，陌生面孔八竿子打不着，更不可能。他后悔自己信口胡扯，别人当了真，竟然还把张吾同和吴京扯上关系。米高不是没怀疑过吴京，但的确没怎么猜忌她。这话有些矛盾，他实在是说不清楚。吴京长得没多出色，但有时候挺迷人的，尤其笑起来的时候。有时在书上读到某句话，在电视上看见某个镜头，他会突然想起吴京，但不允许自己想下去，那对他对吴京都是污辱。刺激反应来得快散得也快，如狂风中的一缕轻烟。他没猜忌她，怎么会调查她和别人的事？都怪老夏这家伙，喝酒就喝酒吧，非要乱讲，而他竟然扯出那么一句风马牛不相及的话。

　　次日，米高起床，吴京还在睡，挺罕见的，她有限的在家时间，总比他起得早，睡过头她会头疼。米高没敢惊动她，轻手轻脚的。到单位，米高便迫不及待地给老夏打电话，问老夏查了没有。老夏说你得限个工夫呀。米高说你快点儿，妈的，我半夜没睡。大约一个小时后，老夏说找人查了，那个号码没注册，可能是街头卖的一次性卡。米高失望地说，那怎么办，就这么放了他？老夏说，如果仅仅是玩笑，就不要在意，如果……米高打断老夏，没有的事，可我在意。老夏说，既然无中生有，干吗在意？米高吞了谷糠似的有些噎，梗梗脖子，不是我在意，是吴京在意，老夏，你得帮我。老夏也骂了脏话，我什么时候没帮过你？这种忙没法帮啊。两人在电话里分析那天吃饭的人，都被老夏否掉了。那几个人我还了解，绝无可能。米高问那个陌生面孔，老夏说他根本就不认识你，更不可能。米高说，他们都不可能，那是怎么回事？老夏叫，你这是给我拴套子！米高，你明说嘛，干吗绕圈子？米高忙说，你误会了，我没怀疑你。老夏说，我伤心了，你让我伤心了。米高说了一大堆好话，求老夏挨个给那晚吃饭的朋友，还有那个陌生面孔打个电话，如果是他们中的哪个，站出来说一声，玩笑开过头了。我问不合适，老夏，你得帮我一把。老夏无奈地说，好吧，我给别人擦过屎屁股，你这还不如屎屁股呢。

吴京没再提那条短信，没再提那个叫张吾同的家伙，但明显有什么竖在两人中间。不提并非不存在，有时，往往相反。晚饭是吴京做的，她很多年没下过厨，不知油盐酱醋在哪儿放着。她没用米高帮忙，但米高也没闲着，守在厨房门口，等她询问。准确点说，这顿饭是两人合作的。饭后，米高在沙发上坐了很久，像在等待什么发生。吴京说，忙你的，别管我。米高自问，我管了吗？没管她呀！于是，他打开电脑，戴上耳机。手机就在旁边搁着，铃声一响，他就接了，但没马上说话，进了卫生间，才喂了一声。老夏说问了几个，都说没开这种玩笑，根本不知道你老婆的号码。还有两个没联系上，只能明天问了。怕你着急，先汇报一声。米高，这可是得罪人的差事，哪天得请我。米高应了，匆匆挂掉。

　　熄灯后，米高仰躺了一会儿。这是吴京回家的第二个晚上，昨天他们囫囵着睡了，谁也没碰谁。心别扭，身体自然也别扭。今天不同了，但也没有多么不同。米高思忖她会不会拒绝，会不会嘲讽他。终于，他决定摸过去。如果真有那么一个人，他又在调查的话，绝不会碰她。这话不能说出来，只能用行动来说。吴京倒没拒绝，但米高觉得她身体有些僵。他再次躺下去时，她问，你还让我出去不？你觉得我在家好，我就天天在家。语气是征询的，话是委婉的，可话外音很多。她还在劲儿上。米高顿了顿说，你想在家就在家，想出去干，也没问题啊。吴京说，什么叫没问题？过日子得要钱，房贷是还完了，没几个余钱，碰上头疼脑热的，连医院的门都进不去。这是实话，吴京养着这个家。米高的工资少得可怜，够他自己花就不错。米高也因此底虚。凭良心说，吴京没有因他挣得少而说过什么。凭良心说，他也没干过任何对不起她的事。因此，米高的话就有些硬，随你的便，你爱信不信，我没调查过你。吴京说，你想清楚了，我天天在家可能会妨碍你，你接电话不那么方便。米高想糟了，尽管躲进卫生间，她还是听见了。索性开诚布公吧，他说电话是老夏的，没什么秘密，只想让老夏搞清楚，是谁开这么无耻的玩笑。

吴京呼地坐起来，黑暗中，眼睛依然瞪得吓人，怎么和老夏讲，想传播是咋的？米高说，要想查清楚，还你一个清白，也还我一个清白，只能靠老夏。吴京似乎冷笑了一下，你我清白不清白要靠老夏证明？米高辩解，不是证明，是查明真相。吴京问，老夏能查明？米高说，当然能。米高突然意识到说过头了，可是改似乎更加不合适。吴京反而平静下来，那就查吧，我倒要看看真相是个什么东西。

五

老夏终于联系上另外两人了。当然，他们也没给米高的老婆发任何信息。其中一个叫白五的，还给米高打了电话。白五可能是喝了酒，口齿不那么利索，直叫米高不够意思，为什么不问他，难道他的嘴需要老夏撬吗？米高解释，白五好像没听进去，连着问，相信兄弟吗？……相信兄弟吗？米高说相信啊，我怀疑你干吗？白五追问，真的？米高说当然是真的。尽管白五不在跟前，米高依然被他的酒气呛着似的，捂了捂鼻子。白五说，你说的任何话，我都不会告诉嫂子，我最恨无事生非。米高几乎是乞求了，我一万个相信你，行了吧？正要挂断，白五问那个家伙叫张什么同来着。米高说张吾同，白五说想起来了，你想把他怎么着？咱黑道上有人，做了他都行。米高说你喝大了，白五说我是灌了不少，但说的不是酒话。米高挂断了。他觉得什么东西往下掉，抬头看看天空，好一会儿才意识到是脑门上的汗。

连着三天，米高接到八九个朋友的电话，有的直接问他与张吾同怎么样了，有的没提到张吾同，但关切的语气显然听到了什么。米高尽量耐心地平静地说自己没什么事，根本不认识什么张吾同。那天中午，大学时的辅导老师也打来电话。那时，米高刚走进单位厕所，还未蹲下去。他便秘好几天了。辅导老师对米高不错，但毕业后再无联系，直到两年前的同学聚会，辅导老师也参加了，米高和他互留了手机号，但也仅限于节假日发条短信。老师说的时候，米高慢慢解裤子，他感觉肠胃有那么点儿听话的意思了，不敢错过良机。老师仍然是老师的口吻，说没有哪个人是一帆风顺的，难免遇到什么危机，这是正常的。老师终于拐到米高个人问题上了，老师说，米高嗯，昨天才听到的，一定要想开，别做傻事。米高没忍住，叫，没有的事，别听他们胡说。老师显然被米高吓着了，顿了顿说，没有就好，是我多嘴。米高恨不得将手机砸了。他像一头被激怒的公牛，只是没有犄角。他狠狠拍着厕所的门，半晌才想起自己是上厕所的。他痛苦地努力着，什么都拉不出。

米高赶到老夏那儿，进门就嚷，你把我害苦了。老夏哈一声，谁害谁呀，没良心的东西。米高讲了自己的遭遇，老夏苦笑，是你求我给那几个人打电话，我是按你的意思问的，没多说没少说，我不是乱讲的人，你知道。没想到那么多人给我打电话，惦记你的人还真不少，他们问你和张吾同的事，我说不知道，他们说我不讲实话。这几天，我尽忙你的事了，你说，谁害苦了谁？米高泄气地仰在沙发上，老夏，你得帮我呀！

老夏摊开手，我什么都不知道，你让我怎么帮？

米高咕哝，反正，你得帮我。

老夏说，你得跟我说实话。

米高叫，我什么时候没说实话了？

老夏盯住米高，那个张吾同，究竟……

米高气呼呼的，我早说了，没有那么个人。

老夏斟酌着，你老婆，她……

米高说，她没外遇，我从没怀疑她。

老夏击掌，既然没有张吾同这么个人，你也没怀疑过老婆，由别人说去吧，你害怕什么？

米高想，我害怕了吗？不，他不害怕，可是，他难受。他，一个被忽视、享受忽视的人，突然间被置于舞台中央，被巨大的灯光烤着，比不自在痛苦万倍。还有吴京，得给她个交代。

米高在老夏那儿泡了半天，老夏答应向吴京解释，再当一回恶人。话可以说，相不相信我就管不着了。吴京挺给老夏面子，适度地笑着，我不在乎破短信，自个儿干净，外人泼不脏，我生气的是他满世界地嚷嚷。老夏解释，是他的破嘴嚷出去的，并不是米高，怪就怪他好了。

老夏走后，吴京虽然责备米高，脸显然晴了许多，夜里身体也软了许多。吴京说，我已经是菜帮子了，也就是你啃几口。米高很卖力，似乎要告诉她，就算她是菜帮子，他也当菜心吃。

吴京在家快一周了，后天必须得走，明儿想去趟医院，这几天乳房老隐隐地疼。米高忙说，我陪你去。次日起了个大早。乳腺增生，轻微的，医生开了两盒药。两人大松一口气，商量着中午去吃牛排。刚出医院，吴京接到一个电话，街上嘈杂，吴京捂着一只耳朵往小巷走。米高站在那儿，看着她的背影。吴京返出来，步子迟缓了许多，脸色也不怎么好看。米高问怎么了，吴京不答。米高再问，吴京说，有人给我的同事打电话了。米高的心缩紧了，他已经意识到，还是愚蠢地问，干吗？吴京说，还能干吗？

米高觉得一条冰凉的蛇缓缓地爬上后背，好半天才说，你还怀疑我……

吴京说，我相信，你不至于。

米高说，那不得了，别人爱他妈怎么嚼怎么嚼。

吴京说，你没调查我，我信。那个张吾同，你和他到底怎么回事？

094

米高急了，不是说过嘛，我随便讲的。

吴京缓缓地说，好吧，这个我也信。

六

家里终于剩下米高一个人了。米高那几日单位跑得太勤了，得歇一歇。电视开着，电脑开着，声音灌满每个房间。在混杂的震耳的声波中，米高反而是无声无息的。后来，他想起该给吴京发个短信。有两个未接来电，一个是朋友的，一个是陌生号码。他把手机丢在沙发角落里，离开沙发。

当然，他不会二十四小时这样，超过限度，那就不是享受。还有人会问他，但只要提到张吾同，他就毫不留情地挂掉。他相信，无声的驳斥会使张吾同更快地死掉，更久地消逝。

但老夏的电话他不能挂，许多事，还得仰赖老夏。老夏问还有没有人打听张吾同，米高稍稍犹豫一下，大声说没有了。老夏抱怨被米高折腾得够呛，米高听出老夏邀功，忙说改天坐坐。老夏也不客气，说行啊。米高问哪天，老夏说有空我给你打电话。

那天，老夏定的是晚上，后来说晚上另有活动，改在中午。人都是老夏喊的，有米高认识的，也有不认识的。因是中午，又开着车，喝酒的没几个。米高做东，自然得喝。另一个原因，米高想借酒壮胆。米高有些虚，有些紧张。他害怕他们问到张吾同，又希望某个人问起，这样，他就能将来龙去脉说清楚。米高像被两根绳子五花大绑住，一会儿往这边歪，一会儿又往那边倒。

有一个晚到半小时，边落座边和众人打招呼，和米高对视时，目光突然亮了几分，问米高，没事吧？米高说没事呀。那个人比米高低一届，是米高和老夏的师弟。他说没事就好，昨天听说你把一个人打了，本来要给你打电话，后来接待了两个上访的，就把这事忘了。米高再次被目光围住，他冷笑着问，那个人是不是叫张吾同？师弟说好像姓张，我忘了，真打了？老夏忙打圆场，说别在饭桌上扯这些没影儿的事，你看米高像打人的人吗？米高没买老夏的账，某一端的绳子突然抻紧。他说在座的都是朋友，老夏，你把经过讲一下吧。

老夏就讲了。

米高说，张吾同这个名字是我在公园厕所的墙上看到的，谁不信，我领你们去看。

老夏说，没有谁说不信呀，看个鸟，别提这个茬儿啦。众人也附和，劝米高别放在心上。气氛突然就有些闷，虽然老夏一再怂恿着讲黄段子。米高又不自在了，是吴京在家时间过久的那种感觉。

老夏和米高走在最后。老夏重重拍米高一巴掌，有些劝慰的意思。米高突然一阵难过。他让老夏跟他去公园，看看厕所墙上是不是有那几个字。老夏又拍他一下，闹什么闹？米高说，我看出来了，他们不相信，你得给我做个证。老夏说，由他们讲去，别折腾自个儿。想到自己仍然挂在别人嘴上，米高更加难受，一定要拉老夏去。老夏有当紧事。米高抓着老夏胳膊，很有些蛮不讲理。老夏挺恼火，狠狠甩开米高。

米高看着老夏钻进出租车，看着出租车汇进车流，意识到自己过分了。米高又一想，也没逼老夏干什么，不过让老夏做个证。既然老夏没工夫，那米高自己取证好了。并非无聊，而是舞台的滋味难以消受，他需要回归观众席。

米高怕手机拍不清楚，从家里取了相机。相机是吴京的，米高出门少，用相机的机会不多。走到厕所那儿，米高才想起那行字早被他擦掉。米高一阵心惊肉跳，亏得老夏没来。证据没了，他仍盯着那面墙站了好久，仿佛时间足够长，那几个字会从水泥中凸出来。终于，被酒泡过的脑子转起来了，他拐出公园，买了一支黑彩笔，写下那一行字，仍觉不够解气，又加了一行——我操你妈张吾同！！！

　　米高举起相机，咔嚓一声，张吾同就这样被定格住。

我们的病

是一对青年男女，男的细长；女的个矮，略胖。他们不像别的青年男女那样一同坐在后排或男的坐在副驾位，而是女的坐在前边。她关车门的力气使过了头。我瞄一眼，她脸上挂着腊月天的乌云。我问，去什么地方？男的刚吐出一个音儿，女的便抢过去，干脆利落。男的欲纠正，女的声音突然提高了八度。车拱了拱，停在路边。我问，谁说了算，到底去哪儿？女的说，我说了算，北斗路！男的没再吱声。我问，你认识路吗？女的偏过头，什么意思？我说，对不起，我没到过那儿。女的说，前面红绿灯左拐，照直走。

　　开差不多十年的出租了，我拉过各式各样的人：拉孕妇时，离医院还差几百米，孩子性急，结果车厢成了产房；拉过自杀未遂少女，那天我连闯七次红灯；还拉过一对同性恋；我至今没有拒载过。我很清楚自己的职业。

　　拐过弯，男的开口，我没和她见面，我是个男人，向你保证过。

　　女的嗤一声，很不屑。

　　男的说，你为什么不相信我？

　　女的说，我凭什么相信你？

　　男的说，凭我……你要我怎样才肯相信我？我可以为你去死。

　　女的说，你死去吧。

男的说，我要说清楚，说清楚再死。

女的说，你还想说什么？我听够了！

男的说，我向你保证，我没和她见面。

女的说，那你干什么了？

男的说，我是业务员，必须去。

女的冷冷一笑。

如果不是车流和路两侧霓虹灯的提醒，没准我会以为自己坐在沙发上，听着蹩脚的电视剧对白。据说，中国老年痴呆症患者逐年增加，发病率超过世界上任何一个国家，凶手之一就是那些滥俗的电视剧。

男的说，我给老板打电话，让他告诉你，是不是他派我去的。

女的说，你别费那个心了。

男的说，怎么，你怀疑老板和我串通？我怎么可能？……小玉！

我问，照直走？

女的说，过第六个红绿灯，右拐。

男的说，师傅，你开慢点。

女的斜我一眼，别听他的，速度快点。

速度不可能快，虽说已经八点多，不是下班高峰期，但这个钟点正是许多人离开酒店的时候，他们或者往所谓的家走，或者去别的什么地方，还有一些人，昼伏夜出。因此，车并不比白天少，甚至更多。

堵车了，喇叭声此起彼伏。摁喇叭并不能疏通车道，反平添几分焦躁，但总有司机疯狂地摁。喇叭声也传染，就像一群狗，有一只狗叫，整个狗群就会响应，说不清谁激怒了谁。平时遇到这种情况，我安安静静的，不急不躁，但那天，我猛力拍打着。男女的争吵戛然而止，他们似乎被喇叭声惊着了。其实，我并不是冲着他俩。我和老婆吵架了，心情不好。

我结婚二十年了，老婆是原装的，平时也拌嘴，怄几天气就重归于好。没有不刮风的天，刮风难免嘴里进沙子。我习惯了，不觉得这是个事。坎再高，跨过去，就不再是坎。但是……要说这连坎也算不上，可我的生活从此陷入沼泽，不，一点也不夸张。

　　事情的起因很简单。老婆的父亲看病花了一笔钱，需几兄妹分摊。我刚刚买了楼房，手里紧张，但这五万块钱不能赖，于是就和大哥借。我们弟兄两个，大哥比我幸运，读的是名牌大学，毕业后在政府机关工作，数年前辞职下海，尽管没做大，毕竟是小资本家了。我高中毕业顶替父亲进厂当工人，没几年就成为下岗一族，整日为养家糊口奔波。我没能耐，遇到什么事总是找大哥。一个月前，我和老婆攒够五万，还给大哥。大哥没催过我，这钱对他也不算什么，但有债在身，尽管是欠自己亲哥的，那感觉也不爽，就像整日穿着发潮的衣服。那天，我记得很清楚，我开的是夜车，上午睡了一觉，中午赶到大哥的厂子。大哥说如果我用就先留着，我说不用了。我把包钱的报纸展开，整整五沓。我想提醒大哥点点。大哥的手机响了，接过电话，他把钱草草扔进抽屉，说咱俩好长时间没一起吃饭了。我的话就没说出口，也不打算再说。我俩吃麻辣烫，大哥不吃辣，但我爱吃。鸳鸯锅，他吃他的，我吃我的。席间，我们聊了些家长里短。我和大哥分开不久，老婆打电话，问我还了没有。我说还了。我没喝酒，大约是辣椒的缘故，我挺兴奋的。老婆问大哥写收条没有，我迟疑间，她提高声音，怎么跟你说的？让他写个收条。我说，写什么收条，他是我大哥。老婆说，写一个吧，写一个好。我嗯唔着，老婆挂断了。如果在大哥办公室，他点完钱，我提出来，他可能顺便就写了，现在回去让大哥写收条，怎么也不合适。再说，也确实没有必要，大哥还会赖我？

　　晚上，我换班时，老婆还没回来。她在药厂当会计，药厂原先在市区，后来搬到郊区，单程得一个多小时。第二天清早，我进门，老

102

婆便摊开右手。我把手里的油条豆浆递过去，老婆左手接了，右手仍然摊着。收条！我哦一声，忙掏兜，乱七八糟一大堆，但没有收条。我挠头，老婆识透我的伎俩，生气地说，你别演戏了。我只好实话实说，强调收条毫无必要。借钱大哥没让我打借条，还钱凭什么让大哥写收条？老婆说，如果打借条倒好了，你把借条收回，万事大吉。因为没打借条，必须让大哥写个收条，这是还钱的依据，日后如果有什么事，这就是证据。我说，大哥是什么人，会因为五万块钱讹我？老婆说，骗人之心不可有，防人之心不可无，现在大哥倒是不会，但以后呢？万一……这世道说不准儿。到那个时候，什么都晚了。

我和老婆大吵一顿。与过去不同，吵过，事情没有结束，老婆仍逼我找大哥写收条。我妥协了，硬着头皮去找大哥。

到了现在，你还抵赖。女的声音弱下去，似乎绝望了。

静默几分钟，男的终于招架不住，我是见过她，但绝不是专程去看她。

你为什么骗我？

我绝不想骗你，是怕你误会。

我是斤斤计较的人吗？

你不是，都怪我。我接到她的短信，她问我在哪里，我就说了。她问我能不能和她见一面，就一面。我没回复。她又发来一条，内容是空的。我突然有不祥的预感，她割腕自杀过。

因为你？

不，和我无关。

你知道得挺清楚嘛。

对不起，我……

女的再次哼哼。

我打车去了她那儿。

你记性不错，两年没见，还记得这么清楚。

那是个城中村，房租便宜，外地人都喜欢住那儿，很容易找的。我敲半天门，她不开，打她手机，没人接。我慌了，你的电话就是那个点儿打进来的。我没耐心和你说，因为，那个时候……对不起！我又一顿狠拍，正想报警，她上来了。她住二楼，可她气喘吁吁的，像爬了几百层。

你记得可真够清楚。

不是你让我说清楚吗？好吧，我说得简略点，我问她为什么不接电话，她说以为我不会过来，把手机扔屋了。她一天没吃饭，出去买面皮。

她为什么和你见面？

她那晚心情不好，想找个人说说话。

说话？哄鬼去吧。无赖！骗子！

我发誓，我向老天爷发誓，如果做了对不起你的事，让我烂嘴巴。

你的嘴巴已经烂了。

我真什么也没干呀。

说了一整夜的话？

是……一整夜。

说什么？

她的那些事。

什么事，她当间谍了？

她……有点儿麻烦。

那天的事可能与大哥的情绪有关。我进去的时候，大哥正呜啦呜啦打电话。我点点头，大哥没回应，目光突然直直地向墙角刺去，好像那儿出现了什么怪异的东西。听他的声音，明显生气了。我无声地缩在沙发上，静静看着他。大哥在催一笔货款，半年前就该结的。大约二十分钟，脸色发青的大哥挂断电话。他连声骂着脏话，那不是大哥平时的风格。大哥内秀，和我不同。我正要站起，桌上的电话又响了，大哥喂一声，突然就弓了腰，看上去比刚才矮了半头。大哥称对方行长，声音甜腻，含着麻糖似的。我能猜出大概，大哥也金融危机了。我边替大哥着急边慨叹，当老板也并非别人想象得那么舒心。终于大哥打完电话，有人敲门进来，是大哥的会计，请示大哥发不发工资。似乎她的话冲撞了大哥，大哥猛地挥挥胳膊，不发。会计提醒，已经拖了两月，再拖……大哥打断她，很不理智地让她出去。我看不清女会计的脸，但猜测她脸色一定很难看。女会计转身离开，大哥却又叫住她，让她先发一个月。大哥的语气有些无奈，也有些歉意。

大哥发了几分钟呆，突然看见我似的，招呼我，问我什么事。说来羞愧，我每次找大哥不是这事就是那事，应了那句俗话，无事不登三宝殿。大哥总是有求必应，从来没有敷衍我。我从未说过任何感激的话，倒不是觉得理所应当，而是觉得那样反而生分。默念的好，才是真正的好。让大哥写收条，比我让大哥办的任何一桩事都容易，也比我让大哥办的任何一桩事都难。我说不出口。大哥追问我到底怎么啦，是不是还要用钱，并说他是遇到一点困难，可手里不缺钱。我摇头。我脑袋发胀，不知从何说起。大哥有些生气，有话直说，吞吞吐吐的干什么？我吭吭哧哧，结结巴巴说了，每个字都带着钩子，豁得我嘴唇火辣辣的。大哥表情有些怪异，我躲着他的目光。大哥问是不是老婆打发我来的，我含混地嗯唔一声。大哥轻轻地笑笑，我听出那笑声含了诸多不快。大哥盯着我，你借钱我没让你打借条，为什么还钱非让我打个收条，怕我赖你的账？我说，不是那个意思。大哥问，不是这个意思又是哪个意思？我答不上来。找个地缝钻进去，我真正明白这句话的含义了。大哥没有再为难我，叹口气写了收条。他举着收条端详一会儿，又撕了。他稍有些严肃，老二，没这个必要，我可以写收条，但这样一来，你我还是兄弟吗？其实，我早就后悔了，不该听老婆的，冒冒失失干这么一出。我赎罪似的表态，就是，大哥说得是。大哥送我出门，拍拍我的肩。那是更复杂的语言。

我和老婆吵架了。我把大哥的话转给她，不是用这些话挡她，而是我认可大哥的看法。老婆说一个收条就能改变的情分，根本不叫情分，情分没那么容易改变。退一步说，亲兄弟明算账，打个收条，哪个朝代也合情合理。老婆举了她单位的例子，不止兄弟之间，还有父母和儿子打官司的。如果当初写清楚，什么事也没有，现在依然是一笔糊涂账，官司打下来，甭说亲情了，仇恨都有了。老婆说的也不是没有道理，但毕竟是个例，我和大哥之间不会发生。老婆不摔盘子不摔碗，都是钱买来的，她是会计，特别会算经济账。她对付我的法宝有两招，一是不给我做饭，二是不跟我睡觉。不做饭不要紧，开多年出租，已经习惯在地摊喂肚子。不跟我睡觉有点难受，这种事在外面解决要花钱，咱挣钱不易，舍不得，但为了不损兄弟情分，我咬牙忍着。老婆见她的绝招失效，板着脸对我说，如果你不去找大哥，我就去。我顿时慌了，担心她和大哥吵起来。想来想去，还是觉得我去找大哥好些。

男的讲述过程，有些语无伦次，我以为女的会阻止。因为和他见面的女孩的事有些复杂，牵涉到另一个男人，她应该不会有那么大耐心。但女的竟然保持沉默。说来，那女孩和另外一个男人的事并不复杂，一个未婚女孩，一个有妇之夫。遍地这样的垃圾故事，绕着走都躲不过。不同的是——其实，也算不得不同，我听得相对少一些而已——女孩主动提出分手，没向有妇之夫索赔。

这么说，是她把那个男人踹掉了？女的冷笑着问。

男的似乎没防住，啊一声，说，男人不适合她。

女的追问，谁适合？你吗？她绕一大圈，发现你最适合她，对不对？

男的意外地提高声音，不！过去结束了，我们根本没提过去，她知道我已经找到伴侣了，她知道我是幸福的。

女的哼一声，是吗，她怎么知道？

男的比刚才更加理直气壮，我告诉她的。我们保留着手机号。

女的说得很慢，满是嘲讽，过……去……结……束……了？

男的说，结束了，只是个手机号。

女的嘘一声，学着男的声调，只是个手机号。

男的说，我和你说过，你早就知道。

女的说，死灰复燃，老天爷也防不住。

男的说，咱们马上要结婚了，干吗……

女的似乎愣了一下，结婚？噢，你惦记的事还真不少。

男的说，你别这样。

女的问，我哪样了？我关心你们还不行？你们没提过去，整整一夜你们干吗了？

男的声音像剔掉骨头的肥肉，顿时又软又滑，说话，她说，她遇到点儿麻烦。

女的问，什么麻烦？

男的吭哧着。

女的火了，舌头断了？是她遇到麻烦了，还是你和她遇到麻烦了？

男的嗫嚅道，是她，她怀孕了。

女的极其机敏，她怀孕找你干吗？你的？

男的吓坏了，连声道，不不，是那个男人的。

女的逼问，她为什么不找那个男人？

107

男的说，她没找到，后来知道，那个男人进去了。

进去了——坊间，这三个字很普通也很神秘。神秘在于那是一个已知却难以言说的世界，普通是因为谁都晓得其含义。

女的问，所以，她就想到你？

男的无力地说，算是吧。

女的突然叫，够了！你们两个……哼，至少有一个说谎。

男的申辩，我没有……她也不至于。

女的冷笑，不至于？她主动提出分手，鬼才信！要么，她向你撒谎，要么是你替她撒谎。你这是坦白吗？我不是白痴！

车一点儿一点儿往前挪，蜗牛一般。整个世界都在堵，早已见惯不惊。但这个时间……前面可能出车祸了。摁喇叭并不管用，可仍然此起彼伏。车里是声音，车外是声音，我的心也堵满声音，乱糟糟的。

我之所以找大哥，还是觉得许多事情兄弟之间更好沟通。或许大哥受些委屈，但任何委屈也会被亲情化解。退一步说，就是个收条的委屈。我刚开口，大哥就变脸了，一张破收条，你就那么看重？我说，不是这样。大哥指着我，不是这样，又是哪样？老二，外人我都没赖过，还会赖你？这不是收条的事，这是对我的污辱，对兄弟情谊的污辱。你少拿女人来挡，她还活吃了你？是你心里有鬼。

我无地自容。但是，自责之外，心里也冒出另外的声音。纵然全是我的错，可大哥打个收条又能怎样，缺胳膊还是少腿了？如果一个收条就能把兄弟情谊葬送，说明那情谊原本就不牢靠，不牢靠，如同伪劣房屋，早晚会坍塌。我没把这话讲出来，这样等于和大哥决裂。当然，我也没时间，大哥下了逐客令。

我没法向老婆交代。后来，我想到一个自认为不错的办法，找人代写一张收条，当然，落款是大哥。老婆要的就是已归还大哥的凭证。

她身体不怎么好，因为这个再闹出点儿别的病，更加不划算。妥协和退让听起来让人不爽，从另一个角度说，这也是过日子的良方。老婆识破了我的计谋，扫一眼就把收条扔了。她说虽然不认识大哥的字，但知道这是假的，因为我的眼睛不会撒谎。不是老婆厉害，是我演技太拙劣。老婆追问，我照实讲了。我站在大哥的立场，说我们的要求确实过分，如果是我也会生气。意外的是，老婆没有吵，我们的身体还狠狠摩擦了一回。我以为她将此事放下了，谁知我背上的汗还没落下去，她就说，收条还得让大哥写，非写不可。我问，为什么？她说，你想，开始不和大哥提这个事，咱只是担心，可能出现不好的结果，也可能如你所说，我是杞人忧天。现在，大哥已经生气了，心里有了坎，后果就很难说。情分不过是薄薄的窗户纸，不捅很像样，一捅就是窟窿。实话说，让大哥写收条，并不是糟蹋大哥的人品，大哥对你不错，我都知道。是怕大哥忘了，大哥事儿多。他肯定不会坑你，可他确实忘记你归还了，朝你要，你怎么办？老婆这样说，我几乎打了个冷战。许多事，经不起推理分析。我抱怨老婆多事，也只能抱怨老婆吧？老婆说，我不是疯子，还不是为了少点儿麻烦？我沉重地叹息一声，不知道接下来还能怎么办。摁住大哥脖子，让他写收条？老婆明白我的忧虑，说，你再去找大哥，只会更僵，咱手里没大哥的收条，绝对不能和大哥闹翻，得想别的办法。我说，只要别伤着大哥，怎么都行。虽然在家里，虽然只有我和她，她竟然很鬼祟地凑过来，对着我的耳朵，轻声讲了她的计划。我真想狠狠揍她一顿。

　　女的揪住那个问题，说呀，她撒谎，还是你撒谎？
　　男的说，我没撒谎，我向老天爷保证。
　　女的嘲讽，向老天爷保证，管用吗？
　　男的改口，向你保证。

女的哼一声，你没撒谎，那就是她撒谎喽，她没把和那个男人分手的真正原因告诉你。

男的说，可能吧。

女的叫，什么可能？绝对是！你知道她说谎，对不对？

男的承认了。

妇的说，她是个撒谎的坏女人。

男的没吱声。

女的说，你替她掩盖谎言，和她是一路货。

男的说，我绝没有骗你的意思，她因为什么分手和你我有什么关系？

女的说，不，只是和我没关系，但你不同，你和她有过去。她没把真正的原因告诉你，是怕你轻看她，怕你轻看她，是因为她还在乎你。你心里清楚，你心里什么都清楚，不然，她为什么给你打电话？可是，不要忘了，你和我有关系，就是说，她和我不是一点关系没有，我不是旁观者，我有权利知道，对不对？

不知男的听懂了，还是被女的这番推理绕蒙了，顺着她的话音说，没错。

女的问，你这算不算撒谎？

男的老老实实地说，算。

女的问，为什么？

男的喘息声很重。

女的催，说呀！

男的嘟囔着什么。

女的问，她怀孕，找你干吗？

男的顿了一下，说，让我陪她去医院做掉。

女的问，为什么不找别人？

男的说，她在那个城市没亲戚。

女的抢白，她为什么不给外地亲友打电话，你不也在外地吗？

男的说，可能……谁知道她……大概……

女的制止，行了，别说废话，你陪她去了没有？

男的说，去了。

女的问，做掉了？

男的说，做掉了。

女的说，后来呢？

男的说，我就回来了。

女的猛然喝道，你胡说！

我没打过老婆，老婆也没打过我，尽管从结婚那天起，我们就开始争吵。柴米油盐的日子，不争吵似乎不大可能，但动手就是暴力了。我很瞧不起那些动不动就拳脚相加的夫妻，过不下去就离，这是何必？但那天，我突然想揍老婆一顿，她太过分了。当然，我没付诸行动，而且，被她说服，做她的同谋。

星期天下午，我把大哥请到家里。中间有些波折，就不说了，请一次，大哥肯定不会来。大哥爱吃鱼，我特地从黄壁庄水库买了一条三斤八两重的野生鲤鱼，老婆从菜市场拎回来一只现杀的柴鸡。老婆烧得一手好菜，她有一项本事，能把菜的边角料，比如芹菜的根须整成正菜。看着满满一桌子菜，大哥举着筷子，似乎不知从哪儿下手。他责备我们两口子说，不该弄这么多，我又不是外人。我殷勤地笑着，但有意无意躲着大哥的目光。

我不打算出车了，好好陪大哥喝一顿。由于预设陷阱的存在，这番情意有些肮脏。我喝得猛，也是借以掩饰。大哥劝我少喝点儿，今夜不开车，明天还开。我挂着笑，可脸是僵硬的，有些扯不开。大哥

111

说些生意上的事，还说了些别的。他竭力避开那个不愉快的话题，我呢，自然绕着走。但……那终究是个坎，看清说清才能迈过去。于是，绕了一大圈，还是扯过来。我说对不住大哥，大哥摆手，说并没有放在心上。老婆插话，并没别的意思，就是怕时间长记不起来。大哥说，记不起来又能怎样，不就五万块钱吗？我还和弟弟打官司不成？我注意到老婆的手明显抖了一下。就这个话题，三个人说得非常明白，特别是大哥，说得再清楚不过。

把大哥送走，我忙把怀里的录音笔掏出来。虽然隔着衣服，仍被这家什刺得难受。好在只是可能的证据，如果大哥的记忆不出问题，这个证据会永远睡在抽屉。也是基于这样的考虑，我才答应老婆。老婆急不可耐地抢过去，想听听录音效果。什么声音都没有。老婆问我是不是没摁那个红键。两个键必须同时摁下去。我记不清了。老婆大怒，说我干什么都办砸。我说怎么录是她教的，错也是她的错。我和老婆突然哑住。大哥站在门口，脸色铁青。我结结巴巴叫声大哥。大哥哼哼鼻子，大步走至沙发旁，抓起落下的手机，摔门而去。事后我回想，送大哥走的时候，一定是太紧张，也可能是太兴奋，忘了关门，显然，大哥什么都听到了。老婆嫌我没用，我则怪她出这样的馊主意，搬石头砸自己的脚。吵有什么用呢？已经彻底把大哥得罪了。嘴上怪老婆，心里把自己骂得猪狗不如。

向大哥解释也许没用，但不能装哑巴。没等我上门，大哥的电话打过来了，质问我为什么算计他。我一再解释，致歉，还抽自己几巴掌。大哥不为所动，冷笑道，老二你行啊，学会了鸿门宴。谁让我立场不坚定呢？我接受大哥的任何训斥，接受他最狠毒的责骂。我提出见面和大哥说。大哥冷冷地说，不必，我不想看见你。然后，他将自己的决定告诉我。老二，我要你归还我的五万块钱，限你三天，过期不还我就请律师。我借给你钱的时候，你没打借条，我拿不出什么证据，但是这个官司我必须打。要钱也不是我的目的，你让我不好受，我也让你尝尝难过的滋味。

果然出车祸了，路上横着两辆面目全非的车。我扫了扫，收回目光。

那对男女仍吵得不可开交，准确地说，也算不得吵，而是审问和辩解。不知女的做什么工作，嗅觉极其厉害，男的最终承认自己胡说。他确实陪同那个女孩去了医院，但那女孩突然改了主意。女的问男的为什么每句话都是谎言。男的没有正面回答，反复表白他的真诚，若不是在车上，他或许会有更加激烈的举动。作为旁观者，我早就听清楚了，也明白个中缘由。但我不想插嘴，我只是个出租车司机。

怎么还不到？女的突然问。

这也正是我的疑问。这条路我走过很多次，不会这么远。女的目光斜过来。我听出她的意思，说一直是按她的指点行驶。女的说，我没怀疑你的意思，确实该到了。我问，继续开吗？女的有些恼火，你是司机，怎么问我？车缓缓停下。我说，开始我就说过，我不认识路。女的语气很冲，不认识路，开什么出租？我梗梗脖子，回敬，我已经说清楚了，我就是不认识北斗路，还走吗？女的说，当然走，你不能把我们扔半道上。

男女不再争吵，两人死死盯着窗外。我提醒她是不是记错了，按理，我也开了多年出租，没听说这个城市有条北斗路。女的说太阳从西边出来她也不会记错。大约一小时后，我看见三环的标志，再往前就出城了。我折回来，拦住两辆出租，司机都摇头，问到第四个司机，他说十几年前有条路叫北斗路，后来都重新命名了。女的大叫，不可能，去年我还看见北斗路的牌子。她应该不会说谎的，那是怎么回事呢？我也糊涂了。

又绕了近两个小时，还没看到任何与北斗路有关的标志。我让他

113

俩换车，我实在无能为力了。两人几乎是异口同声，黑天半夜的，绝不能把他们扔下。我有些烦，和他们争辩。男的说要投诉我，我说随便，女的气哼哼的，要投诉也得天亮，现在，他们绝不下车。对峙一会儿，我妥协，说不收他们任何费用。男女仍不下车，说车费一分不少我的，但必须把他们拉到地方。我说我是没办法了，你们爱怎么着怎么着吧。女的问，你要要横？我说，只能这样了，随便你。男的缓了口气，说他们有急事，试着再找找，也许三个人都眼花了。女的声调也柔和了，说我找不到，换别人也未必顺利，还是乘我的车合适，肯定会给我车费的。就算一趟黑夜的旅行吧，你说呢，师傅？唉，谁没有恻隐之心呢？我再次发动车。

绕了许多街道，几乎把这个城市转了一圈，确如女的所言，算得上一趟旅行了。两人先前还指着外面说话，后来都不言声了。他们困了，再一会儿，我听到轻微的鼾声。拐进一条小路，我再次把车停下，我实在不知怎么开了。让他们踏实地睡一会儿吧，我不认识他们，可他们和我一样，身体的某个地方出了问题。看起来，这不是什么事，没什么可怕的，可它的可怕也正在于它看起来不可怕。这是某种征兆，我说不清是什么。天亮前，我必须叫醒他们。无论如何，他们得下车。太阳升起的时候，一场官司在等着我。现在，我什么也不能做，我点了一支烟，默默抽起来。

离　婚

秦月娥是赵不忘的妻子，赵不忘是秦月娥的丈夫，他们是夫妻。这一点，甭说整个宋庄没人否认，就连曾在宋庄插过队的尹知青也还记得。别人说起秦月娥，他马上接过去，那不是赵不忘老婆吗？那女人可不好对付，我偷她一棵葱，让她追出二里地。叽嘎大笑，肉把眼睛都挤没了。

　　秦月娥确实不好对付，有例可考。光棍马五趁秦月娥独自挖猪草，欲行不轨，差点让秦月娥捏烂蛋子。马五落下后遗症，走路大叉腿，一迈一弹，像负力过重的蜘蛛。只有遇见秦月娥，他才兔子一样奔逃。秦月娥跟货郎买了几卷线，回家发现找给她的钱缺了角。货郎腿快，早没了影儿。秦月娥寻了一天，硬是在另一个村庄寻见他，可货郎不认账，秦月娥挑起他的担子就走，货郎撕拽几下，乖乖给秦月娥换了。

　　但秦月娥作为宋庄的名人绝不是因为她不好对付，也不是因她有什么奇特之处。她长相普通，不好看也不难看。她腿长气力大，可宋庄的女人长腿的短腿的哪个力气也不小。秦月娥出名与赵不忘有关。出嫁那天，赵不忘几乎让她成了废人。按宋庄风俗，娶亲，新郎是不能去的，须在门口守待。可赵不忘猴急猴急的，悄悄溜出去。娶亲车进村，赵不忘从隐身的树后闪出来，嗨了一声。娶亲车是马车，相当于现在的悍马，规格相当高的。马突然受惊，狂奔不止。秦月娥被甩出来，连同她的惊叫。新婚之夜，秦月娥和赵不忘是在公社卫生院度过的。宋庄自此多了个歇后语，赵不忘娶老婆——急红眼了。

那桩事故让秦月娥没少出名，各个村庄流传好几个版本。但真正让秦月娥出名的也不是这个，而是与赵不忘的离婚大战。

秦月娥第一次闹离婚还没出月子。什么好的都由着她吃，上顿小米粥馒头，下顿面饼小米粥，中间冲碗鸡蛋汤。秦月娥哪有过这样的日子？她胖了不少，脖子上能看见赘肉了。正当她喜滋滋地盘算怎么过满月，赵不忘出事了。他睡了三条的女人。三条是车把式，常不在家，那天恰好回来了，堵个正着。赵不忘溜得快，三条没出够气，拎块石头登上门。赵不忘哪敢回家？三条里外寻个遍，怒冲冲地骂个遍，一石头将锅砸塌，还拎走半篮鸡蛋，扬言这事没完。

最终，赔了三条一口半大的猪。秦月娥不过了，要离婚，必须离，坚决离，秦月娥铁了心。刚结婚一年，赵不忘就乱搞，这日子还怎么过下去？赵不忘跪在那儿，又是掌嘴又是搧脸，骂自己鬼迷心窍，不是东西，恳求秦月娥原谅。秦月娥理都不理他。半夜，秦月娥被孩子哭醒，见赵不忘还跪着，恨恨地骂，你就是跪出坑儿也白搭。秦月娥开口了，赵不忘看到希望，说你摔断胳膊都没和我离，这么一个错误就过不去了？秦月娥骂，你把我的心摔碎了。赵不忘检讨，我该死！你怎么惩罚我都行，可不能离婚呀，离了婚，孩子就没爹了。秦月娥说，满街的男人，还怕给孩子找不上个爹？赵不忘说，找是能找，但不是亲爹呀，你就不怕孩子受委屈？孩子再次哭出声，仿佛已经受了委屈。秦月娥把奶头塞进孩子嘴里，恨恨地骂，后爹也比你强，你个骗子。你不是给她送簸箕吗，怎么把自己也送进去了？赵不忘垂下头，我不是骗子，她才是，她说后背钻了树毛，让我够够，谁知——秦月娥打断他，够了！没廉耻的东西！你赔进去还不算，连猪也赔进去，我……我……秦月娥呜呜起来。赵不忘这才站起，又是哄又是劝。

秦月娥说她原谅了赵不忘，但婚还是要离。她甚至等不到月子满

117

了，收拾包袱要回娘家。母亲劝，公婆劝，赵不忘还搬来秦月娥的舅舅。他们怎么劝，秦月娥只一句话，这日子没法过了。婆婆说，你要离就离吧，不过咋也要出了月子，落下病可是你自己的。公公说，离婚也得先出了气，你下不去手，我来。他捆了赵不忘，一下一下地抽，边抽边骂，让你贱！让你贱！！秦月娥流泪了，还能说啥呢？

夜里，秦月娥看赵不忘背上青一条紫一条的，已经心疼了。赵不忘龇牙咧嘴，仍不忘开玩笑，看到了吗，找后爹就这个下场？秦月娥扑哧笑了。

赵不忘保证见到女人眼睛朝天，再犯一次她割了他。她恨恨地说，喂狗都不吃。

第二次离婚，秦月娥正怀着第二个孩子。赵不忘老毛病犯了，对方是宋庄的寡妇。秦月娥听到信儿，挺着肚子跟踪两次，人赃俱获。她和寡妇打了一架，将寡妇的脸抓成地图。其实赵不忘本名赵步旺，此事发生后人们就叫他赵不忘了。赵步旺与赵不忘，宋庄的发音几乎一样。狗不改吃屎，秦月娥对赵不忘绝望了。赵不忘自是没少检讨，将自己猪狗牛羊轮番过一遍，还发誓没给寡妇任何东西，倒是寡妇给他不少。那二斤黄豆并不是他捡的，是寡妇的。秦月娥抓起柜上的鸡蛋砸赵不忘脸上。砸完又心疼了，当然是心疼鸡蛋。可想接住已经来不及了，蛋清流到地上，碎蛋壳和蛋黄还在赵不忘脸上糊着。赵不忘连叫打得好，秦月娥跺着脚吼，离婚离婚离婚！

这次，谁也劝不动，秦月娥咬定，不离婚除非太阳从西边出来。谁有那么大的魔力让太阳从西边出来？秦月娥防着公公故伎重演，公公没张口，她就让公公先捆了她，想怎么抽怎么抽，反正她是离定了。公公叹息一声，人就矮下去了。

赵不忘躲了几天，以为秦月娥消了气，打消了离婚的念头。可秦月娥没有丝毫动摇。赵不忘耍赖皮，让秦月娥自个儿去。秦月娥怒火顿生，揪着赵不忘耳朵出了门。赵不忘瞧出秦月娥吃了秤砣，说，离就离吧，错的是我，你别扯脱我的耳朵。

　　离婚需要大队开证明，没证明离不了。书记是忙人，哪会整天坐在队部等人开证明？秦月娥候了两个晌午，才等着书记。书记姓宋，脸盘子大，又黑，绷着的时候像年久色深的锅盖，让人发怵。但秦月娥不怕，她说明来意，书记瞄着她的大肚子，快要生了吧，离哪门子婚？秦月娥说，实在过不下去了。书记说，谁家不闹别扭？宋庄都像你这样，闹别扭就离婚，我这个书记还怎么当？秦月娥急了，我和赵不忘都同意的呀，你开了吧，非离不可。书记沉吟片刻，说得开会研究一下，研究完再答复她。秦月娥有些生气，但人家毕竟是书记，她不敢骂，只是声音提高几度，你是书记，你说了不算吗？书记的脸越发嘟噜了，宁拆一座庙不毁一家人，你要是结婚我就批；你离婚，就不能我一个人说了算，我不背这个罪名。秦月娥拦住欲离开的书记，书记说，我是宋庄的书记，不是你一个人的书记，你是讲理的人对不对？秦月娥便侧了身子。秦月娥难缠，但讲理，她不是那种糊涂蛋，她最忌别人说她不讲理。

　　秦月娥等书记答复，数日不见动静，只好找书记询问。书记说人凑不全，会没法开。秦月娥问什么时候能凑齐，书记说我也说不好，不是这个有事就是那个有事，你再耐心等等，离婚又不是打仗，有啥急的？秦月娥瞧出书记在推诿，冲劲儿上来了，说，宋书记，你今儿不给我开，我就黏上你了，你去哪儿我追哪儿。书记说，愿意跟你就跟。走了没两步，书记退回来。秦月娥干过什么，书记当然知道，身后跟个大肚女人，传出去不好听。出乎秦月娥意料，书记并未发雷霆，而是给她倒了杯水。他说，你明事理，我给你分析分析。你为什么和赵不忘离婚，不就因为他和别的女人发生点关系吗？可你想想，你离了，总不能拖着孩子过，你得再嫁，嫁个后生不大可能，也只能找个二婚的。问题也就来了，你知二婚的男人和多少女人有过关系？就算你找个后生，能保证他不犯赵不忘的错误？你怎么办？再离？秦月娥的身子不像刚才那么起伏了。书记的话触动了她，只是仍有点不甘心，依宋书记的意思，我由着赵不忘？书记忙道，我可没那么说，但你得给他改正的机会呀！秦月娥说，已经给过他了。书记晃着锅盖脸，给一次不行，再给一次，知道诸葛亮吧，擒孟获七次，放了七次，那是什么肚量？你得向人家学。事不过三，赵不忘再犯，不用开会，我自己就做主了，你想开几张证明我给你开几张！书记的语重心长终于使秦月娥回心转意。

几日后，秦月娥和寡妇在街上走个迎头，寡妇伤痕未愈，却毫无愧色，仰着头从秦月娥面前走过。你折腾半天，还能怎样？秦月娥似乎从寡妇朝天的眼里拎出这样的话，压下去的念头又冒出来了。她觉得被书记绕了。赵不忘有第一第二次，就会有第三第四次，到时再离和现在离有什么区别？早离早痛快！

秦月娥咬咬牙，把那个留籽的南瓜摘了，抱着去了书记家。书记的女人哎呀着，这么大，你咋就抱过来了？秦月娥说麻袋我都搬过。书记的女人做饭，想切开秦月娥送去的瓜，怎么也切不动。那个瓜金红色，又大又圆。秦月娥二话不说，替了书记的女人，稍一用力，瓜分成两半，一股香气漫开。书记的女人惊叹，你可真会种，闻着就好吃。秦月娥说，你吃瓜，把籽给我，明年再种。秦月娥靠在那儿看书记的女人将瓜切成小块，扔进锅里。书记的女人说，你想开就对了，男人偷个腥吃个零食又能咋的？总有吃不动的时候，离婚正好便宜了那些不要脸的。秦月娥说，便宜她们吧，我必须离。心想就冲这个瓜，也离定了。

书记上县开会去了，秦月娥一天一趟，终于将书记堵在家里。秦月娥先声夺人，你不给我开，我就不走了。书记的女人紧张地看书记，书记却不慌不忙，直到把饭扒拉完才放下碗。书记说早几天她还能离，现在肯定不行了。他带回了新精神，全县要评五好大队。五好有一条就是风气好，好的标志之一就是没有打架离婚的。给秦月娥开证明，宋庄评五好大队就没了指望。秦月娥问，评五好大队和我有什么关系？书记语气重了，怎么没关系？和宋庄每个人都有关系。那天给你讲的是小道理，今儿给你说的是大道理。人活脸树活皮，宋庄也要争荣誉。别以为只是发个奖状的事，年底发救济粮要参考这个呢，评上五好，发得自然就多，评不上，发得自然就少。发多，人人分得多；发少，人人分得少。所以，离婚不是你个人的事，事关宋庄的前途。你是讲理的，你可以和赵不忘斗气，不能和宋庄作对，你说呢？

秦月娥还能说什么？她是讲理的，可惜了那个籽瓜。

日子一天天过下去，孩子一个个生下来。

秦月娥生了三个孩子，老大叫冬子，老二叫二冬，老三是个女孩，叫三夏。名字都是秦月娥起的，赵不忘没有任何异议。他习惯了看秦月娥脸色。赵不忘还算长记性，虽然毛病不断，但没再跳过别人家墙头，当然，和秦月娥看守得紧大有关系。三个孩子活蹦乱跳，秦月娥心里喜眉梢也喜，特别是三夏的出生，秦月娥说不出的如意。

三夏五岁那年，赵不忘又出事了。那个晚上，宋庄放电影，《火车司机的儿子》，秦月娥记得清清楚楚。中间换片，场面漆黑时，爆出一个女人的尖叫。女人被摸了屁股，换一种说法，有人要流氓了。若是宋庄女人，骂骂也就过去了，毕竟没造成更大的伤害。可那女人是来宋庄走亲戚的，她是公社某副主任的小姨子。那个女人自是不吃亏，不依不饶，非要书记揪出那个流氓。书记不敢压，向副主任汇报了。于是，两个戴大檐儿帽的公安进驻宋庄。不是摸屁股那么简单了，而是一桩案件。公安没有别的破案方法，筛选出有前科的男人，一个一个询问。其中就有赵不忘。

那个女人的尖叫，秦月娥听见了。尽管当时不知发生了什么，秦月娥却不由自主地哆嗦了一下。待知道发生了什么，秦月娥战栗起来。他们一家五口是坐在一起的，中间赵不忘要撒尿，离开了一会儿。换片恰恰在那个时候。那就是说，赵不忘具有作案可能。

回到家，秦月娥顾不得孩子在场，大声问赵不忘是不是他干的。赵不忘矢口否认。秦月娥问他一泡尿咋撒那么久，赵不忘一脸哭相，说他撒完就往回走，可黑咕隆咚的，他怎么也寻不见她和孩子。秦月娥说要是他干的，趁早自首，还能从轻发落。赵不忘急得眼珠子都要裂了，说要是他干的让他全身烂掉。秦月娥审视赵不忘一会儿，相信了他。可是，她相信不行，得让所有人相信。在这点上，秦月娥比赵不忘有头脑，她叮嘱赵不忘，不管谁问，都必须咬定他和她及孩子们在一起。赵不忘敬佩地点头。秦月娥将三个孩子嘱咐个遍，口气从未有过的凶，谁要是说错，撕烂谁的嘴！

公安已经知道赵不忘做过什么，审问得比别人时间长。赵不忘遵照秦月娥的叮嘱。交代完，公安并没找秦月娥和几个孩子对质，而是盯着他冷笑。一盯一笑，赵不忘发毛了，更要命的是他尿了裤子。据在场的书记说，他没见那么长的尿，湿了裤子不说，流出有四五米。公安突拍桌子，赵不忘结结巴巴交代了。

赵不忘没判重刑，那时县上正好办了一个关于这类人的学习班，赵不忘学习了十天。秦月娥没少花，一块布、一篮鸡蛋——是送给书记的女人的，卖了唯一的一口猪，赔偿给那个被摸了屁股的女人，还有赵不忘上学习班，得交伙食费。一里一外，家底折腾光了。秦月娥够仁义了，若她什么都不管，赵不忘被判刑是极有可能的。

十天后，赵不忘灰头灰脸地回到家，秦月娥第一句话就是离婚。

赵不忘冤枉地说，不是我干的，我真的没摸呀。秦月娥气得脸都白了，不是你干的你承认什么？赵不忘，你隐藏得真深呢。赵不忘说，他们硬说是我干的，还说承认了认个错就没事了。秦月娥的牙都要蹦出来，你就承认了？你是傻子呀。赵不忘说，我站不住，腿都麻了，你要相信我，我真没干。秦月娥大吼，我相信你有屁用！究竟是不是赵不忘摸的，秦月娥也拿不准了。但不管真是他干的，还是他背了黑锅，不重要了。赵不忘因耍流氓上了十天学习班，已是铁板钉钉。秦月娥可以忍，可不能让三个孩子跟着她忍。因这种羞辱，冬子已经打过好几架。赵不忘不死心，问，非离不可？秦月娥声硬如铁，这么多年了，你让我瞧起你一回！

书记没再和秦月娥讲道理，不，话都没说，叹息一声，重重地扣了章。

终于要如愿了，秦月娥却高兴不起来。两人去公社的路上，她想和赵不忘说点什么，可赵不忘落她几米远。她站住等，他也站。她就不再等，那话翻腾着，慢慢静下去。

婚是能离，但那个长着马脸的中年男人，让他们把孩子跟谁的事说清。秦月娥脱口说，三个孩子都跟我。这还用说吗？她绝不能让哪个孩子跟流氓父亲。"马脸"看赵不忘，赵不忘说依她吧。"马脸"身子往后一仰，婚没这么个离法，从照顾妇女的角度考虑，女方可以要两个孩子，但不能全归女方。秦月娥有些不满，他没意见，你管这么宽干吗？"马脸"生气了，我就是管这个的，不让我管，行呀，你们去别处离吧。公社挂牌的房间不少，可管离婚的只有这里。秦月娥软下来，说了不少好话。"马脸"说，我代表的是法律，既要给女方做主，也要给男方做主，一个孩子可以归女方，两个孩子也可以归女方，三个孩子就不能全归女方了，男人一个孩子没有，老了怎么办？那不是社会的麻烦？社会的麻烦就是政府的麻烦，你们可以乱来，我不能。秦月娥咬咬牙说，那就分一个给他。可是给哪个呢？秦月娥半天拿不定主意。"马脸"要去吃饭了，跟两人说先回去商量，商量好了再来。

回家后，秦月娥一个一个问，如果她和他们的父亲不在一起了，他们愿意跟谁，他们都说跟秦月娥。秦月娥看看冬子，舍不得，看看二冬，舍不得，看看三夏，更舍不得。那时，赵不忘就在旁边蹲着，蔫头耷脑。

秦月娥抹抹眼，和赵不忘说，等孩子大一大吧。

冬子考上了大学，二冬考上了县一中，三夏在镇中学读书。

宋庄依然叫宋庄，但不再是大集体，土地承包了，牲畜也分到各家各户。秦月娥分到一头母牛，又能下犊，又能耕田。当然，这要归功于秦月娥，抓阄时，她让赵不忘靠边站。三个孩子念书花销很大，除了这头牛，他们养了羊、鸡、兔，还有一头母猪。再加上三十多亩地，两人从早忙到晚，从春干到冬。虽然磕碰不断，但秦月娥没再提离婚。秦月娥的心思都扑在孩子身上，赵不忘退到次要地位。

那年春天，秦月娥打发赵不忘去县酒厂买喂猪的酒糟。青黄不接的季节，酒糟是最好的猪饲料。赵不忘已买过一趟，没出差错。秦月娥挺放心的，但仍没忘叮嘱他住正规旅店。宋庄离县一百多里，牛车慢，当天不能往返。

赵不忘在酒厂下班前买了酒糟，赶车到城外的旅店住宿。城里的旅店不留赶牛马车的客人，只有城边的车马店可以。正规不正规，谁也说不上，反正天天有住的。赵不忘仍住上次那家。据赵不忘事后交代，他住下不久，那女人就进来了。女人的长相他已记不得，她给他唯一的记忆是眉间长个瘊子。女人就在附近住着，想借他的牛车去城东拉趟东西，她给十块钱。闲着也是闲着，赵不忘觉得挺划算，便卸了酒糟，随女人去了。结果钱没挣上，反把牛弄没了。他被长瘊子的女人骗了。至于怎么没的，赵不忘红着脸，死也不说，翻来覆去只那一句话，他让长瘊子的女人骗了。反正牛是没了。赵不忘丢了牛，急得脑袋冒汗，先是想碰死，后想到酒糟还在店里，横着胆子窜进一个村庄。牛也偷上了，但没出村庄就被揪住。

赵不忘被判了三年。

秦月娥气得两天没吃饭，活儿却不敢耽误，结果晕倒在路上。赵不忘不是偷女人就是偷牛，反正干不出好事，先前是流氓，现在又戴上贼帽子，她还能过下去吗？不是她要离，是赵不忘逼她离婚啊。没有赵不忘，她照样供孩子们念书。她走不开，花两个晚上给赵不忘写了封信。她识字不多，写信还是没问题，个别不会写的字，她空下了，相信赵不忘看得懂。秦月娥想在孩子们放假前离掉，那样，他们与做贼的父亲就没关系了。

约一个月后，穿着公安制服的一男一女找到秦月娥，他们是赵不忘服刑的那个监狱的狱警。秦月娥看着他们，揣测赵不忘是否又干了下贱勾当。男女都很和蔼，拉家常一样问这问那。秦月娥没了耐心，说，别绕弯子了，你们直说吧，我还要喂猪呢。两人对视一眼，说赵不忘企图撞墙自杀……秦月娥吃惊地啊一声，急急地盯住他们。男的说，你别着急，抢救过来了。秦月娥的心犹怦怦乱跳，什么时候？女的说一周前。秦月娥嘘口气，恨恨地骂了一句。男的说，虽然抢救过来了，但情绪一直不稳定，我们做了不少工作，弄清他自杀的原因是你要和他离婚。就为这个？秦月娥冷笑，她甚感诧异，离过多少次了，也没见赵不忘寻死觅活的。女的说，服刑的人往往脆弱，经不起打击。秦月娥明白了他们的来意，仍问，你们什么意思？男的说，请配合我们的工作。秦月娥追问，别和他离婚？女的说，别在他服刑期间离，如果你们确实有矛盾，也要等他服刑期满。秦月娥斩钉截铁，那不行，我就是要乘这个机会离，早晚有这一天，他比谁都清楚。

男女轮番劝说，什么要给服刑者一个机会啦，什么他们是模范监狱六年没出过类似事件啦，秦月娥和赵不忘既要解决家庭矛盾又得照顾大局啦。从宏观到微观，从政策到家庭，许多词秦月娥都是第一次听说。他们说一声，秦月娥唔一声，末了还是那句话，离定了，雷打不动。

男的稍有不悦，说如果赵不忘因此有什么意外，秦月娥就有杀人嫌疑。秦月娥说，你的意思是，他寻了短，我还得坐牢？坐就坐，豁出去了！秦月娥可不是吓唬大的。女的赶紧说，你不至于坐牢，但可以说，是你把他逼到绝路上的。秦月娥叫，怎么是我逼他？是他在逼我！男的说，他没把你逼到坐牢。秦月娥叫，比坐牢还难受！女的给男的使个眼色，我们还是希望你配合，你考虑一下，如果你不同意……秦月娥不客气地问，那要怎样？女的笑笑，我们不会把你怎样，但也不会撒手不管。说实话，一千多号服刑人员，我们上门做家属工作的没几个。做不通，我俩交不了差，只能找当地妇联……秦月娥说，妇联也没用……女的仍然微笑着，还有你的孩子们，他们是有文化的，他们……秦月娥急了，不能找他们。除了三夏，老大、老二还不知道家里出了事。秦月娥叮嘱过，不让三夏告诉两个哥哥。女的点头，我理解，请你也理解我们。秦月娥叹息一声，离婚的火还没燃起来，就被浇灭了。

狱警的意思是让秦月娥去一趟，当面给赵不忘定定心。秦月娥说走不开，他们便让秦月娥照先前的办法写封信，他们带回去。秦月娥的第二封信写得很完整，不会写的字狱警都教给她了。狱警走后，秦月娥忘了喂猪，痴痴地坐了半天。

宋庄不是没有离婚的，但快六十的人还闹离婚，只有秦月娥和赵不忘。

不是秦月娥念念不忘，许多时候秦月娥强迫自己忘记，可怎么说呢，赵不忘偏要往她眼里揉沙子，偏要给她脸上糊泥巴。秦月娥的忍耐是有限度的，尤其涉及女人。赵不忘这头老牛，竟然啃到尼姑身上。

赵不忘到邮局取冬子寄回的一千块钱，在镇上遇到一个尼姑。满街的人，尼姑只喊赵不忘一个，赵不忘哪能不站呢？尼姑说赵不忘有卦相，她算准了给钱，多少都行，算不准一分不要。光天化日，吃了几十年咸盐的赵不忘还怕骗了不成？尼姑说得头头是道，连他揣的钱是远方寄来的都能算出来。赵不忘又惊又服，便给了尼姑五元钱。尼姑说远方那个子女近日有灾，她给赵不忘一块红纸，让他把钱包住，儿女的运气即可化解。赵不忘吃过亏，很警惕的，可万一真是那样呢，赵不忘不后悔死？赵不忘怕有什么陷阱，眼珠子瞪得鸡蛋一样，一切都在赵不忘眼皮下进行，尼姑没做什么手脚。赵不忘喜滋滋地跑回家，想向秦月娥邀功请赏——哪个儿女都是她心头肉，可打开红纸包，赵不忘傻眼了。

秦月娥抽了赵不忘一扫帚，搭车追到镇上，哪还有尼姑的影儿？年轻时，秦月娥可以三里五村地追寻，现在已没那么好的腿力了。旧恨未消，新怒又生，秦月娥再次提出离婚。赵不忘发誓和尼姑没任何关系，连她的手都没摸，倒是她攥着他的手瞅了个遍。秦月娥让他闭嘴。到了这份上，他还有脸说。为什么骗他的不是和尚，而是尼姑？说到底是赵不忘想占便宜。他说什么她都不信了。赵不忘赶紧给三个儿女打电话，让他们救火。他们问清原因，说这怨不得父亲，到处是骗子，以后注意就行了。一千块钱，就当捐了香火。秦月娥说她不单是因为这个和赵不忘离婚，这只是由头，没这码事照样离。她忍了多年，已忍无可忍。儿女们一个个拽长了脸。

冬子说，这么大岁数还离婚，传出去我们的脸往哪儿搁？

二冬说，大半辈子都过来了，一下就不能过了？你得为我们考虑考虑。

三夏说，你们乱折腾，以后我咋回来?

他们从未敢用这样的口气和秦月娥说话，秦月娥心惊不已。可秦月娥不怵，她没怕过谁，到老难道会怕她一个个养大的孩子？她脸色硬硬地说，不是为了你们，我早离了，现在我管不了你们，你们也甭想管我。害羞害臊是我一个人的事，与你们无关。

冬子说，你把我们养大为了什么，还不是让我们活得风风光光?

二冬说，有关无关你说了不算，我们正是干事的年龄，你看着办。

三夏说，我神经衰弱，睡不好觉，就别再给我添堵了。

秦月娥腮帮子渐渐瘪了。三个孩子虽不是什么了不起的人物，可都是有头有脸的。冬子在省城当处长，二冬在县城当校长，三夏是县医院医生。他们的风光就是她的风光，要是离婚有损他们的名誉，还真是她的罪过。

三个子女毕竟孝顺，既然父母合不来，就让他们分开。这和离婚无关，不离婚，照样可以谁也不见谁。秦月娥去省城住，赵不忘去县城住，三个月或半年两人对调。这个方案好，秦月娥和赵不忘均无异议。

冬子家住楼房，秦月娥不大习惯，上上下下不是问题，主要是没有说话的。一家三口上班的上学的，中午都不回来，整个白天，只有秦月娥一个人。冬子天天有应酬，回来差不多就该睡了。孙子呢，忙着写作业，儿媳忙着上网。秦月娥不是个藏着掖着的人，可委实没有说话的机会。在宋庄，和谁都可以说，这儿不行，楼道里碰见人，她想打个招呼，人家冷若冰霜，她连个眼神都够不到。还有就是闲得慌，除了做晚饭，没有任何可干的，这顿饭还是她争取来的。儿媳的父母在省城，过去，她在父母家吃完饭才回来。秦月娥做了几次饭，儿媳皱了眉头。儿媳让她切肉一定要削皮，秦月娥怎么也舍不得。她可以不吃，秦月娥吃啊。儿媳的话软软的，却带着刺，妈，咱又不是吃不起，让你吃皮，传出去别人怎么说我？孙子干脆说秦月娥做的饭不好吃。没过几天，儿媳又在父母家吃了，秦月娥只做自己的饭。秦月娥越闲越想找点干的，硬是从那个扫院的人手里夺过扫帚，恰被儿媳撞见，她生气地说，妈，你这是干吗呢？秦月娥说，我想干，你甭管。儿媳跟冬子说了，冬子又是批评又是讲道理。秦月娥明白，这活儿她干不得，与她离婚一样，丢儿子的脸。冬子劝秦月娥多去公园逛逛。

那个公园距冬子家不远，秦月娥去过两趟，说是公园，还没两个场院大。不大也是公园，秦月娥没别的去处，只能去那里。公园里多是老人孩子，秦月娥坐在椅子上，看电影一样看他们从她面前一圈一圈地转。若是两个老人，她就想，他们是一对；若是一个人溜达，她就想，是不是离了婚的？秦月娥不提离婚了，但并不等于不想，尤其到了省城，空闲下来，想得最多的就是这件事。在宋庄，秦月娥的能干是出了名的，可这么能干那么能干，离了多半辈子婚也没离了。秦月娥不知赵不忘是不是像她一样闲，不是想他，而是不甘心，若离了婚，她就不用躲在儿子家了。儿子是自己养的，可怎么说呢，总归没有在宋庄那么自在。一天，一个老太太在她旁边坐下，秦月娥冲她笑笑，老太太也冲她笑笑。秦月娥很想证实自己的判断，问老太太是不是离了婚。老太太被烫了似的，往斜里一偏，随后站起，走开几步又回头瞅秦月娥一眼。再见到老太太，老太太的眼神就有点那个，秦月娥走过去，听她和旁边的人说着什么。若在宋庄，秦月娥早就骂开了，毕竟这是省城，秦月娥横着脸离开，再也不去了。

秦月娥回到宋庄，没想到赵不忘比她先回。赵不忘呼噜打得厉害，二冬、三夏两家被他折磨得都快神经衰弱了，他没法待下去。他说一阵，秦月娥笑一阵，笑完再骂，该，你以为你是个宝呢。

两人就这么过了，没多久又吵起来。起因是看电视，秦月娥爱看婆婆儿媳、家长里短的电视剧，赵不忘爱看男女情感方面的。秦月娥骂赵不忘老不正经，现在干不动了，还要过眼瘾。赵不忘说秦月娥拿捏他一辈子，难道不能让他一次？秦月娥再次提出离婚，她不是气冲冲的，从未有过的软，她让他别再跟儿女说，两人悄悄离掉。她打听过了，现在离婚很简单，不再用什么证明。她说，我一辈子没向谁低过头，今儿向你低一次，求你了。五次三番，赵不忘也被秦月娥折腾烦了，答应得异常痛快。

那个管离婚的女孩问他们带没带结婚证，两个都愣住了。没结婚证不行吗？女孩回答得相当干脆，当然不行。两人回到家，将柜里柜外坛坛罐罐寻了个遍，哪里有影儿？他们早忘了还有结婚证，那么一张纸，谁在意呢？谁想到结婚证还有这样的用途？两人挖空了脑袋，终究什么也没挖出来，不得已，跟女孩说结婚证丢了。女孩说，那就不能离。秦月娥央求女孩，我离了一辈子婚，你就了却我的心愿吧。女孩不应，秦月娥撒泼，你不给离，我就不走了，死也要死在这儿！女孩紧张地站起来，不是我不给你们办理，违反程序我要丢工作，我上班才半年，你们得替我考虑考虑。秦月娥便僵在那儿。她知道现在大学生也很难找工作。张五家的儿子毕业找不上工作，女朋友告吹，他想不开，竟然刺伤了女朋友的父母。赵顺的女儿大学毕业，听说给人当了保姆。秦月娥不好惹，但她是讲理的人，她又凭什么让女孩因为她丢了工作呢？

赵不忘笑得左歪右倾，秦月娥恨恨地瞪他，你称心了？赵不忘说，我不是因为这个，你咋还不明白，没有结婚证，咱俩就不是夫妻了，结婚证丢那天，咱俩就不是了，不是夫妻还离什么婚？秦月娥怔怔的，随即大声质问，谁来证明，你倒说说，谁来证明？？

审判日

一

往餐桌边一坐，他便发现了妻子的异常。菜照例是丰盛的，拌猪耳、拌海带、炒豆芽、烤鸡翅。量都不大，盛在碟子里，鸡翅仅一只。但没有每餐必备的腌黑豆。他五十出头，却没有一根白发，妻子的腌黑豆功不可没。刚出狱那会儿，他的头发几乎全白。那时，他并不知妻子每餐上腌黑豆的用意，直到看过那档电视节目。她从没向他说什么，她就这样，总在心里做事。偶尔一次不上腌黑豆也没什么，他不是据此察觉到异常的。妻子眼里揣了东西，虽然她竭力掩饰。

怎么——他停住，没往下说。他正要起身，妻子突然反应过来，说我来。腌黑豆的瓷坛子就在角落，她蹲下去，利落地舀了一勺。他已经吃上了。她厨艺很好，很合他胃口，从他咀嚼的声音可以听出来。而她机械地夹着，每次只那么一小点，像喂小鸡。她的体形，以及从没长起来的头发，也确实像个小鸡。他一把就能攥在手里。

他猜到了。这让他不快，但他没问，绝不问，只是咀嚼的声音更大了。他夸张地吧咂着，那只黑猫早就在脚底下守着了，等待他把啃过的鸡翅丢下。黑猫摸透了他的脾气，安静候着。可能今天他吧咂的声音实在太大，黑猫也馋了。黑猫先喵一声，又喵一声，然后蹭蹭他

132

的裤角。黑猫是想提醒他吧。他狠狠踢了一脚，黑猫跳开。委屈和不满让黑猫的叫声失去了章法。

她们下午过来。妻子小心翼翼地说出来，在他的咀嚼声小下去的间隙。他似乎没听明白，谁呀？妻子当然知道他装糊涂，这使她更加紧张，双菊和小可。他狠狠把鸡翅骨丢出去，平时会留一丝肉在上面，不多，就一丝。这次啃得很干净，光秃秃的。黑猫却没嫌弃，迅速叼住。

你说谁？他突然想起来，她在和他说话。

双菊，还有小可。妻子的目光像风中的杨柳枝，摆一下，又摆一下。

怎么又来了？他皱皱眉，你叫她们来干什么？

妻子的鼻尖亮晶晶的，像镶了宝石，是她们自己……她们想看看你。

他的眉毛拧在一起，我不用她们看，哪来哪走。我活一天她们就别登这个门。

就一会儿，她们坐坐就走。妻子乞求，不见双菊，见见小可总可以吧，她可是你的外孙女呢。

谁也不见！他站起来，仍嫌不够，走到门口，又重声强调，我和她没关系！

砰，卧室的门关上了。

妻子半张着嘴，目光似乎被门板夹住了，试了几次都没有拽回。卧室的门平时不关，白天不关，夜里不关——特别是夜里，这样才能听见前边的动静。前边是杂货铺，后边吃饭睡觉。吃饭和睡觉的地方隔一扇门，只在他午休和生气的时候才关门。他明显生气了，又是午睡时间，那门冷漠地隔开她和他。她终于把夹伤的目光拽开了。她揉了揉，又揉了揉，叹口气。虽然结果是预料到的，她还是有些伤感。她是个勤快女人，吃剩的盘碗从不在桌上停留，不管心情多么糟糕。收拾完，她坐了一会儿，估摸他已经睡着，从厨柜拎出塑料盒。他从

133

来不开厨柜，所以她的秘密都在厨柜藏着。他只吃掉一只鸡翅，另外五只鸡翅是留给小可的。

妻子看见蹲在桌上的黑猫。黑猫也正看她。黑猫知道她的秘密。她心里一动，抱起黑猫，小可会喜欢的。走至门口，她想了想，又放下了。小可是女孩，万一抓伤她呢。黑猫死皮赖脸的，她吓唬几次，黑猫才退回去。

妻子锁了杂货铺的门。走出几十米，她忽然有些疑惑，锁没锁住呢？没锁，顾客就会进屋，就会吵醒他。终是返回来，她拽了一下，又拽一下，踏实许多。

她对他撒了谎，双菊和小可上午就过来了，住在常住的塞北客栈。双菊和小可有时半月来一趟，有时一月来一趟，有时住一晚，有时几小时就回去。这得看双菊忙不忙。双菊和小可住在县城，她和丈夫住在镇上，虽然只有几十公里，见面却没那么容易。丈夫在里面时，她和双菊是住在一起的，有一年她摔折了腿，躺了三个多月，都是双菊伺候她。这些，她没告诉他。偶尔，她会说到双菊，还有小可。他要么瞪她，冷冷的，什么都不说，要么警告她。后来，她的嘴就挂了锁。但她的心是锁不住的，站着坐着躺着包括做梦，双菊和小可永远是主角。她叫双花，双菊这个名字是她起的。她还想给小可起个带花的名字。双菊说全是花，分不出大小了。她就没坚持。

和女儿、外孙女见面跟做贼一样，每次都偷偷摸摸。跟她还是跟我？你自己选！说这话时，他一点表情也没有。她不想和他分开，可也不想和女儿划清界限。好几年了，就这么偷偷摸摸的。之前，他不是这样的，坐了一次牢，心就跟石头一样硬了。她第一次和女儿去探望，他几乎要咆哮了，血红的目光要淹没她和双菊。再后来，她就一个人探望他。他出狱后，双菊和小可带了许多东西，酒啊肉啊什么的，登门看望。他没让双菊和小可进门，还把双菊放到门口的东西统统扔到大街上。野狗抢食的吠叫与双菊的哭声搅在一起，她的心都要碎了，而他冰冻的脸始终没有消融。当然，他再霸道，也挡不住她和女儿的来往。伤感一路走一路撒，看见塞北客栈的牌子，她的目光花枝一样摇曳。

二

双菊，你抬起头，看着我，别躲躲闪闪的。内心波涛汹涌，但他的语气还算平静。

双菊仍不敢直视他。仿佛他的目光是燃烧的火焰，她则是稻草，一碰便化为灰烬。

爸爸……她快哭了。

别叫我爸爸，我不是你爸爸。

爸……他喝一声，她停住，眼泪却出来了。

他一阵快意，说吧。

说……什么？

说什么还要我教你？他敲打着桌子。

她哆嗦一下。

为什么背叛……疼痛袭来，他的脸扭曲得变了形。他连连喊，为什么为什么为什么呀？

我……

来个火机，老乔。和声音一同滚进来的是肉铺的方胖子。突然勒住野马般的思绪，他稍有些不适，两次才摸到火机。方胖子将一枚硬币拍在柜台上。他笑了笑，把硬币推给方胖子。肉铺和杂货铺正对着，只隔一条马路。方胖子肉墩墩的指头摁了摁，那枚硬币便在手上。走到门口，方胖子突然回头，诡秘一笑，西头的发廊又开了，只查封了

135

两天。是吗？他淡淡回应。虽然只是个镇，但每天有奇奇怪怪的事发生，不过他没什么兴趣。

杂货铺重归安静。他想让审判继续，努力几次都未能成功。这样的审判从他入狱便开始了。时间在变，地点在变，主角始终是他和双菊。他花样翻新地审问，而双菊彻底被钉在被告席上。无聊了，他审；兴奋了，他审；醒了，他审；睡了，他审。每天都是他的审判日。以前也被打搅过，谁让他开着杂货铺呢？可一旦重归清静，很快就能重归状态。这次不灵验了，他有些恼火，又试了几次，终是放弃。他像个蹒跚的老者，怎么也爬不到高高的审判台上了。

他有些沮丧，坐在柜台后面，目光飘摇不定。

后来，他接到一个电话。彼时他快睡着了，中午没睡好，有点儿犯困。双花在后院择菜，听说他要出诊，不知是紧张还是惊喜，声音打着旋儿，几……点……回？她巴不得他现在离开呢，这样她就可以见双菊了。他还知道她中午偷偷出去了。他没戳破她。他的目光依然有些冷，也有些硬。她忙说，我……好……准备饭。看见我的车钥匙了吗？他大声问。其实钥匙就在墙上挂着。她摘下来递给他，叮嘱他骑慢点儿。他头也不回地说我知道。院里有个石棉瓦车棚，嘉陵摩托常年在那里放着，除了出诊，他平时不动。他把摩托推出车棚，没有马上发动。她在门口站着。似乎这时才想起她说了什么，他偏过头，别准备了，我在外面吃。顿了顿他又补充，晚就不回来了。

一小时后，他到了村子里。

他曾经是个兽医，在这个草原小镇，兽医是个体面的职业。他在这方面又很有悟性，早早就有了名气。他的前途像牛市的股票，攀升的速度自己都没想到，副站长、站长、副局长，四十出头便成为畜牧局一把手。熊市突然就来了，毫无征兆，一夜之间他的一切蒸发得干干净净。出狱后，他回到镇上，两年后盘下杂货铺。他没有重操旧业的打算，然不断有人找他。他们的牛马、猪羊都需要他。光环没了，医术还在。他又背起了药箱。他平时是杂货铺老板，骑上摩托就成了兽医。杂货铺生意冷清，勉强糊口，他也需要别的收入。当然，行医带来的不止这些。

忙活近四十分钟，他说没事了。他说没事，就肯定没事了。结账时，他一项一项列出。该找还主人两块钱，虽然主人再三说不用找了，他还是塞回去。一码归一码，每次出诊他一定要备好零钱。

出了村庄，他将摩托停在路边，发了条信息：羊毛剪完了吗，可需帮手？他撒了尿，又站几分钟，仍没有回复。五月的风从后颈掠过，凉凉的。这娘们儿，不会把手机又关了吧。手机买了还不到两个月，当然是他买的。他只好拨过去，通了，她接的。她嗓门高，说话也直接，知道你这个鬼又馋了，找什么由头，赶紧过来！没人听得到，他还是左右瞅瞅，并迅速挂断电话。老娘们，总这么赤裸裸的。没办法，他喜欢的就是她这一点。

拐上公路，走了一段，又拐下去。出诊的村庄在南边，他要去的村在北边。路不怎么好走，嘉陵摩托和他的心一样，一路颠簸。

女人叫赵月，就住在村边。她刚刚洗过头发，发梢还滴着水。衣服也是刚换的，还未来得及系扣子，红背心忽隐忽现。她的内衣几乎全是红色的。她身上有股淡淡的味，是田野的味道。他轻轻嗅嗅，她察觉了，狠狠掐他一把，骂，老没出息的！

进屋，她反手插了门，是那种老式的木头插销。听到咔的一声，他便踏实了。当然，他的疯狂也会暴露出来，没有任何过渡，没有任何程序。她比他更喜欢直截了当。结束后，她说冰箱还冻着一只兔，他若早打一会儿电话，该炖好了。他说现在炖也来得及，夜还长着呢。她忽然坐起来，盯住他，你个鬼，哄我可不是一次两次了。他没说话，摸出摩托车钥匙塞她手里。

次日，他睁开眼，太阳已经几竿高了。窗帘不怎么严实，光线从缝隙射进来，金丝一样悬在半空。他的头隐隐地疼，身子也有些软。他和赵月喝了一瓶白酒，又好一通折腾，她还想说话的，他实在困了，睡得死，都不知赵月什么时候起的。他喊一声，赵月没应，听了听，院里没有任何声音。赵月养了二十几只羊，和其他养羊户轮流放牧，每天早上要把羊赶到一个地方集中。他猜她赶羊去了。他本来想起的，可浑身酸困，于是翻过身，打算再躺三五分钟。结果又睡过去。

他被哐啷的声音惊醒，虽然迷迷糊糊，仍觉出不对劲。他赤裸着坐起，因为动作猛，眼前阵阵发黑，可还是看清了，地上立着一个男人。男人显然也很意外，嘴巴和眼睛瞪得溜圆。两人愣愣地对视着，足有一刻钟。男人没头没脑地问，你怎么睡在这儿？他努力压制住慌乱，带些许恼火，你是谁？你怎么进来的？

他的诘问并未使男人紧张，相反，男人明显松弛下来，是乔兽医吧，我认识你。男人三十上下，左颧骨有片淡紫色的印记。嘿嘿，我姓许，叫我小许好了。小许伸出手，要和他握手。他没理。他的大脑迅速旋转，这是怎么回事，难道掉进赵月的陷阱？小许似乎猜到他在想什么，杏花婆婆（赵月），她放羊去了，今天轮她放，怎么，她没告诉你？他暗暗骂死娘们。小许淡淡地说，她粗心大意的，总是忘了锁门……把你锁屋里也不合适啊，她晚上才回来呢，要不，我去喊她？他悻悻地说不用了。

小许是误闯进来的，他已经明白。可误闯的小许却没有马上离开的意思，你还没吃饭吧？我把杏花喊过来，还是你跟我过去？杏花厨艺一般，不过挺会烙饼。他厌嫌地摆摆手，恨不得马上把他轰出去，不用了，我没胃口。小许嘿嘿笑着，实在不好意思，我不是故意的，我的头盔忘她这儿了。他说，你忙你的吧，不用管我。因为愠怒，他的声音有些抖。小许仍旧嘿嘿笑着，我真不是故意的，你多担待啊，不过也没什么，对吧？时代不一样了。他恨不得跳下地搓出他的舌头一刀剁了。小许还在解释，他绷着脸一件一件穿衣服。他一点也不慌乱，慢条斯理，就像在自家那样，可他的心在下沉。

别忘了替她锁门，她总这么粗心大意。小许终于要走了，却不忘嘱咐他。

拨电话时，他听到牙齿撞击的声音。

才起来呀，你个鬼，快中午了！草野上，她嗓门更高。

怎么不叫我，你这老娘们！

赵月活泼地说，你睡得死，不忍心啊。怎么，误你事了？

他嚷起来，门呢，为什么不锁，你的记性让狼掏了？

赵月这才听出他真的生气了，委屈地说，我傍晚才回，锁了门，你能出来？……怎么了？

他怒冲冲地骂，你就是头猪！

三

晚餐是饺子，猪肉大葱、猪肉茴香，每样十个。其实没必要两种馅，他不挑剔的。但她乐意弄。做饭，于她似乎是享受。她垂着头，他仍能窥到她眉梢的变化。她把双菊和小可领回来了。他彻夜未归，正好给了她机会。屋里没什么变化，但双花的神态明明白白地告诉他。他不允许双花和双菊来往，但是从来没有强制她必须听从。双菊虽非她亲生，毕竟是她从小养大的。他清楚双花付出了什么。他不也曾宝贝一样宠着双菊吗？可是……每每想到此，他便被扒掉衣服游街示众似的羞愧难当。她们可以偷着来往，但他绝不允许双菊登门，这是他的底线。双花越界了，他该大发雷霆才对，可整个胸腔被掏空了般，没有一点儿力气。他没说什么，只是脸色不大好。她当然觉出来了，

139

呼吸都小心翼翼的。

外屋传来吆喊，妻子要出去。他制止了她。他对那声音再熟悉不过。

赵月紧贴着柜台，胸脯急剧起伏。你怎么来了？他压低声音。他从未如此鬼祟。赵月朗声道，我的牛病了，乔医生，一整天不吃草。他瞪着她。她的脸汗腾腾的，显然赶了急路。太晚了，他说，明天我过去。他示意她离开。赵月突然探出胳膊，他闪了一下，衣服还是被她抓住。乔医生行行好，你跑一趟吧。若不是隔着柜台，她就撞过来了。他低喝，松开！赵月没松，满眼乞求，乔医生啊，你就辛苦一趟吧。他欲拨开她，触到她的手背，他不由一颤。他不止一次抚摸她，却是第一次碰她的手背，粗硬的关节山峰一样突起，几乎硌着他。他盯着她，带了些柔软的愠怒，怎么也得让我吃完饭吧？她松开手，我在路边等你啊。

他吃了两个饺子，喝了半碗汤，慢腾腾的，像思考什么重大问题。他推出摩托，把后视镜反复擦拭过。前前后后，他磨蹭了足足一刻钟。赵月在镇外的公路边等他。他停下，她立刻跨上去。天暗下来，没有谁在意一对骑摩托的男女，但赵月没搂他的腰，只是捉了他的后衣襟。赵月不是那种小心翼翼的人，但在和他的事上，她始终是有分寸的。两人好了数年，她是第一次造访他的杂货铺。

从公路拐下来，他将摩托停在路边，熄了火。怎么了，你不是要把我扔这儿吧？赵月说着环顾四周。你个猪头，为什么不锁门？他仍气冲冲的。赵月甚是委屈，我不说了嘛，不忍心叫你，又怕你有事，锁了门，你能出来？他说，有个姓许的去取头盔，他是你什么人，怎么头盔在你家放着？是这样啊，赵月终于明白他恼怒的缘由，昨天他替我干活来着，喝了些酒，头盔拉下了。我没想到……他不会乱说的。她清楚他担心什么。只是个干活的？他不无嘲弄，她当然听出来了，很肯定地说，没错，只是个干活的。他没再问，两人就在黑暗中静默

140

着。公路上，一辆车由远驶近，白色的光柱如锋利的刀片，将夜色一块块切割掉。

过了一会儿，赵月说，你知道的，我儿子在牢里，杏花没和他离婚。她那么年轻……那个小许……杏花好歹还是我儿媳。

他暗暗心惊。那……那么……他是想说什么的，可大脑突然一片空白，什么也想不出来。

你没事吧？她问，声音极其平静。他摇头，很轻，她或许觉察不到。赵月说，小许不是什么好货色，不过，他不会乱说的，我心里有数。他想起小许的语气，连她都说他不是好货色，她有什么数呢？如果你还不放心，赵月说，我回头敲打敲打他，好歹我也是杏花婆婆。他一阵眩晕，算了，他也没把我怎样……上车吧。

回到杂货铺快九点了，双花正看一档娱乐节目。她立马调低声音。饿了吧？我这就热。她的眼神和声音都带着讨好，一直这样。他在牢里，她去探望，也是如此。他摇头，你看吧，我去前边。

夜晚和白天一样，他多半在柜台边，双花则守着电视。双花爱看电视，常常看到深夜，而他则在柜台边坐到深夜。整个营盘镇，他的杂货铺关门最晚。究竟是他在等双花，还是双花在等他，真说不好。他留给双花大把的时间，双花是清楚的。而双花留给他安静的空间，双花未必清楚。就像他知道双花在看电视，而双花从来不知道坐在柜台后的他在干什么，在想什么。

审判继续，从未间断。

四

他审视着双菊，双菊躲躲闪闪的。不只是因为居高临下，她的躲闪也带给他优越感。双菊，你抬起头，看着我。请你回答，我很想知

141

道，太想知道了，这一切究竟是为什么？你告诉我，你说话呀！双菊细瘦的目光触他一下，立即跳开。她的脸涨得通红，吭哧道，我……

小许突然撞进来，如往常一样，嬉皮笑脸的。这令他异常恼火。这个封闭的法庭只属于他和双菊，绝不允许第三者围观。可小许总是破壁而入，不请自来。自那天相遇，小许就成了法庭的常客，癞皮狗一样。审判一次次中断夭折。每每他驱走小许，双菊也逃得无影无踪。

他妈的，你还要脸不要？他被激怒，一跃而起，顺手操起烟灰缸。然他的手腕被牢牢扼住。

乔医生，你这是干什么？

他愣了一下，怔怔地看着。小许没有随双菊消失，站在柜台外，和他隔着一米左右的距离。他能闻到小许嘴里的酒味。

你怎么进来的？

小许松开手，在他眼前晃了晃，乔医生，你是不是做梦了？你的店铺敞着门，我当然从大门进来的。

他颓然坐下去。他太专注也太紧张了。他端起水杯，借以掩饰自己的失态。只剩下杯底了，他慢慢啜着。一片茶叶吸到嘴里，他嚼了又嚼，直到成了碎末。他抬起头，你要干什么？

小许的目光从货架缩回，乔医生，怎么是审问的架势？都说顾客是上帝，上帝到杂货铺还能干什么？你对顾客都这个态度吗？

他意识到话有些生硬，缓了口气说，正犯困呢，还没醒过来，烟？酒？

小许嘿了一声，不好意思，打扰了你的美梦。来两条玉溪。

他提醒自己——小许只是个顾客，他得自然一点儿。小许问完价钱，开始掏钱，先是左兜，后是右兜，最后摸出十块钱，咦，钱哪儿去了？又摸一遍，小许极其恼火道，一定让那娘们儿顺走了。他看出小许的装模作样，当然看得出。小许的表现比他预想的舒服一些，至少，在装。他说，算了，下次吧。小许当即把烟夹在腋下，那就谢谢乔医生了。走到门口，小许回头，改天你下村，我好好请你，你尝尝杏花的手艺，比她婆婆可强呢。

他的心迅速一沉。妈的，他暗骂。不该让小许拿走，他的表现实在太差劲了。这或许只是开始，有了第一次就会有第二次。两条烟倒没什么，这不是钱的问题。为什么怕那小子？不行！不能如此软弱。

他追至门外，小许已经没影儿了。他不死心，目光竭力往街的两侧伸展。小子，便宜你了。他暗骂。

如他所料，半个月后，小许再次找上门。小许斜倚着柜台，东拉西扯，就像和他熟识多年，特意找他侃大山的。他虚应着，终于不耐烦，问小许想干什么。小许这才拍拍脑袋，突然想起来的样子，瞧我这记性，来两条烟。他没有立即拿烟，先报了价钱。小许又开始翻兜。他冷着脸沉默着。小许翻了一会儿，说，先欠上吧。他摇摇头，指指柜架上的字，字迹陈旧，但仍清清楚楚：本店概不赊欠。小许哧地一笑，那是对外人，咱是亲戚，对不对？他被烫着，微微一缩。他仍没开口，只是眯了眼，目光变得锋利。小许并不在意，还往前凑凑，掰着指头和他攀亲。他耳膜有些疼，转身抽出两条烟丢柜台上，同时低喝，你他妈给我滚！小许似乎被他吓着，边退边说，别生气，不就两条烟嘛，不值当的。小许闪出去，他立马又后悔了。待追出去，小许哪还有影？

小许摸着了他的软肋，他想。可他的软肋究竟是什么？担心和赵月的事被小许嚷嚷出去？那不是什么光彩，满城风语对他没什么好，他毕竟是受人尊敬的兽医。可对他有多么不好，又谈不上。如果他还是畜牧局一把手，或有人借此做文章。如今的他，还能给人增添嚼舌的兴致吗？他不在乎的。怕双花知道？他更不在乎。双花不是那种哭喊吵闹的女人，顶多是离他而去。年轻时，他几次想和她离婚，她不生育。有一次，他和她都到民政局门口了，可最终拽着她离开。或许是这个原因，她在他面前始终垂着眉。他习惯了她的垂眉和照顾，她若离开，他会不习惯，也就是不习惯而已。除此，他还有什么软肋？

他不会再让小许得逞，这和敲诈没什么区别。数日后，小许再次登门，他再次妥协。而且，小许刚刚离开，他就恼怒万分。小许胃口倒是不大，两条烟对他来说不算什么。但问题不在多少，而在于他的日子多了枚钉子。他越是想拔出来，钉子越是锲而不舍地扎下去。

中间，他几次到村庄行医，以往会绕到赵月那儿，吃顿饭，顺便干点儿其他。赵月长得并不好看，也谈不上聪慧，不良嗜好倒不少，抽烟喝酒，说起脏话甚于男人。可他喜欢赵月的正是她的不良。趴在她身上，他才能体味到什么是放纵。是的，她更像他的一味药。钉子的揳入坏了他的胃口，每每想起赵月，身体的某个部位便隐隐作痛。赵月给他打过两次电话，说旱得厉害，她感觉自个儿要裂开了。她的赤裸没有刺激到他，他应付得一本正经。他没提小许，那会让她窥见他的怯懦。

五

营盘镇到县城一个小时的车程，不算远。但距离未必与里程有关，戴上手铐那一刹，这个五万人口的地方便成了他的麦城。除非一些特别的事，他极少到县城。他不属于那里，那里也不属于他。现在，他坐在通往县城的客车上，还是和双花一起。他们县城的房子要拆了，得去签字。房产簿上写着他的名字，但夫妻双方同时到场才可以签字。

签字手续很简单。工作人员将需要签字的页折好，翻都无须他动手。然后，他拿着补偿协议到另外一间屋子办理打款手续。半年前，他就将房腾空了。交出钥匙，拿到补偿款，就彻底办完了。工作人员给了他一张凭证，三日后持凭证换取支票。当然有理由，诸如需领导

144

签字等等，谁都是这么办的，并不是刁难他。他没再说什么。

到了大街上，双花问，现在就回吗？他看她，整个签字过程中，她没说一句话，工作人员也未证实她是否他的妻子。双花眼里的内容，他当然读得懂。他还知道她的包里装了吃的，昨天就装了，他假装没看见。你还有事？他故意问。双花说她想转转，末了又补充，好不容易来一趟。他说好吧，咱们分开走，一会儿车站见。双花大约没想到他应得如此痛快，突然袭来的惊喜让她的目光亮闪闪的。用不了多久，我转转就——他的慷慨也令她有一点点紧张。他打断她，说他也要办些事，下午三点在车站等她。双花扶扶头，好像被他击晕了。他掏出一千块钱给她，让她看中什么就买上。双花往后缩着，我带着呢。他不由分说塞她手里，让你拿你就拿着！她似乎觉到一点不一样的东西，试图从他脸上发现什么。他已经转身。

他当然知道双花要去哪里，不但没有喝止，还故意把时间延到三点。这样，双花中午就可以见到小可。她有足够的时间和小可在一起。他看出双花的意外。其实，他也对自己的变化吃惊，不再强烈排斥，有些纵容和包庇的意味。

他并没有什么事，不过是给双花留出时间找借口。他有几个朋友，在他坐牢时曾去探望过，此后便没了来往。他很少和他们联系。而曾经的同事，好多他都想不起面孔。可能，他从来没有认认真真注视过他们。打个电话，请他吃饭的人还是有的。但那有损他的脸面，虽然他的脸面早已不堪。他岂可为一顿饭将自己售出？

县城不大，走个来回还没用一小时。他当然不会走第二遭。他想到别的地方转转。二十分钟后，他来到他住过的地方。一半的区域已经拆了，另一半待拆，墙壁上已用红漆标注。他的房在中间一点的地方，街巷堆满砖头和椽檩，穿越时他几乎崴了脚。钥匙已经交了，进不去。事实上，他多年没有进去过，房子已经出租多年。双花几次暗示双菊没房子住，他置之不理。一个被审判的人，有什么资格住他的房？双菊？哼！虽然他与双菊形同路人，但双花在身边，他对双菊的情况还是了解一些。双菊和她的丈夫在市场摆摊，起早贪黑，勉强糊口。她是自作自受。他进去那年，她念高二。告发他，或是她这辈子最大的荣耀了。如果没有这档事，她高中毕业他就会为她找份体面的工作。在他这个位置，给女儿弄个工人身份很容易。可她……她毁的不止是他的前程。六万块钱，让他在那个阴暗的地方待了六年。一万一年，非常容易算的账。他不明白，到现在也不明白，他辛苦养大的双菊怎么会因他人唆使而出卖他。

愤恼无声滋长，瞬间繁茂如林，几乎撑裂他的胸腔。他瞅了瞅，墙侧有块石头，他坐下去。审判，是他的生活方式，也是他化解愤恼最有效的办法。他不需要特别的法庭，坐在哪里，哪里就是法庭。审判屡屡被小许搅和，两个多月了，他没有成功审过一次。他闭了眼，像染了毒瘾的人即将吸到鸦片，有迫不及待的兴奋与迷乱。

未等他进入状态，便听到古怪的声音，就在他面前。他不由睁大眼。一条毛色杂乱的狗在他不远处，嚼啃着一块骨头。他不知狗从哪儿窜出来的，不知这家伙为何不躲到角落，与他这样近，故意诱惑他的样子。滚！他喝。狗不理他，但显然提防着，啃一口看看他，啃两口又看看他。他摸起石头投掷过去。狗龇龇牙，叼起骨头溜了。他却再不能进行审判，无论怎么努力都不成。

中午，他在畜牧局对面的饺子馆要了盘饺子。想到还有漫长的时间，而又没有去处，他便又点了两个凉菜、一瓶啤酒。他坐在靠窗的位置，街对面一目了然。他当头儿的时候，畜牧局还是平房，现在是矗立的高楼。午休时间，敞着的大门没人进出。这么多年，他是第一次近距离窥视这座曾带给他荣耀又让他跌入深崖的院子。他的人生在这里归零，不，彻底成了负数。那个时候，双菊常来办公室找他，也正因此，撞见了他的秘密。

芥末放多了，他咳嗽几声，呛出眼泪。吃饭的人挺多的，但没人注意他。他用纸巾拭拭眼角，猛猛地喝了口啤酒。

六

他拒绝了小许，终于拒绝了。十几条烟，倒没多少钱，但这不是钱的问题，小许每来一次，他都有被强暴的感觉。还有，他忍着，小许的胃口会变大。小许并未如他想象得那样恶言威胁，赖了一会儿，攀了半天亲，说了几句不咸不淡的话，便悻悻离开。他做好了撕破脸的准备，小许神速撤退，出乎他的意料。他走村串户，知道哪个村庄都有些刺儿头，难惹难缠。他对小许不是特别了解，但就凭小许扎个眼儿就想吸血的做派，不是什么好货色。虽然胜了，他却没有丝毫轻松。小许该不会就此罢手，还会来的，毕竟小许手里握着他的短儿。抑或，这个赖皮会用别的方式逼他就范，继续敲诈。

十多天过去了，小许没露面儿。这些天他一直等待着，等待小许，等待小许的威胁。他无心审判，整个人像充了气的轮胎，即便坐在柜台后，也是双目炯炯，门口偶有动静，肌肉立时绷紧。虽然没披挂铠甲，却如武士般枕戈待旦，随时准备出击。某个夜晚，他和双花刚刚躺下，听到敲门声。这种情况以前也有过，如半醉的人要买烟，卤肉的急着要调料，也有找他给牲畜接生。来人多半火急火燎，他却一点儿不慌，问清了，慢腾腾爬起来。他不让双花起，哪怕他病着。双花若有穿衣的动作，他的目光扫过去，她就停止了。那个夜晚的敲门声与以往没什么不同，急促，没有章法。双花开灯的工夫，他已跳下床，操起案板上的菜刀。无疑，他的举止吓坏了双花，她惊叫一声。他意识到自己的紧张，被双花窥见亦令他羞恼，他喝令双花睡自己的觉。

147

问清门外是方胖子，他将菜刀搁回原处。打发走方胖子，重新插好门，他返回卧室，双花仍在床上跪着。她的脸色缓过来了，眼睛仍闪着惊恐。这个方胖子，差点把门敲烂。他没再看双花，他的神经从未绷得这么紧。

难道小许就此翻篇了？这么轻易就把小许击败了？小许十多天未现身，并未让他踏实，更不踏实了。

没等到小许，却等来了双菊和小可。双花小心翼翼地试探着他的反应。她们到了镇上，但没到杂货铺，自是住在别的地方。未经他许可，她们进不了杂货铺的门。双菊和小可想看看你，双花说。这句话她说了无数次，每次都遭到他呵斥，还警告过她。但她似乎不长记性。他想发火的，如以往那样，张张嘴，那些骂过无数次的话却缩回去了。他只是狠狠瞪着她。小可快十岁了，你还没见过她呢。双花的神情含着乞求。他的心轻轻颤了一下，但很快站起来，他不会妥协。可能坐久了，他的脚有些麻，身子歪了歪，差点摔倒。我要出诊，没时间！他重声道，就像摔碎一个碗，清脆的碎裂声在屋子上空回荡。双花从他的话嗅出味道，问他几时回来。他没有马上回答，摘下头盔，说今儿不回来了！

一个小时后，他到了白水镇。并没有人请他出诊，不过为离开杂货铺找借口，睁只眼闭只眼有时挺难受，索性躲开，由她们折腾。白水镇兽医站有他的一个朋友，他想到朋友那儿坐坐，走到门口又离开了。在路口看到白水水库的牌子，他一溜烟骑到水库。大坝上杂乱停着自行车、摩托车，还有两辆轿车，都是钓鱼的。

后晌他才往回返。他骑得很慢，那个念头在心里折腾很久了，这会儿老老实实候在角落里。从公路拐下去，不到半小时就到了。屋门吊着锁，院门大敞着，不知赵月在地里还是滩里。她打过几次电话，他都没什么反应。她不再联系他，他却来了。

你个鬼，从哪儿蹦出来的？赵月似乎被突然出现的他吓了一跳，但很快，她的眼睛就光芒四射了。她狠狠拧他一把，真是你呀，还以为看错了呢。她没有嘲讽他的意思，她就是这么直接。他从车把上摘下塑料袋，给你送鱼来了，刚从水库边买的。他本来还想说，我坐坐就走。没等他说，她就截断他，我什么都不稀罕，把你送来就行了。插门的同时，她说，我就不信你不想我。她不遮掩，顺便把他的遮掩撕碎。

完事后，她摸出烟盒抽出两支，同时点了，她吸一支，另一支递给他。他几年前就戒烟了，但和她在一起，仍会抽。我还以为你不来了，她说。他没回应。她重重地吸一口。这么久不理我，快板结了，就因为小许？我说了嘛，他不会胡说八道，怎么说我也是杏花的婆婆。这个人……怎么样？他装出漫不经心的样子。赵月说，自然不是什么好东西，我心里有数。不过，也没坏到哪去，没把杏花拐跑，要那样，我非剐了他。怎么，你还担心他……他说，那倒不是。小许第一次上门，他就想告诉赵月，但每次都咽回去。他说不清为什么。

赵月下了地，他仍然趴着。这不是他的风格，以往他比赵月还麻利。他眯着眼，懒洋洋的，随时要睡过去的样子。赵月说你困就睡会儿，好了我叫你。他说迟不迟早不早的，睡什么觉。他的声音蔫蔫的，他不想睡，可很快就困过去。被赵月拍醒，他发觉自己半裸着。但他并不觉得有什么不对，边穿衣服边问赵月，自己睡了多久。

赵月炖了鱼，炒了鸡蛋，还有他爱吃的黄花，酒杯却放了一个。他看赵月，赵月说，一会儿赶路，你就甭喝了。他皱眉道，谁说我要赶路？屋里突然就静了，赵月半张着嘴，像是被他吓着了，片刻，她哈一声，你当真……他没答，一屁股坐下去。那把椅子不堪重负，吱嘎抗议。你个坏家伙！若不是隔着桌子，她怕是要扑到他怀里。

把小许喊过来。他说。

赵月沸腾的脸突然就凝固了。小许……叫他干吗？话出口，他自己也愣了。但他马上意识到，那并非心血来潮。他借口给赵月送鱼，除了和赵月幽会，还有隐隐的目的。他说，我想见见他。赵月口气异常坚决，不行，不用讨好他。他不是讨好小许，他知道。这个躲在暗处的家伙快把他的魂折磨散了，必须了断。他说，当然……不过……赵月说，赶上了，他就喝，我绝不会请他。我在，你怕什么？他说，我倒不是怕。赵月说，甭废话了，喝！

两人喝了一整瓶，赵月比他略多些。赵月还要开，被他挡下。她嘻嘻道，我怕你半夜跑了，你喝醉就跑不掉了。他说，我已经醉了，你赶我也不会走了。赵月扯着他的耳朵，这可是你说的，你要是敢走……哼！她晃了晃，他扶住她。

说了会儿胡话，赵月沉沉睡去。似乎怕他半夜溜走，她揽着他的肩。他小心翼翼地将她的胳膊挪开，坐起来。他当然没有逃走的打算，只是睡不着。第一次在赵月家住宿就被小许撞见，他懊恼了很久。他再次留宿，豁出去了，他不怕小许撞见，倒是希望小许撞见。一个痞子的手段，尽管使出来好了。

七

站起来，没看到这是什么地方吗？他怒冲冲地叫着。

双菊不但不站，反跷起二郎腿，并掏出指甲刀。

你要干什么？

双菊剪一下，吹一口，目光扫扫他，又低下头。

他咣咣地拍着桌子，没听到我说话吗？

双菊这才哼一声，我凭什么听你的，你有什么资格审判我？

他大步过去，揪住双菊的肩。双菊和他扭在一起。

方胖子探进头，瞬间被惊呆。乔兽医背对着他，在和墙角的椅子格斗。乔兽医忽前忽后，忽左忽右，叽叽咕咕，嘟嘟囔囔。

老乔！方胖子喊出声。

他顿一下，突然回头。

方胖子原本迈进一只脚，这会儿整个身子挤进来，龇龇牙，老乔，练什么功呢？嘀嘀咕咕的，吓我一跳。

他瞅瞅墙角，双菊不见了，只剩那把破椅子，然后盯住方胖子。他汗漉漉的，脸也涨得通红，谁让你进来的，怎么门也不敲？

方胖子很意外，我说老乔，你什么时候立了规矩，进杂货铺还要敲门？你……鬼鬼祟祟的，不会干什么勾当吧？

他像一个炮仗，原本只是捻子在燃，方胖子话音未落，突然就炸裂了。他脸色转青，指着方胖子的鼻子骂，你他妈胡说什么？

方胖子也来了气，我不过开个玩笑，你他妈骂谁呢？

双花回到杂货铺，门口已经聚了一群人。他和方胖子吵得不可开交，就差发生肢体冲突了。双花抱住他，他一甩，双花抱得更紧了。有人拽方胖子离开。方胖子走到门口，又狠狠地骂，你他妈就一疯子！

连着数日，他的脸都阴沉沉的。和方胖子邻居多年，尽管对那张油腻腻的脸没什么好感，但从未在脸上表露出来，彼此和气。他没控制住。那是他和双菊的法庭，是他的秘密，却被这个卖肉的家伙窥见，虽然只是一角，也令他羞恼。况且，他本就在恼怒中。

第二次在赵月家过夜的早上，他没有急着离开，既然主动拉开阵式，就得摆出姿态。但没等到小许。他离开时快中午了。忽然之间，他意识到，他敢在这个村子大摇大摆，已不惧怕小许。卸下包袱，他轻松许多。果然，他审判时，小许不再寻衅滋事，彻底被他斩掉了。没想到的是，双菊不再老老实实，战战兢兢。她态度蛮横，没有丝毫悔罪表现。他当然不接受，一万个不接受。审判变成对抗与战斗。现在又杀出个方胖子，整个乱套了。

那天晚饭，他发现桌上多了三碟菜，如果算上腌黑豆，就八个菜了。更意外的，还多了只酒杯，都已斟满。她是不喝酒的，所以平时只放一个酒杯。当然不是要来客人，筷子还是两双。再说，来人她会提前告诉他。那么，是什么节日？他想了想，就是个平常日子。他盯住她，希望她解释。她似乎没意识到，神色平平常常的，直到坐下来，才说，我今儿也喝一杯。他当然不反对，只是她一向不沾酒，突然要喝一杯，肯定有什么缘故。双花慢慢抿着，一小口，又一小口，很快脸就红了。这娘们，还想喝醉？他想阻拦，她猜到了，说我不多喝的。他就没吱声。

他没拦，却暗暗数着。喝到第五杯，她的脖子和脸像煮熟的大虾。小可又得奖了，她忽然说。那张奖状就在墙上挂着，在他对面。那天，他进屋便发现了。他得过很多奖状，墙上也挂过。当然，随着他的人生归零，那些玩意儿便失去了价值，不知去向。所以，猛一见奖状，他竟然有些恍惚。他没有呵斥双花，更没有撕下来，视而不见。这女人表面忱他，却从没放弃进攻，而他一步步后退。难道，双花为了这张奖状庆祝吗？

这是小可第二次得奖状。双花说。

他的目光从奖状缩回。他明白过来，她在引诱他，引诱他说些什么。他偏不说，不上她的当。

你知道今天是什么日子吗？双花的脸竟有一丝威严，像个考官。

他漠然地看着她。

是小可的生日啊。她生怕他没听清，重复，今儿是小可的生日呢。酒壮了她的胆，也拔高了她的声音。

是这样，他心里说。

你不想看看她？双花威严不再，满脸期待。

他狠狠瞪她，她真是蹬鼻子上脸了。

双花没把他的警告当回事，手里突然多了张照片，看，她又长高了！笑得多甜。她举着，与他隔着两尺左右的距离。数年前，她让他看双菊一家的照片，他抢过去就撕碎了。她还记着，动作带着防范。他的目光被勾过去。一个灿烂的小女孩。他怔了怔，小……可？双花说，是小可！他声音有些颤，怎么……双花激动万分，和双菊像极了是不？她就是双菊的女儿小可。提起双菊，他皱皱眉，但是目光没有从照片移开。

我能和你喝一杯吗？双花重又小心翼翼。

他顿了顿，举起杯，有些别扭。

双花一饮而尽，然后对着照片大声说，小可，给你过生日了。

他以为双花到此为止，没想她又斟一杯。他没说什么，随她好了。他倒要看看，她还能怎么样。他默认了墙上的奖状，他没撕照片，她还要他怎样？

他终于要阻拦时，一瓶酒已经见底。她摇晃着，要去货架上拿新的，可没起步就歪下去。他拖拽着，将她弄到床上。她很快睡过去。

他捡起掉在地上的照片，凝视良久，轻轻放到桌上。

他把店门关了，牢牢地插住。天色已晚，但远没到关门的时候。他有酒量，半瓶酒不足以喝醉，步态却有些踉跄。然后，他坐在柜台后，审视着墙角那把破旧的椅子。他的日子由一场又一场的审判支撑延续，他沉浸其中。每审一场，他通体舒畅，双目放光。原本以为这样的日子直到他闭上双眼，可突然间就进行不下去了，就像当初他以为步步青云，可一个跟头就摔到谷底。为什么，到底为什么呀？

他本来在心里问的，谁料喊出声了。他的情绪有些激动。为什么呀？他又喊。然后，他站起来，东摇西晃地走到墙角。双菊没有来，她坐了无数次的椅子显得冷清。他盯着，死死地。为什么呀？没有回答。他有些恼，奋力摇了一下。为……后边的话没喊出来，整个人突然倒进椅子里。椅子年久失修，支撑不住他的重量，碎裂了。

春　色

清明节还没到，生意已如七月的骄阳火腾腾的。水仙、百合、波斯菊，束花、盆花、吊花，哪种卖得都好。来扫墓的没几个砍价，即便砍价也不像买菜的老太太那样死磨硬缠，顶多试探性地问问。祭奠逝者，花总是要买，卖花的也摸准了对方的心理。这年头什么都涨，土豆都三块多了，花价自然也往上蹿，嫌贵？甭买好喽。这是卖方市场，一口价！

　　在所有卖花人眼里，只有杨芬是另类——买主杀价，她立马松口。五十元的花篮卖四十五，二十元的花束十五就出手了。杨芬不傻，比任何人都知道钱的好，也不是故意和别的卖花人作对。她心软。扫墓人不是普通买主，眼睛或浸着悲伤，或含着忧郁，尽管与杨芬无关，但杨芬和那些眼睛对视，心就会隐隐地痛，他们砍价，杨芬咋能不应呢？比如那个戴着红框眼镜的女孩，买花时泪珠还扑噜扑噜掉，杨芬不少要五块钱，黑夜会睡不着觉，仿佛干了亏心事。那些卖花人都不和杨芬说话，偶尔搭话也是冷嘲热讽。不说就不说吧，杨芬只想相安无事。一次，杨芬内急去了趟厕所，花篮花束都遭了打，东一束西一束，有的则成了花泥。杨芬和孟亚说，孟亚说你是不忍心，那些卖花的认为你是不正当竞争，当然要报复你。孟亚劝杨芬换换脑子，心该硬则硬，不然会和同行发生更大纷争。杨芬默默点头，可买花的只要砍价，她依然没有定性。所以，那些卖花的依旧孤立她。

杨芬的花摊在旮旯，生意不如别人好。但并非卖不动，不过别人卖得快，她卖得慢，别人卖得多，她卖得少。她晓得这个，上花也比别人少。杨芬也不吆喝，安静地坐着，像个道士。

大约正是这份安静吸引了那个人，杨芬得以和他相识，开始了她在京城的传奇——这个词是孟亚嘴里跑出来的，他还酸不溜溜地警告，可别被人家哄了啊，好像那个人和他一个德行。每次孟亚乱说，杨芬都想把那块黑乎乎的毛巾塞进他嘴巴。

三年前的清明节，杨芬第一次见那个人。他穿着古铜色夹克，行走缓慢——腿似乎有点儿瘸。后来，她知道他崴了脚。卖花人注意他并不是因为他的穿着和走路姿势，而是因为他是第一个来祭扫的。买花吗？想要什么花？那些卖花的热情地招呼，就差拦截了。那个人边看边走，不点头也不摇头，越过众多摊位，径直走到守在墙角的杨芬这儿。他选得很细，一束花的花朵间夹了片枯叶，他轻轻夹出来，再轻轻一揉，弹到地上。仿佛怕枯叶粉末沾花瓣上，他连吹几口气。一种没来由的情感搅住杨芬，杨芬的心又隐隐痛了。那个人离去好一阵，她才意识到忘找钱了。她快步追去，叫住他。那个人接过她递上的五十块钱，盯了她一眼，什么也没说。他从公墓出来，再次走到杨芬面前。那时，祭扫的人已经多起来，杨芬很忙，那个人插缝和杨芬聊天，问杨芬什么地方人，在哪儿租住，末了问杨芬能否给他推荐个老乡，他想找个钟点工，每周工作半天。杨芬脱口道，我行吗？就这样，他成了杨芬的雇主。杨芬上午卖花，正愁下午没事干。虽然一周干半天，可一个月下来也二百多块钱呢。

一干就是三年，有时他在家，有时不在，杨芬没遇到第二个人，他似乎单身。不，他就是单身。这是杨芬的感觉，过去他不是，现在他绝对是一只孤雁。女人的照片，公墓祭扫，那个人忧伤的眼神，杨芬虽不知他的经历,但这些已让杨芬隐约猜到他的故事。

每个清明节,那个人——某次,杨芬在茶几上看到他的身份证,知道他叫吴连生,但她习惯称他那个人——准第一个到达,像急着和谁约会。不,不是像,就是约会。待那么久,不是约会是什么?杨芬生怕与他错过,天黑就爬起来。

但在这个清明节,那个人没来。杨芬从早等到晚,眼涩脖酸。因她的心不在焉,耽误了不少生意。太阳落山,仍有十多个花篮没卖出去,隔一夜花就蔫了,不能再卖。别人早已收摊儿,只有杨芬守在角落。暮色帐篷般垂下,渐渐地,黑漆漆的夜色把她涂抹成墙壁,她才万分不甘地站起来。

回到租住的小屋,杨芬虚脱一般,瘫在床上,手指都抬不动了。脑子里满是那个人。那个人,那个人,他出了什么事?杨芬想不出来。隔壁那对安徽夫妻又吵架了,他们经常吵,没有规律,前一分钟还大笑,后一分钟已大打出手。女的擅骂,尽管听不懂骂什么,她语速加快就更听不清了,但从她的嗓门和语调中能猜出大概。男的骂不过,着急就上手。杨芬和孟亚经常听功夫片,如同住在电影院隔壁。两人黑夜争吵,大动干戈,白天却有说有笑。杨芬常怀疑自己的耳朵出了问题。孟亚感叹,夫妻没有隔夜仇,这就对了。杨芬明白孟亚言语的含义。杨芬和孟亚从未打过,闹矛盾当然免不了,即使小别扭,杨芬也会好几天不理孟亚。安徽夫妻没有任何值得杨芬敬佩欣赏的地方,她甚至瞧不起他们。好得快,并不能说明他们有情义,没心没肺罢了。

隔壁的争吵提醒了杨芬,她挣扎着起来,烧了一壶水,寻出两个没有水分的土豆,正待削皮擦丝,孟亚来电话说不回来了。杨芬心里一沉,没吱声。她下意识地瞅瞅墙上走得不准但从未停过的钟表。孟亚前天回老家,说好今天回来,一般十一点就能到家。孟亚觉出杨芬的不快,解释不能赶回来的原因,有两笔账没能要回来,不然还得专门回去一趟。孟亚抱怨那些欠账的人，抱怨人心不古，明明有钱就是不还，他甚至骂了娘。他虽未明说，但语气分明告诉杨芬，他并不是不想回，而是无奈。你别担心，末了，孟亚这样说。这话的含义有点复杂，也正是这句话激怒了杨芬，但杨芬并未像隔壁的安徽女人扯起嗓子，她声音很低，不是一般的低，但每个字都被冰层裹了，冷、硬。孟亚又解释为什么现在才打电话，为了要钱，喝醉了，刚醒。他说得断断续续，仿佛那些字也被酒浸醉了，东倒西歪，不连贯。好吧，随你，你想住多久就住多久，杨芬如是说。还能怎样，让他现在赶回来？那不可能，除非他有私人飞机。就是有飞机，他也未必立刻回来。要账？或许吧，可别的可能不是没有——他真正的目的恐怕是后者，此刻，三桃花可能就躺他怀里，正龇着黄牙冲他撒娇呢。我明天肯定——孟亚说了一半，杨芬关掉手机。爱住多久住多久，杨芬又说，仿佛孟亚听得见。

杨芬把两个土豆扔回角落，用热水泡了剩饭，晚餐就这么打发了。躺下的时候，三桃花的脸又晃出来，神气活现的，仿佛说，我没办法，谁让他喜欢我。杨芬恨恨地骂，无耻。

隔壁没了声音，安徽夫妻骂累了，正相拥而眠吧。没廉耻！杨芬又骂，想的却是孟亚和三桃花在一起的样子。

杨芬和孟亚进城与三桃花有关，准确地说，是三桃花逼的。在孟村，杨芬和孟亚的日子不算最好的，但绝对是数得着的。孟亚是半拉兽医，技术一般，但在缺少兽医的乡村，还蛮吃香。他除了行医，还开小卖部。当时村里已有一家，杨芬和孟亚的小卖部开了一年，那家就关了。杨芬不得不承认孟亚有点子，比如，他专辟一间屋子，供人们打麻将，那些人输有输的开销，赢有赢的消费。他在小卖部门前支一口锅炖羊头羊蹄，香味不但勾引着村民，村里的猫狗都追着味道过来，人气旺，畜气也旺。别人出外寻营生，孟亚和杨芬在家就能挣钱。

除了能干，孟亚还有一样好，不打老婆。村里没打过老婆的屈指可数，孟亚名列其中。孟亚最暴怒的一次是把菜碗掼到镜子上。当然，他为此付出了代价——杨芬整整一个月没和他说话。可千好万好的孟亚竟然出轨。杨芬不知孟亚和三桃花什么时候勾搭上的，又是如何勾搭上的。她听到传言，如遭闷棍。她不是泼辣的女人，过了几日才小心翼翼询问孟亚。孟亚矢口否认。不久，孟亚被三桃花的男人堵在床上，杨芬想自欺都不行了。杨芬哭过求过，孟亚也没少发誓忏悔，但和三桃花的关系却一直延续。杨芬找过三桃花，怕自己难堪，也怕三桃花害羞，杨芬特意去地头，只有她俩。他喜欢我，我有什么办法？三桃花以退为进，仿佛受伤害的是她。杨芬没把三桃花怎样，若撕打起来，未必是三桃花的对手。经历无数个失眠的夜晚之后，杨芬做出人生中最重要的决定：离开村庄。她从未有过的坚决，如果孟亚不随她走，她就一个人离开。最终，孟亚选择跟她走。在城里的生活是艰辛的，烦恼并不少，但再不用每天想那些破事了，她很知足，甚至享受。只是，心病未能彻底剔除——每年清明节，孟亚都要回村给父母上坟，杨芬就是有一千个理由也不能阻拦。清明，对孟亚和三桃花无疑就是七夕了。这不，说好今晚回来，孟亚一个电话就搪塞了杨芬。他们开小卖部多年，村人确实欠了不少账，孟亚的借口听起来合情合理，可……杨芬翻个身，低声骂，不要脸！也只能这样出出气。

　　卖花人都盼清明节，杨芬也盼，但与他们不同，清明节对杨芬还有着别样的意义，因了那个人——过了好长时间她才意识到的。绝不是她对那个人有什么想法，或那个人对她有什么表示，不，才不呢，那是一种……杨芬说不上那是什么感觉。牵挂？敬慕？似乎有一点，可绝不止这些，真的说不清楚，就像一个梦。对，就是梦，无法准确描述的梦。

　　迷迷糊糊，蒙蒙眬眬，杨芬也不知自己睡着没有，可能睡着了，也可能没睡着。闹铃设的是三点，她爬起来脑袋又疼又涨，像杵进了什么东西。冷水激一把脸，稍稍清醒些。别的住户尚在梦中，杨芬怕惊动他们，轻轻把三轮车推出院，走出数米，方发动。四月的黎明寒意甚浓，杨芬心里却暖暖的。这是新的一天，孟亚要回到她身边了——他能赖一天，不会赖两天吧？翻过这一页，也就翻过了三桃花，起码三百天之内杨芬不用再想那张狐狸脸。这天是她去那个人家做工的日子，还有……昨天那个人没过来，今天怎么也该来了，就算他有天大的事，也该抽空来的……杨芬不了解他的过去，但猜得出他和照片上女人的故事。杨芬认为自己猜得出来，或者说能想象出来。她甚至想象，有一天自己不在的时候，孟亚……她未和孟亚说过这些，有几次，话到嘴边，她又吞回去。孟亚不配听，什么时候他配了，她再说。

上花，赶路，待杨芬把三轮车停在墙角，摆好花篮，挂好花束，才六点多一点。杨芬往路那边望一眼，松口气，她不会错过那个人的。公墓大门刚刚打开，保安似乎还未睡醒，呵欠连天的。突然间，保安身子颤了一下，站直，又稍稍躬下去。保安的手机叫了，他接听的时候往杨芬这边扫了扫，似乎怕杨芬听见。这么早就有电话，肯定是哪个女孩打来的，保安二十出头，正是……杨芬想起她和孟亚的第一次约会，两人也是二十出头。唉，干吗想那个没良心的？杨芬晃晃膀子，孟亚像一片树叶，坠落了。

陆陆续续有人来，卖花的、祭扫的……停车场门口堵了，喇叭声此起彼伏。本来是安静的场所，唉，这世界。

生意出奇得好，没到中午，杨芬的花已经卖光了。一对看上去像夫妻，又像兄妹的男女凑过来问价，杨芬说卖完了。女的指着墙角的花篮，那不是还有吗？杨芬摇头，那个不卖！她往中间移移，正好挡住女的视线。女的说，你不是卖花的吗，干吗不卖？杨芬说那个不能卖，同时，杨芬往后一撤，两臂外拐，防备的架势。说到这份上，女的该走开了，邪行的是那女的不但没走，反做出一副公鸡斗架的架势，问杨芬凭什么不卖。女的眉毛上吊得很厉害，此时几乎竖直。杨芬还没碰到这样的顾客，不卖就是不卖，还非要给个说法？杨芬的目光从女的鼻梁上跳开，有些紧张，有些歉意，还有些不知所措。是这样的……杨芬试图解释，可能声音低，女的没听清，大声质问，凭什么不卖？男的拉女的走，不卖拉倒，和她较什么劲儿？女的甩开男的，我偏要问。我不能卖。杨芬声音高了一些。为啥不能卖？女的马上把杨芬的声音盖过去。杨芬说，你去别处买嘛。女的气呼呼的，睁开你的眼看看，我去哪儿买？不用看，杨芬清楚得很，如果她的花卖光，别的摊儿早就卖完了，谁能想到这么火爆？要不，你明天……我不要钱……杨芬话未说完，就被女的掐断，我是捡垃圾的？男的再次拽女的走，女的一扬胳膊，我就不信了，今天非买不可，多少钱，你说个价？杨芬的脸先是涨红，又一点点变紫，她躲避着女的咄咄逼人的目光，可女的目光像黏丝，她没躲掉。是给别人留的，杨芬本不想说，那是她的秘密，她不想透露给任何人。杨芬以为这样说，女的就会罢休，光天化日，怎能强买强卖？何况，这是京城。可女的根本不听，她迅速拉开皮包，夹出几张百元大钞，在杨芬面前一晃，行不行？杨芬心惊肉跳，仿佛女人晃的是大砍刀，随时会落她脖子上。啊……杨芬喉咙动了一下，女的又夹出几张，够不够？杨芬听见周围的惊叹声，无数的脸皮球一样在她眼前晃。有人捅杨芬，杨芬惊醒过来，是她的邻位河南侉子。河南侉子的眼球都要鼓出来了，发什么呆？赶紧卖呀，这大运你八辈子也撞不见！杨芬又啊一声，头微微一晃，说不上是摇还是点。那女的把钞票往三轮车内一摔，绕过去，径直走向花篮。杨芬往后一跳，双臂张开，大声说，不卖，这个花篮不卖！空气被冻住，一张张脸被冻住，世界刹那间归于死寂。几秒钟后，女的突然爆发，你他妈是疯子啊？河南侉子和围观的人都如木桩竖着，表情错愕。对不起，杨芬说，但她的声音淹没在女的叫骂声中，泡沫一般。

围观的人散去好半天，杨芬才蹲下去，很快又站起，疲惫焦急的目光往路那边扫。快中午了，那个人还没来。是不是那个人没发现她，买别人的花祭扫后离开了？又想不大可能，如果他来了，会找见她的。杨芬执着地站在那里。

公墓门口渐渐稀拉，保安换了岗，新上岗的保安瘦高个儿，站不稳的样子，来回摇摆。杨芬摸摸头，她又晕了。他不会来了。他真的不会来了。杨芬蹲下去，揭掉罩在花篮上的遮阳布，花瓣上水滴尚在，一粒一粒，如泪珠晶莹圆润。他不来，这个花篮就是另一番命运了，杨芬错过一个好价钱……岂止是好，是天大的好，但杨芬不后悔。如果他来了呢？她说，对不起，你来晚了，我的花卖光了？不，不能那样说。她宁可……他出差了，还是别的原因？杨芬骑得猛，脑子也在疯转。车往院里一停，杨芬顾不上吃饭，急急往外走。做工是有时间的，不能误了。还有……公交车渐渐停靠，杨芬猛跑几步。

小区很大，杨芬第一次去那个人家做工，出了楼却找不见小区的大门，现在不会了，出进都懂得抄近道。二十三层，A室。边走边摸钥匙。她第一次来，那个人就把钥匙给她了，当时，她甚是吃惊，他对她没有任何防备。她跟孟亚说，孟亚说想必他家也没什么值钱东西，才这么放心。杨芬撇嘴，没与他争论。结婚多年，她还从未对孟亚有过不屑。一次，孟亚休息，提出去那个人家看看，我倒要瞧瞧，城里人的家是不是贴着金砖。杨芬没同意，那个人相信她，她就要对得住人家，怎么可以随便领人进去？她丈夫也不行。

那个人在家，那个人竟然在家，门没完全打开，杨芬就意识到了。她看到了那个人的包。愣了一会儿，她轻手轻脚进去。他不在客厅。她看看墙上的挂钟，两点多一点儿，他或许还在睡午觉，或许刚出差回来吧。换拖鞋，杨芬又是一愣。那个人的鞋旁有一双红色女鞋，一

163

只矗立着，另一只歪倒，懒洋洋的，撒娇的样子。杨芬脑里迅速划过一个念头，仿佛被这个念头吓着了，她抖了一下。她没有动，就那么直立着，轻轻移动目光，终于在沙发角落看见一只小坤包。一定是了。她似乎被击了一棍，脑袋轰隆轰隆响。她不明白怎么回事，可她又很明白。这不关她的事，她是钟点工，来干活的。想清这一点，她弯下腰，腿软着，手有些抖。

卧室门响了，那个人出来。杨芬冲他笑笑，表情僵硬，笑得很吃力。那个人哦一声，来啦。杨芬啊着，眼神往他身后瞟。那个人再哦一声，今天不用干了。杨芬瞪着他，没听明白的样子。那个人又重复一遍。你回吧，不用打扫了，下周再来。杨芬听清了，那个人第一次说她就听清了，她怀疑那个人说错了。杨芬很想提醒那个人，可那个人已经折返卧室，门砰地响了一声。杨芬呆立着。从她的位置，可以看到卧室半个门。当然，就是看到整个门，也看不到什么，门关着。就算看清里面的一切，又能怎样？那和她无关。可杨芬难以名状的愤怒和心痛，胸剧烈起伏着，海浪一般。

杨芬轻轻关上门，站到外面，屋里的一切与她更不相干了。什么也没干，浑身却软得没了筋骨，摁电梯开关都吃力。到了一层，杨芬咬咬嘴唇，再次返到二十三层，打开门，把那个带着金属环的钥匙放到门口地上。砰的一声，将门关住。

出了小区，孟亚打来电话，说他到家了，问她在哪儿。她没好气地回敬，管我在哪儿！狠狠将手机合上。手机不停地响，像饿极了的孩子。杨芬不理，抹一下眼睛，又抹一下眼睛。后来，她拦了一辆出租车。进城好几年了，这是第二次坐出租，第一次是在午夜，孟亚突发肚疼，她送他去医院。

手机一直响到下车。她进了院，跌跌撞撞往屋里跑，仿佛屋里失了火。撞开门，满头大汗的孟亚抬起头，又喜又惊的样子。我赶最早

164

的车……孟亚的嘴还未彻底拉开，杨芬已扑进他怀里，孟亚还想说什么，杨芬一口咬住他的膀子。

敦　煌

一

那一切，是怎么发生的呢？

二

如果不喝那瓶啤酒，不，如果不是烂泥般的情绪，李东是没那个胆子的。原以为喝点儿酒会好些，可酒什么也没冲刷掉，胸反堵了黄沙一样沉。李东丢下十块钱，离开烤肉摊。敦煌的黄昏铺天盖地的烧烤味，伴着烟尘的气味吻着李东的鼻子、嘴巴、眉毛、头发，李东有种被架在炭火上的感觉。他漫无目的，目光飘忽不定，像大漠上的一缕烟雾。敦煌真没什么特别，肯定是她编出来的。某个地方被劈了一下似的，李东不由抽抽鼻子。一股野蒿香。李东愣了愣，嘴巴和鼻子同时张大。没错，是蒿香！李东意外地一喜。终于有了些意外，尽管与他的期待相差甚远。李东追寻着蒿香，他想知道是从哪里来的，忽然没有了。李东焦躁地转着圈，香味儿忽又掠过鼻翼。蒿香一会儿没了，一会儿又来了，像一只鸟。

李东追寻着，穿过两条街道，拐上一条僻静的窄街。街面显然上

168

了年纪，布满长长短短的皱纹，水果摊、垃圾箱、电线杆，还是电线杆。李东站住，那一幕李东永远忘不掉。两个男人正在猥亵一个姑娘。姑娘双臂被拽到电线杆后面，一只手捂着她的嘴巴。另一个男人上上下下摸着她。尽管光线昏暗，李东还是捕见姑娘眼中的惊恐和哀求。那两个男人似乎没发现李东，或根本没把李东当回事，我行我素。李东喝叫一声。两个男人放肆地扫李东一眼，让李东滚开。李东没滚，相反，他有些愤怒，骂着什么冲上去。李东摔倒，昏暗的天空几乎压到脸上，随后是两个男人的身躯。姑娘惊叫着，两个男人逃离。

半小时后，李东和姑娘坐在了餐馆。李东要陪姑娘报案，姑娘说报案会很麻烦，她反正没损失什么，当然，多亏了他。李东尊重她的意见。是他的提议，还是她的提议？记不清了，总之，两人朋友似的坐在一起。姑娘再三致谢，李东说你没吓着就好。李东脑袋隐隐泛痛，那一下摔得不轻。但他的心却像加温的水，渐渐腾起朦胧而欢快的雾气。他朝思暮盼，就是这样的奇遇啊。哪怕，哪怕……他怕姑娘瞧出什么，低头喝水。姑娘问，大哥不是本地人吧？旅游？李东点头，简单介绍了自己。半真半假，李东留了一手，他没那么傻。姑娘说她是兰州人，朋友在敦煌开玩具店，她来看朋友，恰朋友的婆婆病故，她临时给朋友看门店。李东说，你挺义气啊。姑娘说，也是凑巧了。我想趁晚上出来逛逛，没想，……多亏你。李东说，有惊无险，别去想了。姑娘得知李东刚到敦煌，打算待数日，说她朋友明天回来，如果李东愿意，她陪他玩一天，充当向导。惊喜漫过李东的脸颊，太好了。姑娘一笑，飞快瞄李东一眼。她肤色稍黑，眼睛也小了些，但很耐看，特别那一笑，摄人心魄，难以抗拒。李东怕她窥见他阴暗的心思，用反问防守，你不会哄我吧？姑娘似要噘嘴，嘴巴聚成O型时突然松弛。她伸出小拇指，以不容置疑的顽皮口气说，拉钩！说好了哦，谁也不许赖！李东有种触电的感觉。

李东陪姑娘走了一段，姑娘忽然顿住，说自己到了，不让李东再送。李东望去，两边全是店铺。李东恋恋不舍，但不敢有其他造次，只是又重复一遍自己的住处。姑娘说，你这个傻子，我记住了。姑娘笑着跑开，而后回头，冲李东摆手。他看懂了姑娘的手语：赶紧回，不然我要生气了。李东艰难地拽回目光。

李东不知自己怎么打车、怎么回到宾馆的。他抓着房卡，来来回回在走廊上窜，他找不见房间了，卡上没写。然他并不着急，甚至不清楚自己在干什么。他静不下来，心里窝了一群跳鼠般，从来没有过的，就是恋爱时也没有过，无法描述的感觉。没想到，他真遇上了。姑娘影子似的飘过来，但她的眼、她的口气、她的话都清清楚楚：谁也不许赖！他不会赖，他怎么会赖呢？蓦地，他定住，眼睛慢慢睁圆，怎么不邀请她到宾馆呢？如果他提出，她会来的。只要她来，那么……想象中的镜头撞得浑身发热。该死，错过了，还是没经验啊。不，不，他立刻否决。不能这么快，那会吓着她。那和找妓女有什么区别？他不是找妓女，不是的。尽管他找过，但到敦煌，他不是找妓女的。他吁口气，为没有冒失邀姑娘到宾馆而庆幸。

若不是服务员询问和帮忙，他仍会在走廊游窜下去。看到拉上口的包，他醒过神儿，返到前台续了房费。他住七八天了，白天游景点，晚上逛夜市。他期待发生点儿什么，但什么也没有。莫高窟、鸣沙山、阳关、玉门关，甚至附近的县，他都去了，毫无收获。不像他妻子，待五天就……他揪住头发。明天他打算离开的，一天也不想待了。可……蒿香……不，一定是神在帮他，他撞见那一幕，他出手救了那个姑娘。他和姑娘一定会发生什么故事，敦煌是个浪漫的地方……总之，他不走了。

睡前，李东摸了下裤兜，他习惯把手机放枕头底。空的。又摸一下，仍然是空的。这才着急，里里外外搜个遍，影儿也没有。丢了！

姑娘跳出来，难道……难道……李东吸口冷气。他强迫自己不把手机与姑娘联系起来。他仔细回忆着，离开烤肉摊儿，还拿出手机看时间。她怎么可能……她又怎么有机会……他并没觉出什么啊……他再次压住自己的念头，不往姑娘头上怀疑。她那么的……怎么可能？明天就知道答案了。李东睡意全无，再次被架在炭火上。

第二天一早，李东凭记忆找见和姑娘分手的地方。赶紧回，不然我要生气了，他仍能在杂乱中辨出她的声音。确实有玩具店，一个汉子正把卷帘门抬起。李东问过，汉子是店主，从来没什么姑娘替他看店。李东按店主的指引，往北五十米又找见一家。李东等了一会儿，等到一位中年妇女。李东顿时跌入深谷。他遭遇了小偷，而他竟可笑地当成艳遇。那俩男人可能是她同伙，他们演戏引他上钩。傻子，他真是个傻子啊！

连着三天，李东发疯地寻着姑娘。玩具店，当然还有别的什么店，他都不放过。他不信她不露面，既然她是干那个的。丢个手机对李东不算什么，他丢的东西还少吗？但这次不同，他不只为找回手机。他从未有过的愤怒与难过，就是妻子说出那句话，他的愤怒也没这么强烈。从清早到中午，从中午到黄昏，他的眼睛扫视着任何一个可疑的地方，直至夜深人静。

她似乎蒸发了。酸痛的身子摊在床上，李东决定放弃。第二天吃早餐，两个学生模样的青年不时瞅着李东，小声商量着什么。李东吃完要离开，两个学生娃截住他，问李东去不去雅丹公园，能不能和他们拼车。李东摇头，瞥见两个学生娃脸上滑过的失落，心里不由一动，问，什么时候去？学生娃说今天，他们已经联系好出租车，如果李东去，出三分之一车费即可。

李东不知自己为什么答应学生娃，他已经去过。其实钻进车他就后悔了，他这是干吗呢？没等他做出反悔的表示，车开了。他把侧过

171

的头缓缓扭正，也只好这样，眉头却皱着，那是对自己妥协的疑惑。学生娃兴奋不已，黑戈壁、沙蒿、滑翔的鹰……不时从他们嘴里跳出来。李东有一搭没一搭地瞅着，不久便昏昏欲睡。海市蜃楼！李东突然惊醒，顺着学生娃手指望过去，前方果然是影影绰绰的城楼。这个他倒没目睹过，总算没白跑一趟。学生娃热情地往李东手里塞瓶矿泉水，走得匆忙，他没带任何东西。如果坐在身边的是……李东啪地拍下头，那个影子顿时碎裂。

中途看了玉门关和汉长城，到雅丹地质公园已近中午。路边停着旅游巴士，一个个腆着肚子，会妖术似的，把行头各异的游客吐出来，吞进去；吞进去，吐出来。李东和学生娃约定一个小时回到车上，其实活动范围有限，没有谁敢往深处走。逼人的热，几乎难以呼吸。西部昼夜温差大，据说早晚到这儿必须穿羽绒服。李东慢腾腾走在学生娃后面，扫视着一个个巨型蘑菇样的岩砂山包和蚂蚁样窜来窜去的游客。目光突然被吸住，李东惊在那儿。是她，那个小偷！她距李东几十米远，转着头，一定在寻找目标。李东兴奋，甚至紧张，因此没有马上过去，似乎那是个什么稀罕物，怕吓着她。她看见他了，拔腿离开。李东追上去，越过学生娃身边，他迟疑一下，掏出一百块钱丢到学生娃脚边，说，不要等我了，我自己打车回。学生娃喊什么，尚未触到李东的耳根便消散在酷热中。

李东盯住她的背影，加快步子。她像长了后眼，也快了许多。李东只抓瓶矿泉水，当然，她东西也不多，仅一个挎包，但还是影响了她的速度。她往人多的地方奔，李东猜测她有同伙。他没喊叫，她也没有。游客被她和他甩在身后，他明白了，她没有同伙。她和他同时奔跑起来，岩砂碉堡一个个被甩在身后。脚底的沙子烤熟了似的冒着蓝烟，空气迅速黏稠。看你往哪儿跑！他恨恨地又快意地想。一定要擒住她，他当然能擒住她。显然，他低估了她的体力，他气喘吁吁、两眼飞花时，和她的距离并没有缩短。你跑吧，就是累死，我也要追上你。瞅她的姿势，他明白她支撑不了多久。她会累趴，很可能突然倒下。他脑里闪过她求饶的样子。她没趴下，也未停住，而是改变策略，不再直跑，躲在碉堡后面和李东捉起迷藏。这就有了喘息机会。李东万分恼怒，但扑不住她。有一次，两人照面，只有几步之遥，还是被她逃掉了。

奔跑，躲闪，躲闪，奔跑，一个前，一个后，没有喊叫，没有斥骂，只有脚与沙地的摩擦声，伴着越来越粗重的喘息声。

她终于跑不动了，歪了几歪，鱼似的倒下去。几乎同时，李东腿一软，倒在距她约两米的地方。她似乎要翻身，但显然已没了力气，李东往前爬一步，她身子躬起，李东以为她要逃。他骨头和肉一样软，如果她逃，他可能爬不起来。但她没有，复又倒下。李东看到一张毫无血色的脸，张开的嘴巴如一个黑洞。她软软地看李东一眼，闭上了眼睛，那是一种无望又豁出去的眼神。李东没再靠近，身体彻底瘫在滚烫的沙子上，拧瓶盖的力气都没了。天空湛蓝，没有任何杂质，如静静的湖水。

两人无声地躺着，像一对默契的情侣。

过了很长时间，她方软软地问，你想咋样？李东的愤怒似乎在奔跑中蒸发掉了，他平和地反问，你说呢？她说，我不知道，你爱咋咋吧，我是不跑了。李东坐起来，说，拿来！她反问，什么？她脸上有了一点点儿颜色。李东说，装什么糊涂！她拽下挎包丢给李东。李东拉开，自己的手机在里面窝着。除了手机，包里还有一包纸巾、一个葫芦玩具。李东打开手机，问她卡哪儿去了。她说扔了。李东瞪圆眼，扔了？你……她说，对我没用，我留着干吗？她竟然笑了笑，像数日前那个晚上。那不是顽皮，而是顽劣。李东终于忍不住，吼，你个恶贼！她嬉皮笑脸地说，别生气了，哥哥，不就一张卡吗？明儿我给你买新的。是了，这是她的本来面目。李东本想放过她，此时突然改变主意，喝道，起来！她装作吃惊的样子问，干吗？李东叫，跟我走！她舔舔嘴唇，哥，先给我喝口水。只剩半瓶水了，李东没敢一次喝完，如果喝，两瓶也不够。她这么一说，李东方意识到她没带水。李东问，渴了？她说，渴死了。李东说，你干吗不哭？一哭自己就解决了。她很无赖地说，你不给我水喝，我就躺着。李东冷笑，是吗？那就躺着吧。他拧开盖，抿了一口，斜睨着她。她张着大嘴，脸上挂着混含笑意的乞求。李东一口一口抿着，她的笑意消失了，只剩下乞求，她眼里浮上一层薄烟样的痛苦。她低低叫了声，哥！李东问，躺着很舒服吧？她双臂抬抬，然后支撑着坐起来，瞅瞅李东的脸色，摇晃着站起，哥，给我口水。李东说，别装了，跟我走。她迟疑一下，乖乖跟上。

李东听不见声音。她又站住了。李东凝视着她。她缩着头，包在胸前吊着，像套了副枷锁。她的目光锥子样盯着李东手里的水瓶，哥，我渴！李东骂，活该。那锥子突然烤化一样，腾起一团朦胧的白雾。李东被灼疼，抓瓶子的手机械地缩缩，慢慢走回去。

她扬起头，李东看见她脖子上有一道深色的疤痕，不长，但趴在白皙的脖子上，甚显凶悍。她的嘴唇对准瓶口，李东的目光仍盯着疤痕。她劈手夺过瓶子，猛灌起来。李东猝不及防，奋力争夺，她抓得死死的。愤怒之中，李东抬脚踹她一下。她倒下去，李东砸她身上。并未放弃争夺，李东占了上风，只剩个瓶底了。李东青着脸，呼呼地喘。你占我便宜，她软软地说。李东挖苦，你好像吃狼肉长大的。她突然一副凶相，你骂谁？你才是吃狼肉喝狼奶的货。她不大的眼睛好像没了眼白，纯一色的黑。李东吃了一惊，但并未被她吓住，不无讥讽地说，是啊，所以我是个贼嘛，别人好心好意救我，我倒偷他的手机。她说，我从未碰见过你这样的人，早知这样，你花钱雇我，我也不会理你。竟然是李东的错，李东气笑了。我真是倒霉透了，她又说。

李东说，行了，起来！她索性一挺，我偏不，除非你拿轿子抬我。李东说，行啊，你好好等着吧。他放弃把她扭到公安局的打算，他必须回了。李东看看手里的水瓶，犹豫一下，立在她身边。

走了一段，她在背后喊，等等我。李东没回头，也没停步，知道她会跟上来，她不会留在这里过夜。日已西斜，碉堡扯出一团团巨大的影子，不像中午那么热了，但又饿又渴，每迈一步都异常吃力。他不敢停下，天黑前必须走出这个地方。

她追上来，李东没有回头，但知道她在身后。

哥呀，方向对不对？她问。

疑问早就蛰伏在李东的脑子里，但他不敢轻易触摸。她这么一说，他躲不过去了，疑团顿时放大。他转过身，看着她。夕阳给她镶了层金边，她像要飞起来似的，但她的目光沉沉地坠着。李东说，路在北边，咱们不是朝北走吗？李东没意识到他用了"咱们"。她说，可怎么望不见头儿呀，不会走错吧？李东说，只能是这个方向。

日头坠下去，暮色一层层厚了。两人谁也不说话，但步子快了许多。碉堡收回了拖长的影子，它们本身就是巨大的影子。它们不再扎在沙土中，云团一样慢慢腾挪、移转。本来已超过它们，一眨眼，它们又飘在眼前。

哥，转向了。她惊恐地喊。

李东打个激灵，斥道，胡说！

她指着一个河马状的碉堡，我记得走过它了，咱们又转回来了。

李东狠狠瞪着她，似乎她的烂嘴会带来灾难。他多么希望她改口，可她没有躲避，重复，真的，我记得清清楚楚。

李东的眼睛和暮色一样暗了。这也是他的感觉。两人置身于一团团巨影的包围中，方向彻底混乱。

咋办？她小声问。

反正不能等死。李东恶狠狠地说。

夜空低垂，如一盆随时会倾覆下来的沙子。风呜咽着，吐出缕缕寒气。

李东站住，说不能再走了。她问，怎么办，就这么等着？李东沉寂下去的怒气又卷上来，不等待还能怎么办？如果她不扔掉手机卡，也许可以求救，现在他抓个没用的手机。她问，你也没个同伴？他们怎么会丢下你不管？李东想起那两个学生娃，说我没同伴。她提醒了他，问她怎么来的。她说搭一个外地旅行车来的，没有谁记她。看来你没得手吧，不然他们会记住你的，他嘲讽。她说，我没你想得那么坏。李东顶回去，还嫌坏得不够？不是你我怎么会到这个鬼地方？他有撕扯她的冲动。她说，反正这样了，你想骂了骂，想打了打，我乖乖的，我保证。没等李东说话，她就埋怨上了，你也是，一部手机值得你追这么远。李东捏捏拳头，随即松开。

李东在碉堡背风处坐下。等待天亮，也许是最明智的选择，但愿这个地方没有野兽什么的。她坐他身边，挨得很近，像那天他送她回"玩具"店那样。当然，李东不用再提防她。他不再生气，毫无必要了，但不想理她。她说，也许会有人寻咱们，不过待一夜也没啥大不了。她竟然安慰他。要是有狼来，让它先吃我好了，她说，谁让你是我引来的呢？李东忍不住笑了，但没出声。她觉察到了，碰碰李东胳膊。李东问，干吗？她说，水！李东这才发现她手里抓着水瓶，她没有喝掉剩下的水。她说，我不渴了，你喝吧。李东愣了几秒，突然抓过瓶子，拧开。张开嘴！他说。她愕然地叫声哥。李东大声说，张开！她顺从，喝水的声音很响。那条疤痕从黑暗中浮起，在李东眼前游荡。李东生出悔意，不该那么疯狂地和她抢夺水瓶。

从什么时候改变的？是妻子歉意地说对不起，却执意要分手的时候？还是他踏上敦煌之旅，寻求妻子背叛他的答案，并一心报复她的

176

时候？是和这个女孩在寒冷中偎在一起的时候？还是听她讲述自己的故事，几次替她擦拭眼泪的时候？所有这些都模糊在黑暗中，但有一点毫无疑问：人生拐向了，他不会再回到原来的生活中。人生的拐向竟这么容易。

但要离开这个碉堡林立的巨大沙盆，只能朝来的方向。北，往北，他和她都记得。朝霞漫红半个天空时，两人踩着冰凉的沙子相拥前行，谁也不说话，并非说够了，而是张嘴和行走一样吃力。沙粒渐渐烫脚，不知不觉太阳已骑在当头。她几乎歪在李东身上，但没有停下来。

三

出发那天，王西就注意她了。广播通知火车晚点两小时，贵宾候车室一片抱怨，他们已经等了一个多小时。王西没抱怨，倒不是他有足够的耐心——这年头，有几个有耐心的？——而是觉得自己没有资格。他们是制药公司的客人，都与药沾边儿，医生、药房主管、药店销售员，而王西是个顶替者。把机会送给他的老枪表示毫无问题，王西仍觉气短。王西坐在角落里的沙发上，瞭着他的同伴们。男男女女，二十多个人，不再毫无意义地抱怨，三三两两聊上了。有的早先就熟，有的虽然挨得近，一直在说着，但是可以看出刚刚认识。王西甚至能想象他们说些什么。她也是一个人。她没像王西那样观察别人，她在翻一本杂志，也许是从家里带的，也许是临时买的，好像她料到火车会晚点。阅读的间隙，她抬起头，觉察到王西凝视的目光了吗？两人的目光撞在一起，她客气地点点头，又埋进杂志中。王西推测她的年龄，也就三十出头，却经过大风大浪的样子，沉静、安详，甚至……没有欲望。

途中，王西认识了顾小艳，一个胖胖的有些凶蛮的女孩，说话总带个哦字，发音又重，像拖个大尾巴。多吃一碗哦，她盛一勺米饭，却扣在王西碗里。王西先前的担心简直多余，没人在乎他是干什么的，到了陌生环境，身份自然而然被忽略掉。王西也记住她的名字：闻可，和她的人一样特别。旅途沉闷，不知谁提议讲段子。女客不但不怵，比男客讲得还生猛。轮到闻可，她摇头说不会。有人起哄，让她表演别的节目，唱首歌或别的什么。她站起来，我给大家鞠个躬吧。她微微一笑，目光却从大家头顶越过去，望着远方辽阔的戈壁，她在向戈壁行礼，那么神圣。突然出现短暂的静默，令人窒息。她低下头，一副与己无关的样子。后排两位女士悄声说着什么，王西猜一定是关于她的。他竖起耳朵，她们却不说了。闻可当然听不见，但肯定觉出异样——她那么聪明。中午吃饭，王西和她坐一桌，她轮流给人盛汤，仍然微笑着，并非歉意，但王西看出来，她分明想弥补什么。王西的心隐隐疼了一下。他几次想接近她，并费尽心思找借口。她淡淡笑着，却是拒人千里之外的样子。王西并非寻花问柳之徒，几次之后便放弃，和顾小艳嘻嘻哈哈厮混着，聊以排遣旅途的寂寞。

　　入住敦煌山庄的第二天晚上，多了个节目：放孔明灯。穿过敦煌山庄弯弯曲曲的廊亭，来到后院的空地上，先是露天晚餐，待暮色四合，服务生端出孔明灯，每人一个。服务生示范怎么放。平展，撑开，点烛，几分钟后，红灯笼飞离手掌，摇摇晃晃向天空飘去。敦煌的夜空深不见底，海水般厚重，红灯笼像从天海坠落的眼睛。

　　王西的放了，顾小艳的也放了……真他妈的好，顾小艳说粗话。闻可刚刚拿到手，她上下翻看，似乎寻找什么。王西见状，过去帮她。她说谢谢，肯定是微笑的，王西没朝她脸上瞅。王西正要点火，她忽然叫，等等。声音很大。王西吓一跳。她急匆匆从包里掏出笔，在孔明灯上写着什么，无疑是她许的心愿。她的表现有点儿疯，出乎王西意外。孔明灯终于飞离她的手掌了，她似乎松口气，突然又惊呼一声。

王西抬头，那盏孔明灯燃烧起来，火舌耀眼，几分钟就熄灭了。她傻了一样，半天没动。服务生重新拿一个给她。她问，还管用吗？服务生没听明白，说可能刚才那个漏气了。但王西清楚，她问的是另外一个问题。她依然写了什么，很慢，仿佛耗尽力气。没有再燃烧，她仰着头，入定一般。三三两两往回走，王西离开时，她仍站在那里。天空像一个剪满窟窿的黑罩子，柔和的星光从窟窿漏出来。

王西被顾小艳喊去打牌，她是个牌迷，牌技却极臭。十点多钟，牌友之一，被顾小艳称作李姐的打了几个呵欠，说昨夜没睡好。顾小艳说是哦，是哦，我也没睡好，吃个冰激凌提提神哦。她随即掏出一百元钱，让王西辛苦一趟。其他东西你随便买哦。王西开句玩笑，没接她的钱。餐厅在楼顶，晚上兼做酒吧。王西意外地看见闻可。她坐在餐厅外的观望台一角，背对王西，望着前方的鸣沙山。黑魆魆的夜幕下，鸣沙山只是个朦胧的影子。桌上放了两瓶啤酒，看不清她刚开始喝，还是已经喝过，只她一个人。戈壁吹来的风穿过观望台，扑进夜的深处。她一动不动，如一尊塑像。王西想打个招呼，嘴唇还未张开便合住。他轻手轻脚走进餐厅，又轻手轻脚离开。

王西的心思再难集中到牌上，脑里全是观望台上那个雕塑似的身影，挥之不去，甚至落到牌面上，奇怪的是，不再是背影，而是略带忧郁的面孔。和王西打对家的顾小艳终于有机会埋怨，你丢了魂哦。再一次出错牌，顾小艳大叫，真让女鬼勾魂了？王西脸色突变，狠狠瞪顾小艳一眼。李姐趁机说，都困了，明天再玩吧。王西第一个离开。他大步流星穿过廊道，在楼梯口还摔了一下，如同上面失了火，必须他去扑灭，一步跨三个台阶。快到观望台，他突然踌躇了。会不会打扰她？见了她说什么？观望台是公共场所，但深夜出现在她面前，还是有些鲁莽。偶然碰见的，他对自己说。深深呼吸几口，他蹑手蹑脚登上去。

空空荡荡。

王西怅然若失，又松了口气。他走到她刚才坐的角落，桌上什么也没有，肯定被服务员清走了。他坐在那儿，望着对面的黑暗，直到餐厅的灯熄灭。毫无疑问，她的心并不像她的外表那样沉静，一定揣着什么，她用微笑掩盖了。可是，和他有什么关系？几天后，这些人就各奔东西，他没必要伤感。是的，伤感。他花几年时间才逃离伤感。有一瞬间，他懊恼得要揪自己头发。但他明白，他不可能轻易甩掉，即使旅行结束。

第二天，王西急欲在她脸上发现什么。她仍是那样，脸上挂着淡淡的微笑，平淡温和，拒人千里之外。她眼圈发暗，明显睡眠不足，这没法掩饰。游玩鸣沙山，十几分钟车程。顾小艳凑过来，问王西是不是生她气了，王西打着哈哈应付过去。顾小艳快活地说，晚上继续玩哦。

王西被挤在中间，沿贴着沙丘的木梯拾级而上。尽管踩着梯子，喘息声仍如绳子一样晃在头顶。半途歇息，王西方发现闻可没走木梯，她独自从另一端攀爬更为陡峭的没有游客的沙丘。无疑，这是艰难的，每迈一步，脚都会陷进去。一次次吃力地拔脚，她的身子左右摇摆。王西离开木梯，选择了她那样的攀爬方式，并非证明什么，但仍希望她能看见他。

王西歇了一会儿，她才爬到顶部，其他人已陆续下了。没像别人那样一屁股坐在沙丘上，她来回走着，似乎考虑是否再爬。沙丘那侧仍是连绵起伏、没有人迹的沙丘，看不到尽头。终于，她躺下了，王西只能看见她的头。

顾小艳和李姐摆着各种姿势照相。下去时，顾小艳招呼王西，王西说我再歇会儿，你们先下。顾小艳瞟王西一眼，王西装没看见。空阔的沙丘上只剩王西和闻可，她还躺着。又待了一会儿，王西走过去，

180

问要不要帮她照相。她侧过头说不用。极干脆，仿佛那两个字一直在嘴边，就候着拒绝王西。王西脸上挂出僵笑，转身欲离去。她突然喊住他，帮我个忙好吗？王西大喜过望，好啊。她说你用沙子埋住我。王西没听明白，抑或怀疑听错，你说什么？她平静地说，你用沙子埋住我。王西乐了，童年的游戏？她说……算是吧。

她仰躺着，闭上眼睛，黛青色的裤子，白上衣，飘着红晕的脸，再熟悉不过的姿势。王西突然一阵紧张，牙齿几欲打战。他拼命控制住自己，小心翼翼地往她身上掬了几捧。她嘲弄道，我又不是蚂蚁，埋啊！在她的催促中，王西奋力抛埋，脚、膝盖……腹部。王西顿住，她再次催促。沙子流进乳沟，填平，开始往白皙的脖子上流。不要停下，快点啊，她的声调带着恼火。王西的背已经湿透，她仍不让他停。头部以外，她整个身子被沙盖住。她的脸渐渐涨紫，继而发白。王西不敢再弄，她的口气变成央求，我撑得住，帮帮我！王西掬了一捧，说超过规定的时候，该回了。她说好吧，我自己起！她先把胳膊挣脱出来，又一点儿一点儿往两边拨沙子，挺起来。王西大松一口气。她望着对面连绵不绝的沙山，遗憾地说，可惜。王西脱口道，晚上再来？她眼睛一亮，好啊。

下午参观敦煌博物馆，但王西根本不知自己看了什么。那个约定让他心神不定，兴奋与不安像两匹野马，一路狂奔。他躲着她，生怕她说，算了，我们不要去了。漫长的下午耗过去，除了顾小艳，没人跟他说话。他费半天口舌，才让顾小艳相信，晚上确实有事。

从山庄出发时，夕阳尚红着半个脸，粉色的帐子罩着大地，到了沙丘底，薄暮悄然聚合。路上寂静无声。寂然也是一种力量，王西受到重压似的，突然闭口。一路王西嘴没闲着，不仅坦白自己是临时顶替，而且在她不经意的询问中，透露出不少真实信息。他的未婚妻，也是他的同窗，他们结婚前夕，她淹死了，还有另外一个青年，捞上来的时候，两人还在一起抱着。他摆不脱心理阴影，至今远离婚姻。为什么对她说这些，怕路上沉闷的尴尬，还是让她也说些什么？他不清楚。她没有片言只语，也没评说，除了几声叹息。

爬沙山时，两人都沉默着。头顶悬着一钩弯月，晃晃悠悠，随时栽到沙滩上的样子。先是并排，渐渐的，王西落到后面，踩着她的脚印。他是故意落下的，像从后面审视她，只看到一个模糊的背影。他干吗要说那些话？尽管他没彻底倾倒，隐去了某些东西，但依然有些后悔。他对这个女人说得太多了。

在山顶喘息一阵儿，她问，敢不敢再爬？王西明白她指的是对面朦朦胧胧、白日都无人敢越界的沙丘，夜晚爬无疑更加危险。但她用那样一种挑衅的语气，他能说不吗？

先下到谷底，然后再上，王西仍然在她身后。难以想象的陡，每迈一步都得把腿抬得高高的。她摇摇晃晃，歪歪扭扭，但没有停步。爬到山顶，她惊喜地叫一声，躺倒。王西躺她身边，大喘。

她再次提出让王西掩埋她。王西没有犹豫，他先挖个坑，让她躺进去，随后往她身上堆沙子，堆了几下，突然疯狂。她没再催促，没再哀求。王西被一种恶意的快感驱使着。直到她呻吟了一声，像从遥远的地方射过一束光亮，又像锋利的刀片划过，王西倏然惊醒。双臂挥舞，疯狂地往两边抛，几乎不再喘息。沙土飞扬中，她含混地说什么，他听不清。他忘记是怎么抱住她的，触到她柔软的肢体，他的大脑一片空白，再次失去控制。他只记得她捶了一掌，也仅仅一下，他便被什么缠住。整个世界都变成沙漠了。

回到山庄，东方的天空已褪尽黑暗，就像她灰白的脸。他在那灰白上摸到湿漉漉一片。王西以为她会骂他，抽他，扇他，但没有，她像个木偶，不看他，不说话。这一天，她没露面。王西听旁边人说，她病了。王西忐忑不安，她会怎样，告发他吗，还是从此不再理他？

王西回忆那一切，怎么也聚拢不起来，是的，她捆了他……是什么缠住他？一方面不安，一方面王西又被狂喜卷住。他花几年时间终于摆脱感伤，然后恋爱结婚。但新婚那天，他出了问题。触到妻子的身体，她突然变了，变成淹死的曾经的未婚妻，肿胀的身子、发白的脸，他发抖、抽搐，甚至呕吐。黑暗中，不行；开着灯，橘红色，粉红色，淡蓝色，橙黄色，都试过，没用。几个月后，他离婚了。他不断地找女人，但只要上床，只要触及女人柔软的身体，他的病就犯了。他无法摆脱那个泡大的与别人抱在一起的尸体，也看过心理医生，只让他更加懊丧而已。他渐渐心灰意冷，一个死结，一块伤痕。就在昨天，他发现自己的死结打开了。是她治好了他，只是这样的方式……他的眉头再次蹙紧，忧虑弥漫着。他对自己的喜悦产生怀疑，真的不治而愈了？只这一次，还是……车猛一颠簸，王西重重磕了一下。

第二天上午，她的病好了。王西暗暗松口气，他不敢正眼看她，可不放过任何偷窥她的机会。她依然挂着淡淡的微笑，但脸色发白，确实病过一场的样子。他的担心多余了，她不会报复他。可就这样过去吗？王西忧伤地想，他宁愿她把他送进监狱……只要再给他一次机会。

明天就要返回，下午安排购物。顾小艳招呼王西、李姐一同到敦煌市区。王西无心购物，左顾右盼，发现不少他们的人，却不见她。可能她没出来，该死，为什么不问她一声，难道连这点儿胆子也没了？好像他和他们一同抛弃了她，内疚突然填满发空的心。再无意逛下去，打了个车，直奔山庄。

她不在房间。王西敲了几次，没有任何回应。她去哪儿了？王西愣怔一会儿，突然灵光一闪，她会不会……会不会……没有任何犹豫，跌跌撞撞跑下楼梯。

下午的鸣沙山游客稀少，王西瞭了一会儿，沿着他和她夜间攀爬

183

的大致路线匍匐而上，如四脚动物。在山顶四望，找不到她。一串浅浅的脚痕蜿蜒至谷底，王西眼睛亮亮，滑下去。再次爬上山顶，望见她了。她在另一个沙丘上，背对着他。四周是绵延不绝的沙子，她坐在那儿，小了许多，似乎随时会缩成一粒沙子。转眼间，她又像一棵树那样挺拔起来，葳葳蕤蕤，广漠的沙丘被她巨大的树冠罩住。

王西怕惊着她，悄无声息地靠近。他的身影从她身边拖过，她肯定觉察到了，但没有回头。她专注地在沙上写着什么，相同的两个字，反反复复。那两个字重重叠叠，一次次凸出，又一次次被掩盖。王西辨出那两字是李东。李东是谁，她丈夫，还是情人？王西痴痴地望着，不敢出声。

她停止划写，抹了一下，那里什么也没了，那里只有沙子。同时，她长长叹口气。

对不起。王西声音小得像一粒沙子。

她斜他一眼，眼里含着愠怒，同时浮着一层王西琢磨不透的东西。

她站起来，嘴唇哆嗦着，终于碰出两个字，混蛋。她的脸突然变青，目光也凶了许多。他尚未做出任何反应，拳头雨点般扑向他……

王西猛地抱住她，本来想任她打骂，可捶打和叫骂就那么奇怪地、猝不及防地成为王西进军的号角。她奋力挣扎，柔软的沙子倾翻了他们。倒下去的同时，她缠住他，用她有力的臂缠住他。他们的嘴准确地吸在一起，翻腾着，顺着陡坡滚下去……

他确认找回了自己，也明白他扯出了被微笑掩盖的另一个她。仅仅是瞬间，他的脑腔成了燃烧的沙子。

四

苏北看见出租屋门口的宋佳，惊得眼珠差点爆出来。她毫无变化，黝黑的脸，齐耳短发，旅游鞋，牛仔裤，只不过此时挂在脸上的不是凶蛮，而是挑衅和得意。毫不避让的目光分明在说，怎样，你能逃出姑奶奶的手心？你怎么……你怎么……苏北结巴着。宋佳换个姿势，嘴角吊着轻蔑的笑，天网恢恢，哟……不至于吓成这样吧？我没戴手铐。苏北遏住慌乱，竭力使语气和目光一样阴狠，你想怎样？宋佳说你明白。苏北恼怒道，你不要再缠我，再缠我报警了。她的眼睛闪闪发光，太好了，现在去？苏北顿时软了，避开她的目光，半晌方说，我今儿挨老板训了。她骂活该，依然咄咄逼人，你挨训就冲我嚷？我跑两千里路是为看你臭脸的？苏北说，行了行了，我检讨，你还没吃饭吧？她哼一声，这还差不多，别惹我，我饿了一天，肚里净剩气了。苏北问她吃什么，她不假思索地说，羊肉！到敦煌当然要吃羊肉。那样子似乎是苏北把她请来的，是他尊贵的客人。

在骨头馆，她一连吃了三只羊腿，先前戴着餐馆提供的专吃骨头的塑料手套，后嫌不利索，扯掉，两手甚至嘴角外也油光闪闪。吃相也恶，皱眉瞪目，和羊腿有深仇大恨似的。邻桌食客投过惊愕的目光。苏北觉得脸热，踢踢她，小声说，都看你呢。她啪地把啃剩的羊骨砸在桌上，咋着，丢你人了？苏北忙说，当然不是，我怕……她打断他，咸吃萝卜淡操心，再上一盘！苏北说，你就不怕吃胖？她刺他，没良心，吃啥都不长膘！你啥意思，心疼钱还是心疼我？苏北苦笑。她瞟他一眼，德行，以为我真想嫁你？苏北说行了，趁热吃吧。酒足饭饱，她把手和嘴角打理干净，凑过脑袋，笑嘻嘻地问，你有没有胆子娶我？苏北下意识地往后撤撤，我可没那福气。她敛起笑，这么多年，还装啊，露出你的本来面目吧。忽又忧伤地说，你这样的男人都不要我，看来我真嫁不出去了。苏北说，行了行了，你吃好，我送你回去。她眉毛上扬，回哪儿？苏北硬着头皮说，回你住的地方啊。她锋利的目光削着苏北，装什么糊涂？苏北对自己的紧张恼火，但毫无办法，

185

悄悄做个深呼吸，解释，这个房东和别处的房东不一样，不允许带人回去。她立刻顶回来，谁说我一定和你住？演戏似的，很快又一副笑嘻嘻的无赖相，遍地宾馆，还怕没住处？苏北说，你住好了，哪怕住五星十星的呢。她吹他一口，别这么恶狠狠的嘛，姐夫在这儿，我干什么自己去住？你又不是不懂，我的钱都有用。苏北被咬了似的，疼痛颤过，蔫巴巴地说，还是回出租屋吧。她问，不怕房东告发你？苏北说，我会和他讲清楚的。她说，看在我姐面子上，我就不挑剔了。回去的路上，苏北一言不发。她碰他一下，干吗垂头丧气的，好像你领个乞丐？苏北丧气地想，还不如乞丐呢！那她是什么，索债鬼，冤家，刽子手，法官，魔鬼？似乎每个身份她都有，他看不清真正的她。

一张床，一张沙发，她毫不客气地霸占了床，像过去跟他"借"住时一样。沙发大约是房东捡的，又破又硬，极不舒服。苏北不停地折腾，试图找个最佳睡姿，然怎么躺都一样。其实，沙发的硌在其次，更硌的是床上那位。

是不是想我了，想我就上来嘛，何必苦苦坚持？她一副调侃语气。

苏北的声音似乎像房间的黑暗没有方向，谢谢，还是留给别人吧。

她说，我虽然不是花容月貌，说啥也是黄花闺女，你真能忍得住？

苏北终于逮住反击机会，谁知道呢，我怕背黑锅。

她呸了一声，看你装到猴年马月。

苏北说，霸占别人的地方，还这么凶？

她加重语气，这是轻的，厉害的还没使出来呢。

苏北想，还不够厉害？快把他逼疯了。

她问，喂，你真不想？

苏北看不到她的脸，却能想象出嬉皮笑脸的样子，轻轻却极其干脆地说，不想。

她吃惊地说，咋会呢？一个大活人躺在身边……是不是自那以后

186

你就不行了？真是报应！

苏北没好气地说，什么叫自那以后，那不是我干的。

她冷笑，以为没证据你就逍遥法外了？休想！

苏北半是愠怒半是哀求，怎样你才相信我？

把那个清白的人还给我！

她声音不重，每个字都像一支飞镖，苏北被射中，蔫下去。这是她擅用的手法，激怒他，再狠狠捅他一下。

怎么不说话了？我好寂寞耶。她就这样，不停变换着面具和腔调。见他不应，她戏谑地问，睡着了，姐夫？

你咋找到这儿的？他知道不该问，每次不管他怎么逃离，也不管逃到什么地方，她都能嗅着他的踪迹杀上门；可他每次都憋不住，这个愚蠢的问题也一次次碰壁。

她得意地说，知道我的厉害了？我警告你，你逃也没用，甭说逃到敦煌，就是逃到国外，逃到天上，我照样揪住你。除非你逃进地狱，永远待在那里。

苏北试图解释，我并不是想躲，不过换个环境，我还会寄钱回去的，直到……喉头卡了东西似的，他猛咳一下。

她嘲讽道，是吗？看来我是小人之心了。不过，我也确实想你，你孤单单的，身边连个伴儿也没有。

苏北问，你待在这儿？

她反问，你说呢？

苏北耐着性子，不是任何地方都能找上工作，何况离家又远……

她斩断他的话，少操心我的事！

苏北说，没事干，你……

她立刻顶回他，我去偷行吧，又不是没当过贼。

苏北说，别作践自个儿。

她换了亲昵语气，谢谢你呦，有你在，我还饿着不成？

苏北重复，我会寄钱的。

她笑嘻嘻着，我没怀疑你啊。

苏北竭力压着火气，你到底想怎样？

她说，就这样。

苏北顿顿，听见喉头迅速滑动的声音，如果你逼我，都没好下场。

她连珠炮似的，威胁我？我碍你事，你杀了我呀！你终于露出真面目了，来吧，来呀！我他妈凭什么缠你？以为我真发情了，没你这条公驴我活不下去？你觉得委屈，可你把别人毁了你不知道？光是我姐吗，我呢？三年，不死不活的……她带出哭腔，苏北从未听过的。

苏北声音矮下去，黑天半夜的，别吵了。

她恶狠狠地说，是你要吵！然后，又欢快地非常知足地说，这样的日子也挺好啊，不是你，我哪有机会到敦煌？

苏北不再接茬儿，不然整个夜晚都消停不了。他从没占过上风。先凑合着吧，既然无计可施……他叹息着，再次调整睡姿。

她发出鼾声……一个女孩，装的，还是真累了？苏北不知道，没法试探。尽管他也累，沉入梦中却非易事。到敦煌三个月，也是他摆脱她时间最久的一次，原以为……她让他恐惧。他没杀人，没抢劫，却胆战心惊地过着逃亡的生活。还不如杀人放火呢，至少，能够自首，结束流亡。他连自首的地方都没有，向她，向她姐姐？他做的一切已超出自首范围。可……那不过是同学打赌的戏言，为了赢一顿烤鸭，他向那个卖雪糕的女孩发起进攻。谁能想到她陷得那么深呢？老实羞涩的她竟然到宿舍堵他。他果断，及时，狠心，临近毕业，终于甩掉她。刚喘上口气，宋佳问罪上门。那个女孩精神失常，还怀了孩子。他和她没有过那种关系，对她后来的事一无所知。但刁蛮的宋佳咬定他毁了她姐姐，她用另一种方式缠住他。从此，噩梦如影随形。

她醒来，苏北已买回油条豆浆。她惊喜道，姐夫，你真是我肚里的蛔虫哎，我刚才梦见吃油条呢。苏北哭笑不得，比情此景，谁能想到两人是躲逃与追逼的关系？她说，别那么拉着脸嘛，夸你两句就不知天高地厚了？真是的！苏北出门，她让他留下钥匙。苏北知道，她会配一把，她还会出去找工作。他并非对她一无所知。她不会躺在屋里混，到了日子，她把她和他的那部分钱一并寄回去，若发薪不及时，她会体贴地节俭，甚至和他就咸菜下饭。这也是最让苏北害怕的地方，她一副持久战的架势，他看不到尽头。

　　傍晚，苏北没像往常那样回栖身地，在大街游荡一会儿，拐进一个餐馆。加班晚了，还不让他在外吃口饭？可是，待了几分钟，他如坐针毡，道过对不起，迅速逃离。怵意，当然还有别的，他无法说清的东西。她烧好菜等他，我以为你不回来了。苏北略带夸张，老天，我哪儿敢呀？她眉毛上挑，装什么大尾巴狼，甭忽悠我！苏北说，哎呀，你可看清了，这是我的家。她盯住他，什么意思？苏北说，我饿了，尝尝你的手艺。她说，你就不怕我下毒？苏北说，下毒也挨不到现在呀。她说，你小心点儿，惹急我，我什么都做得出来。苏北说我牢记你的教导，一不着你，二不惹你，三不……她不耐烦地说，行了行了，少贫吧，菜都快凉透了。苏北吃了几口，连夸不错。她哼了一声，眉色却露出喜气，说已在餐馆找了工作。苏北吃惊地说，这么快？她说有你的功劳噢。苏北装个糊涂，吵架不是她的对手。可什么又是她的对手呢？

　　睡觉时，苏北发现沙发上多了块海绵，她的善解人意有时比凶蛮还让他不安。没再争吵，他想问问那个女孩的病情，张了几次嘴，终是没敢捅马蜂窝。她要早起，温柔地和他道了晚安。没那么硌了，苏北依然不能轻易入睡。她是一颗炸弹，随时都会爆炸。苏北数次领教过她的厉害。因无证据，苏北起先理直气壮，说什么也不答应去看那

189

个女孩。他怕扯上关系。一次在他房间，她用刀子抵住脖子，威胁如果他这么狠，她就死在他面前。他没那么狠，退让了，跟她去了精神病院。数月未见，女孩胖了许多，也许是穿号服的缘故，她的脸黯淡无光，眼睛混浊呆滞。看到苏北，那混浊似乎晃荡了一下。苏北——女孩的声音像是从深井里发出来的。苏北很紧张，女孩的目光滑过他，落在墙角，那儿堆些杂物。苏北，我要苏北。女孩自语。宋佳抱着女孩，涕泪滂沱，姐，姐，苏北来了，我给你带来了。女孩依然是僵硬的姿势，苏北，我要苏北。宋佳号，姐呀——紧紧抱住她。苏北突然被击溃，碎裂的身体坠于深井中。苏北答应拿出工资的一半给女孩治病。他和女孩、和宋佳拴在一起。是的，他愿意赎罪。但宋佳并不只是要钱，她缠着他，用他想象不到的方式威逼他，索要着他无法偿还的债……

　　苏北谋划着下一次逃亡，每次她追来，逃的念头就会冒出。往哪儿躲呢？三年了，去的地方还少吗？无论大城市还是小城镇，都躲不掉她，她仿佛长着神犬鼻子，能嗅见千里之外的气息。不逃又不甘，这种日子，这种温柔与粗蛮挟裹的日子，让他时时有吞刺的感觉。那夜，苏北辗转反侧，她鼾声起伏。这个索债鬼！绝望与愤怒突然涌上来。掐死她，他要掐死她！靠近床边，她的鼾声停止。黑暗中，他仿佛看见她冷笑的嘴脸。他打个寒战，悄然退回。还是在海口的时候，被酒精和欲望燃烧的他想扑到她身上。同样，他及时遏住自己。她故意设陷阱，引他上钩，把他投进牢狱。她有什么做不出呢？不，不上她当。

　　炸弹再次引爆。往回寄钱，她嫌他给得少。苏北解释半天，他挣得少，不像以往能找上兼职，况且得支付房租，日常开销。她依然不行，逼住他——他缩在沙发一角，把她能想到的恶词，奸诈、阴险、流氓、恶棍之类，劈头盖脸砸向他。她的胸在跳，脸在跳，目光在跳，整个人离地三尺似的。苏北突然怒了，身子陡竖，几乎和她撞在一起，逼我去偷不成，和你一样当贼？我没那么长的手！她一下子定住，目光被切断似的，她就用切断的目光瞪着他，脸白了青，青了白。她的声音轻得空气一样，不错，我是贼，我是三只手……苏北并不想改口，只是偏了头——她的声音渐大，你有什么资格寒碜我？我他妈生下来就是贼，就是贱货，喜欢和一个恶魔不死不活混着？你毁的不是一个人，是两个！你有什么资格冲我叫？你出点儿钱怎么了，你以为几个臭钱就能赎回你的良心？

苏北抽搐着，再次往后缩，好像被她的话烫了。他试图缩在墙角，但没等靠过去，就坚持不住了，双手抱头，失声痛哭——仅仅一下，便压抑地呜咽了。她和她姐毁了，他呢？一千多个日子，他东躲西藏，女友没了，好端端的工作没了。一个荒唐的玩笑，让他背了还不清的债！

她坐他身边，等他抽泣停止，塞块毛巾给他，行了，大老爷们掉眼泪也不怕羞。她责备中夹着亲昵，好像他们是闹小别扭的夫妻。她转变得就这么快，难以想象她刚才恨不得剐了他。她抱抱他的胳膊，姐夫，小妹脾气不好，你别计较哦。苏北觉得自己是被她捏在手心的泥巴，他抽出胳膊，冷冷地说，你要怎样，今天一次了断？她顿顿，笑着说，等我姐病好了，等到你们结婚那一天，我就离开。苏北吸口冷气，你杀了我好了，把我送进监狱也行啊。她忽地站起，刹住漫延的笑意，我没那么残忍，你掉一根汗毛，我姐都会怪罪我呢。好了，别讨论这些无聊的问题了，我要睡觉。

苏北一动不动窝着，说话的力气都没了。她躺了一会儿，又窸窸窣窣穿衣服，随后是轻轻的关门声。他知道她去干什么，懒得理她。他的目光在逼仄而空阔的屋里不停地又毫无目的地爬行，再一次落在床上，抖了抖。干吗要抖呢？让她偷去好了。不，终究是他的麻烦。

明天再找找，也许能找一份兼职呢。她是午夜之后回来的，天不亮又走了。餐馆工作，她比他辛苦。

第二天晚上，她又出去了。苏北没找上兼职，也就没开口。她不会相信他的空话。

她一夜未归。

苏北嘀咕，也许她直接去餐馆了。然后嘲笑自己，去不去和他有什么关系呢？傍晚，苏北回到出租屋，他并未意识到他的脚步有些急，她没回来。他寻思着，后来迷迷糊糊地睡了。突然醒来，天已大亮，目光扑到床上，一如昨晚的样子。她出事了，他马上想，她毕竟是业余小偷，毫无经验。等了一上午，没什么人找他。苏北有些慌，不知自己为什么这样慌。苏北再无心工作，请了假，跑遍敦煌所有的派出所。没有她的消息，她没被抓，她……去哪儿了？苏北猜测着，忽然想，难道她主动离开他，因恼怒不辞而别了？随即觉得没有这么简单，她怎会放弃他？不管怎样，她不见了，也许从此再不见了。苏北没有摆脱纠缠的轻松，他对她的牵挂——他无法形容自己的心情，找不出更恰当的词——一日重似一日。挨了一天，他再也撑不住，一头扑进敦煌的角角落落。有一个问题，他终于搞明白了，不是他逃不掉她的追踪，而是逃不掉自己的内心。

五

我叫李东、王西或苏北，我叫什么并不重要，重要的是与他们相关的故事。其实，故事又有多重要呢？那不过是我的想象。但愿，也是你的想象。难道在庸常的日子里，你没希望在某一个时期跳出自己的生活吗？没希望那些未曾发生或曾经发生在别人身上的故事发生在自己身上吗？如果你说没有，你肯定在撒谎，并不能证明你满意自己的人生，只能说你伪装惯了，面具已经紧紧贴在你的脸上。

我在前往敦煌的路上，我放任自己的想象，希望其中一个——我不知哪个更适合我——与我有关。当然喽，生活总是超出我们的想象，不是吗？在机场大厅，我鲁莽地撞了一个金发碧眼的姑娘。她微笑着，像是一个老朋友和她开什么玩笑。我没见过那么蓝那么清澈的眼睛，我一下子就掉进去了，直到上了飞机，我仍然呛了水似的晕头转向。我看见了她，那蓝色的海水。她慢慢移着，在我身边停住，迷人地一笑，坐下。

我的故事就此开始。

入侵者

那是个熟悉的背影，但我想不起他是谁。他是谁呢？我一边追，一边在脑里搜刮。他肯定隐藏在记忆的某个幽暗角落，也许覆盖了厚厚的尘土，或仅罩了一层薄纱似的烟雾，我刮得脑袋都疼了，却一无所获。他穿过小镇的青石板路，穿过浓密的树丛，蹚过湍急的河水，踩着田埂上的灰蒿，往旷野深处跑去。黑云压顶，雷声轰轰，风突然大起来。那个家伙不但没有歇停或放缓，反加速了，似要趁机甩掉我。我当然不会停下来，我根本停不下来。我像他一样，两臂更起劲地甩着，不知是腿拽着我跑，还是我拖着腿跑。我喊了几句，风立刻把我的声音撕成碎片。妈的，我不信你跑到天外去。我曾是学校长跑冠军，就是冲刺终点那一刻俘获于敏的。我和她躲在器材房的角落里尝了禁果，从此，那块破旧的帆布垫子成了我俩拥抱快乐的天堂。我打算毕业就把她娶到手，可……谁能想到呢？打住！打住！必须集中精力，不能乱想。

　　我和他的距离没有拉长，但也没有缩短。这说明什么？他没甩掉我，我也没能追上他。他和我都是败将。但从另一个角度说，他和我都是胜者。他一定认为能甩掉我，就像我觉得一定能追上他一样。此时，我已经在想，追上他那一刻，我该怎么办。我扑倒他，先捆他几个嘴巴子……也许我是揪着他爆笑，但毫无疑问，我会审问他。

吴关，问你呢！

一声怒喝把我从虚妄中擒出，我看着面前的三个人：鬓角斑白的校长、肥头大耳的图书馆长、文里文气的办公室主任。显然，喝声是从校长嘴里跑出来的，他松弛的脸尚有余怒，如滴答的水珠。三人呈三角形，校长正中，馆长、主任一左一右，一副审判的架势。对了，我得补充一下，他们正宣布对我的处罚决定。我绝没有隐瞒的意思，不是不想，相反，我想隐瞒的东西太多了，可从未隐瞒住。越是想隐瞒的，扩散的范围越大。但我确实没听进去，主任念第一句话的时候我的脑瓜就开小差了。意识到他们问我对处罚决定有什么意见，我解释自己没听清楚。馆长扑哧一笑，我想他的幸灾乐祸不止是对我，也有对校长的。他不止一次把我这个烫手山芋塞给校长。校长气呼呼地让主任再念一遍，随即又大声说，给他，让他自己看。校长昏头了，这样抬举我。我只好遵命，亲自审看。前面写了一大堆，什么不务正业啦，素质低下啦，迟到早退啦，给学校造成损失啦，我匆匆掠过，想知道怎么处罚我，两条：一、赔偿学校损失并扣除三个月奖金；二、由图书馆调至档案室。我陡地站起，大声道，我不同意，绝不同意！他们大概没料到我如此激动，一个个惊愕在那儿。馆长甚至有些慌乱，他自诩了解我，担心我在他脸上做记号吧。校长让我坐下，主任还按按我的肩，我想，如果我再坐下，等于低头纳降。不能认输！我甩开主任，冲出他们的包围。

那个奔跑的家伙毁了我。他先是闯进我的梦中，而后攻入我的生活，无论我在教室、卧室、餐馆，还是公交车上、澡堂、公园，他都可能不期而至，猝不及防，难以防备。他没勾引我，没招呼我，总是那个背影。可只要那个背影一闪，我就追上去，不由自主地。我不知自己为什么要追，我想知道他是谁，毋宁说是为了搞清为什么要追他。

197

他侵入了我，我的生活才乱套的，还是我的生活乱套时，他侵入我的？这个问题对我就像先有鸡还是先有蛋一样。

他似乎出现在某个时期，只能是时期。时期可以停滞，而时间飞速奔走，谁要说某某具体时间发生了什么，那绝对可疑。那个时期，我准备评职称。我们来到这个世界都是裸体，为什么人和人不一样？因为身份标识不同。有的标识你没必要操心，比如性别，操心也没用，有些标识得靠自己打上去。职称对我就是一个重要标识。我是个讲师，评上副教授，虽然我还是我，但因讲师和副教授的级别之差，我的标识变了，相应的一切都会有所变化，也可以这么说，我不是原来的我了。比如，我可以带家属到学校澡堂洗澡，我可以参加学校某些级别的会议。一位同事在酒桌上神秘兮兮地告诉我，他评上教授以后，每周能多做两次爱，而且每次延长一个小时。他醉眼蒙眬地说，我数学不好，老弟给我算算，我这一生会增添多少快乐的时光？我算不出来，我数学也不好。但我评副教授并不是为了延长做爱时间，而是为了多挣点儿钱，为了门面，为了乔丽、乔丽的家人及我的乡党。

我觉得有必要讲一下我和乔丽。我大学毕业，分配到皮城专科学校，皮城唯一的高等学府呀。我遇到乔丽，过程就不说了，并不浪漫。乔丽家在皮城，住在一个叫堡子里的贫民区。乔丽父母待我很好，每逢周末都把我叫过去，给我包饺子吃。一次，我发现我吃的饺子和她家人吃的不一样，我悄悄却是再三追问。乔丽说我吃的饺子肉馅大，他们吃的饺子肉馅小。我感动得险些掉泪。他们对我好，为乔丽找了一个大学教师而骄傲，乔丽是车站售票员，还是临时工。黄昏，乔丽喜欢挽着我的胳膊在堡子里的石板路上散步，很有些炫耀的意思。我和乔丽结婚两年后，分了一套一室一厅的房子，乔丽特意接她母亲住了一个月，我嘴上不说，心里装着得意，这是沾了我的光。可除此之外，我未给乔丽带来什么，她遭车站辞退后，一个人东奔西走，这儿干三个月，那儿干五个月。我没能力。乔丽母亲骨折，在医院走廊住了两天，才挤进病房。

我抖落这些是想说明职称对我的重要。如果我是副教授，情形肯定不一样。三个人参评，指标仅两个，也就是必须淘汰一人。论资历，论能力，我相信自己排第一位。但关键时刻，关于我的匿名信树叶一样飞到校领导、同事的桌上，说我勾引女学生，看黄色光碟，散布领导流言。某天早上，学校最耀眼的地方贴出一张大字报，说我大学期间就和姓于的女同学发生性关系。我从未向任何人泄露过，我想分在另一个城市的于敏也会捂着隐私，那个秘密怎么就大白于天下啦？我的职称就这样泡汤了。我质问校长，校长一脸无奈地说，我不相信那些流言，可群众打分通不过，我毫无办法。

他就这样出现了，这个该死的背影。我猜他是搞我的那个家伙——某一个竞争者。但又觉得不可能，那两个竞争者，一个胖得走路都喘，另一位先天心脏病，哪会跑得那么快？后来回想，评职称前，那个背影已闪在我梦里。

我吃了八根油条，喝了三碗豆浆，旁边那个妹子惊得嘴巴都歪了。我见多了，不怪她们。我哪像个知识分子，民工也未必有我的食量和吃相，饿了几百年似的。那个评上教授而性生活质量大大提高的教授说，看你吃饭觉得社会在倒退。不错，一日三餐，我哪顿也不少吃，像从第三世界偷渡来的。没办法呀，奔跑耗费体力。是的，我的饭量与他有关。现在，我很少在学校食堂吃饭，怕给同事们造成社会在倒退的错觉；我也不再到乔丽家改善伙食，乔丽怕累着她年事已高的母亲，当然也怕吓着她。实在推辞不掉的应酬，我先把肚子垫满，或者饭桌上装绅士，饭后补齐。但后一种办法过于残忍，面对香气扑鼻的饭菜，岂能忍得住？乔丽和儿时好友聚会，把我带上，她一再嘱咐。

她的两个好友也带着丈夫，一个是某品牌煤气灶的售后修理，矮矮胖胖，像电池一样；另一个架着老式黑框眼镜，在水产局工作。女友及她们的丈夫都称我教授，他们以为大学里长腿的就是教授。我要纠正，乔丽踢我一下。她晓得我要说什么，我只好咽回去。我不是为自己，而是替乔丽装门面。可是，我这个被人尊敬的教授，在饭桌上露出本相。我胃里似乎有几百只饿疯的老鼠，我不喂饱它们，它们就会撕碎我的内脏。乔丽又踢我一下，我连忙放下筷子。就那样，只要我动筷子，乔丽就踢我。我不知她踢了多少脚，饭局结束，我觉得腿要断了。那天晚上，我和她又吵了一架。是的，我们不是第一次吵了。乔丽要我去医院检查，她怀疑我得了什么病。她替我担忧，催了不止一次。我明白自己的病根在哪儿，我没告诉任何人。这是我在这个世界唯一没被他人抖搂出来的秘密。我当然不会听她的。但这一次，乔丽没有退让，我没想到她玲珑的嘴巴——也许当初我就是被她的小嘴迷住的——里藏了那么多脏话狠话，骂一句，她就蹦一下。她蹦一下，我踏实一点儿。这是她爱我的证明。发完飙，正如某些小说描述的那样，她一头扎在床上，嘴巴鼻子奏着哀怨悲痛的合音。可惜，我不是音乐家。但毫无疑问，我是个丈夫，我就是铁石心肠也该融化了，如乔丽骂我的，她所做的哪点儿不是为我，我为什么不听她一次？那时，我万分内疚，我没给过她什么，难道连她因爱而生的请求也不能满足吗？第二天，我跟她到了医院，那个因医术高超而又被返聘的专家开了一堆化验单，白衣天使用各种仪器把我照了个遍，结果是我的各个器官毫无问题。乔丽松了口气的样子，眼睛闪着光芒。走出医院，看我朝包子铺张望，她马上忧心忡忡，咋就没病呢？

　　我没到学校去。我想起那个处罚决定就恼火。不是要处罚我吗？处罚好了，我倒要看看，学校还能把我咋了？打发回家？我自己回好了。被子还在床上团着，我囫囵着躺进去。乔丽跑长途车，跑两天两夜，休息一天一夜。这个空间多半我一个人享有。好了，利用这个时间好好想想，那个只露背影的家伙是谁。但是，我无法集中精力。可能是乔丽的枕头进入视线的缘故，我脑袋里晃着她和那个跑车的人。不该怀疑乔丽，我这个可恶的家伙！可是，我……我把乔丽的枕头丢到一边，依然无济于事。若不是办公室主任造访，不知我要怎样作践自己的妻子呢。

我猜测主任的来意，因为他进门就说某国的飞机失事了。我恍惚一下，问，黑匣子找到没有？主任说飞行部门正在全力寻找，并打捞遇难者遗体，遇难者家属情绪也基本稳定。我说那就好。我俩的目光突然撞在一起，彼此从对方眼里明白，我们不是在另一个星球另一个国度，身份没有任何改变。我是学校图书管理员，他是办公室主任。绕了几句，主任终于绕到主题。他是来劝说的。

我说过，那个家伙出现的时候，从来不经我的允许，有几次是我在讲课时闯入的。我陷入恍惚中，追着他猛跑，奇怪的是，奔跑中我竟能听见学生吹口哨的声音。学校以不适合教学工作为由，把我打发到图书馆。和善的校长很照顾我的面子，说图书馆也是大学图书馆，不登讲台照样可以评职称，照样可以评优，而且概率更大，越是被忽视的地方，越能做出成绩。我等于被从讲台上赶下来，不甘心呀。可校长手里揣着一大摞反应我课堂失职的意见，我坚持了一周，不得不服从学校安排。我最后一堂课是面对一堆桌子讲的，我从奔跑中逃出来，学生跑光了。我不喜欢图书馆长，我心目中的馆长应该是博学、温和的老太太，而不是肥头大耳，连茶和荼都分不清的笨蛋。馆长对我颇有敌意，似乎我是校长派来卧底的，时刻会篡夺他的宝座，防奸细一样防着我。那个不露脸的家伙来得更频繁了，好在我不用担心图书跑光。但我当值时，仍有个别不安分的图书被不安分的手拽走，我不得不自掏腰包买新的补上。馆员分工明确，馆长反而是闲人，他的

201

具体工作，就是去校长那儿告我的状，不把我撵出图书馆誓不罢休。但我觉得他恨我的原因不是我丢失图书，除了怕我夺位，另一个原因是我撞见过他的丑事。他竟和某个女馆员在图书馆角落里苟且。我从来不是多嘴的人，没有说出去。当然，我很愤怒，在这个场所苟合，亵渎的可不止是图书呀。

我和馆长爆发了战争。我把赔偿丢失图书的钱送到他办公室，他恰好不在，我看见他桌上放着几个黑皮笔记本。除了我，每个馆员都有这样一个本，他们随身揣着，不时记着什么。我被好奇驱使，忍不住翻了一下，竟然全是关于我的。每个扉页上都写着：防火防盗防吴关。内里则是我平时言行不端、工作失职的记录。如我什么时候没有登记就让借阅者拿走了——如此说来，丢书的过程他们一清二楚，我什么时候说图书馆有图书没文化，什么时候我小便时没有靠近小便池——我想起我系裤子时，那个上厕所的馆员转身掏本的形象。馆员收集，馆长汇总，一定是这样。我勃然大怒，像撕馆长的脸皮那样撕碎那些罪状，砸向进门的馆长。我还砸了馆长的杯子，馆长桌上的玻璃也顺便碎了。学校批评了馆长，而我却要被撵出图书馆。档案室之后呢，难道让我看澡堂不成？

为什么不去档案室？那是个很清闲的地方。主任一脸诚恳和不解。

不去，我就是不去，随你们怎么着吧。我怎么解释，不甘心被馆长逼走，怕没法向乔丽交代，怕我变成一件覆盖着灰尘被人遗忘的档案？

你休息几天，好好考虑一下。主任一番苦口婆心的劝说之后，起身告辞。

我继续躺着，突然之间，我意识到罢工实属下策，他们会以为我屈服了呢。不行，得去，我倒要看看，谁能把我从图书馆拖走。

馆长从未有过的热情，微笑在硕大的脸上膨胀。他想和我握手，我没理他，他追在我身后说，吴关，老兄多有得罪，你不要计较啊。

馆员们找各种借口和我说话，一个还让我尝他新买的白茶。那情形，好像我是凯旋的英雄，就差鲜花了。我甚是纳闷，他们怕我反戈，还是同情我？我没工夫细想，因为我坐下不久，那个家伙就出现了。

他穿一件带帽的雨衣，整个背影愈加模糊。尽管有点儿风，但日头白花花的，他为什么穿雨衣，难道他知道暴雨躲在酷日后面？让我变成骆驼祥子？两旁是无边的麦浪，我和他在波浪中扑腾，随时会被淹没。乡间土路坑坑洼洼，加上厚重的雨衣，他跑得并不快，但我依然追不上他。那是一幅美丽的画卷，蓝色的天空，金色的麦浪，粉红色的雨衣……突然，一张略带忧伤的面孔闪出，难道是她？为什么扮成这样？她要引我去哪儿？我还追不追？我犹豫起来，但脚步并没有放缓。

她是我参加一次研讨活动认识的，年龄相近，说话投机，若说擦出爱的火花可能矫情，但彼此眼睛里流露的情意难以掩饰。散会前一天，与会者纷纷离去，本来我也打算当天走，听她说明天走，我临时改了主意。她像个孩子一样兴奋，拍手道，太好了！也许是意识到不对味儿，她的脸有些红。我的心跳加速。和乔丽结婚后，我没和别的女人有过深交。坦白地说，我没想背叛乔丽，我俩的婚姻平和、朴实、安稳。总的讲，我是一个安分的人。但人安分并不意味着所有的念头都安分，对浪漫的向往不时跳出。她是我的浪漫天使吗？肯定是的。我和她吃过玛卡西餐，喝掉那一瓶红酒，披着昏黄的灯光回到酒店，进入我的房间。我们没有疯狂地扑向对方，没有。我给她泡一杯茶，开始聊天。话题乱七八糟，甚至可笑。聊天只是序幕，我期待着那一刻，但又有些不安——这使我多了几分怯懦。她也是期待的，她的目光不无鼓励成分，就差说，来吧，我们上床吧。如果她那样说，我不会让她失望。我等待着，等待什么我并不明白，也许等她那么说。我们像两个白痴，说话没有任何评判，只是傻傻地互相附和。稍有停顿，总是不约而同地喝水。背在冒汗，嗓子也干，只有喝水。直到深夜，被欲望燃烧的两个人依然极有礼貌地保持着距离，她打个哈欠，征询地问我，不早了，我们休息吧？我嘴里跳跃着一句情话，蹦出嘴唇却变成，是啊，你早点儿歇着吧。关上门的那一刹那，我甩自己一个嘴巴！笨蛋！傻子！蠢货！懦夫！奇怪的是，我又有一点儿欣慰，我依然能坦然面对乔丽的眼睛。

　　萍水相逢，各奔东西，我从未想过和她联系。几个月后的一个夜晚，我正在客厅读书，接到一个电话，竟然是她。吴关吗？我是××呀……接着是抽泣声，我愣住，如果她没报出名字，我准以为是打错的。我小声喂了一声。我说过，我住的是一室一厅，厅不大，紧挨卧室。乔丽睡了，我怕惊醒她。我没地方躲，只能放低声音。但她不说话，抽泣的声音变大。一定有什么事，打电话给我，我意外中有些感动。但更多的是紧张，这可是在我家里啊。我催促几次，她终于哽哽咽咽地讲了。她刚出差回来，把丈夫和另一个女人堵在床上。吴关，我们为什么那么傻啊……我讷讷着，想起那个夜晚，她什么意思，反省吗？……吴关，过来陪我，现在就过来！她乞求并命令着，我下意识地窥一下墙上的钟，快十二点了，我和她相隔千里，这不是疯话吗？我让她冷静，她的情绪反而更加失控，几乎是威胁，你必须过来，不然我死给你！她把我看成最亲的人了，可是她怎么能……我不能责怪她，一个劲儿地说，冷静点儿，冷静点儿！半裸的乔丽出来，警惕而审视地盯着我。我冲乔丽挥手，让她去睡，但她对我的电话很感兴趣，没动。那边，失去理智的她依然大叫大嚷，我没有挂掉，现在她最需要安慰，可是，这边呢？我只好不停地说着冷静。我不敢说那是灵感，但确实扭转了被动局势，我突然冲她嚷起来，你疯了吗，连你老哥的话也听不进去？芝麻大点儿事，你就寻死觅活的，你还是不是男子汉？你把我老婆孩子惊醒了，你知道吗？如果你不听我的，我再不理你！

204

我不知乔丽什么时候离去的，也不知她什么时候挂断的，我失去了控制。天知道我说些什么疯话。我不知她怎么了，没敢再打电话过去，但我的心在她那边，我替她担忧。事后，我向乔丽解释，是大学一个同学。乔丽没有追问，可能是不屑于追问，我感觉到，她越来越不拿我当回事了。第二天，她打电话致歉，说昨晚昏了头云云。我说你想开就好，有机会我去看你。她说等着你啊，没有暧昧成分，很客气的一句话。再无联系。几个月后，她又打来电话，说评上本省一个享受津贴的专家。一年几次电话，都是大悲大喜之时，一个远方的人把你视为知己，可谓人生之幸。但我又怕接她电话，又怕又盼，我算怎么回事？我到底是他妈什么样的人？她又怎么回事？我一定要问问她。

　　麦浪没有尽头，前面是一条波光闪闪的大河。哈哈，你终于无路可逃了。

　　我的肩被拍了一下，麦浪、雨衣、大河突然消逝，馆员喊我吃饭，我摇摇头。我不在食堂吃饭已有时日了。馆员善意地解释，去外边吃，大家都去。部门聚餐经常有，我不想参加，可随即又想，我还是馆内的人，为什么要缺席？

　　馆内的人全部到齐，算馆长在内，四男三女。馆长没像往常一个人独占菜谱，让每人点一个。我点了蘑菇莜面。不知谁笑了一下，我意识到我又一次老土了，应该点个上档次但又不至于贵得没边的菜。可谁让我是农村出来的呢？我喜欢吃老家的菜。我没刻意隐瞒自己的出身，从来没有。但我有时又很敏感，背景是比职称更重要的身份识别码。

　　馆长致辞，每次都这样。这个分不清锈和莠、擅长打小报告、喜欢和女馆员对着图书苟合的家伙，在这样的场合像极了国家元首。当然，我承认，他的背景比在座任何一位都厉害。且慢！原来是欢送我的宴会，难怪……我愤然离席。

乔丽拒绝了我的求爱，说困了。这是个坚硬的理由，她跑那么长时间车，回家理应好好睡一觉。我不能养活她，不能给她一份稳定的工作，难道再剥夺她休息的权利？我被扎了一样缩回自己可耻的手。可是，以前并不是这样，无论我什么时候要她，她都很配合。从什么时候她有"派"了？是她跑车的时候，还是我被从讲台上扫下来的时候？记不清了。

　　我心情不好的时候喜欢做爱，也许这证明我确实是个没出息的男人，除了原始的宣泄方式，再无其他。现在这样的方式我都够不着了。难道乔丽……那个司机忽隐忽现，我不该怀疑乔丽，她不过累了，她对我的一切那么上心，从大老远买来核桃给我补脑，至今我的裤头袜子都是柔软的手搓洗。但我刹不住自己，他，把我折腾得生活乱套的家伙是不是那个车主兼司机？我在黑暗中回忆那个背影，寻找某些可识辨的记号。

　　我和乔丽谈对象的时候，有一天，我俩在巷子被一个长发青年拦住，他对我视而不见，要求和乔丽谈谈。乔丽说你认错人了，拉我就走。可是，我觉得他和乔丽不仅认识，而且关系非同寻常。我几次询问，都被乔丽支开。她那么爱我，她家人对我那么好，我不让自己胡思乱想。其实，乔丽不说我也能猜出来，谁没有过去呢？我和乔丽的婚礼上，长发青年也来捧场并喝得大醉，像优美的乐曲中突生杂音，我很是不快。我没责怪乔丽，但她觉出来了。那天晚上，就在我们迈入洞房的那天晚上，乔丽异常冷静地说，如果你后悔，现在还来得及，但我发誓，我是清白的。我没后悔，并验证了她的清白。长发青年消失了，或者说，死心了吧，我确实忘记了他。乔丽始终对车站，对车有割舍不掉的情结，换了几次活儿，她找了现在跑长途的差事，和那个长发青年一起跑——当然，他没了长发，也不再是青年，清瘦的脸被肌肉撑圆。我是偶然接乔丽时发现的，一眼就认出他。他冲我点点头，不热情，也不冷淡。乔丽亦无窘迫紧张之类的神色，淡淡地说我的老板。乔丽没解释，说明她没鬼。但是，我身上还是起了一些反应，尽管我没有追问。以前，她都是自己跑工作。曾有几个晚上，我悄悄守在车站对面，试图窥视跟踪她。我怕乔丽发现，也怕熟人甚至陌生人瞧出我的企图，我可是堂堂大学教师啊。没有发现什么，我放弃了那种勾当，可总觉什么东西罩在心上，挥之不去。

乔丽伸出一只手，我愣愣，突然明白，我赧然地说，你累了……乔丽贴住我。乔丽是在乎我的，我这个卑鄙的傻子……我一跃而起。

他飘然而至，是在昏暗的楼梯间。这回可跑不掉了，一定要把他堵住。但一层又一层，似乎没有尽头。我不知是什么样的楼，壁上贴着计划生育宣传画、售楼信息、求职信息、出租信息、防盗知识、产品广告，写着修下水道的电话、一夜情电话、火警急救电话、贷款电话、治不育症电话，还有某某公司的规章制度，等等。我匆匆扫过，甚是诧异，难道世上还有无尽头的楼？

乔丽推我一下，我猛然醒悟，真是糟糕，我怎能在这种时候……我彻底软了，狼狈地滑下来。乔丽叹口气，吴关，咱再去看看吧。本来，我一肚子歉疚，听她如此讲，火气噌地冒出来。还好，我克制住了，只是抱着衣服，光着脚来到客厅。

我在纸上写出一些名字，试图用排除法确定那个家伙的身份。是的，只有解开第一个谜团，才能搞清我为什么追他。我是那样不由自主，被绳子牵着一样。校长、馆长、主任、同事、曾经的长发司机、她……另外一些我未打算写的名字突然从某个角落蹦出来，蚂蚱一样跳到纸上。怎么可能？我久久盯着他们，他们是我的亲戚、乡邻。那些面孔在洁白的用他们的麦秸制造的纸上若隐若现。难道……他多次在田野奔跑，也许正是他们中的某一个。我愣在那儿，目光却被灼了，惶然却无路可逃。

我不愿提及我三叔，他是一面镜子，照出我的忘恩负义。我父母早逝，三叔把我带大，并供养我上大学。三叔怕老婆，那个瘦得牙签一样的女人动辄把三叔斥骂一顿。三叔什么都由她，只在养我的问题上没有让步。一年冬天，"牙签"把我和三叔关在门外，三叔和我在柴垛躲了一夜。我知道我连累了三叔，想离开。三叔生气地教训我，说吃得苦中苦，方为人上人，并拿韩信、姜子牙这类故事激励我。三叔喜欢听书，肚里装了许许多多的故事。三叔说只要我争气，将来混出模样，他受点儿委屈不算啥。我在寒冷中，在麦秸的香气中，一遍一遍流泪。我那么争气——三叔原话——与我生活的家庭大有关系。我接到大学录取通知书那天，三叔比我还兴奋，他拿着通知书挨门挨户宣布，仿佛那是全村的喜讯。三叔第一次自作主张，杀了两只鸡，邀请村长及村里的头面人物吃喜宴，没看女人眼色就擅自宣布，三叔砸锅卖铁也要供你。三叔女人没有责怨，至少嘴上没有，也许觉得我能给这个家带来财运，或者相信村长讲的小投入大回报。因我是村里第一个大学生，村里奖了五百块钱。嘿呀，曙光已显。我顺利念完大学，顺利留在城里，还是大学老师，三叔不但在家里，而且在村里也扬眉吐气。

我领了第一个月工资，留下生活费，余下的当天就寄回去了。每次放假回去，我都给三叔和那个女人买礼物。三叔责怪我乱花钱，但喜悦溢于言表。后来，我回的次数少了，但仍给三叔寄钱。我的借口是要在假期做家教，挣些外快，这是真的。我不想回去的另一个原因是，每次回去，三叔串门必定带上我，仿佛我是他的旗帜。三叔的夸耀不无吹嘘成分，我多么多么能。我极不舒服，我明白自己几斤几两。

我和乔丽恋爱，往回寄的钱少了，有心无力呀。三叔家老娃结婚，三叔打电话给我，还缺一万块钱。这是大事，我不能逃避，东凑西借。

说到这儿，我不得不提乔丽，她真是贤惠，有几千块钱是她跟亲戚借的。三叔让我给老娃在城里找个差事，还说女方当初就是因为有我这样一个哥才同意的。我不过一个教师，哪有这样的本事？三叔说，有你一口饭，就得有老娃一口饭。我找了几十个关系，总算给老娃在乡中学谋了份烧水的差事。三叔不甚满意，好在同意先"凑合干着"。

除了三叔，还有别的亲戚乡邻不断找上门，有的自我介绍，有的带着三叔口信。他们让我办的事五花八门，看病，找工作，打官司，他们不信我没能力，是办与不办的问题。你直接办不了，托人，人托人，可以托到天安门，他们如是说，让我给乡政府、县政府打电话。村里一个窃贼被抓住，家属让我想办法。我婉拒后，三叔来了电话，说窃贼没吃过窝边草，家属求他几次了，让我一定想办法，找法院院长说情，少判几年也好。我有些恼火，说法院朝哪边儿开门我都搞不清。三叔说那就托市长的关系，让市长打个招呼。我不知该笑还是该叫，电话那端，三叔声音气呼呼的，算三叔求你。我挂了电话，第一次粗暴无情地掐断三叔的声音。

上次回家是一年前，三叔又看那个女人眼色行事了，也没了带我串门的兴致，甚至怕人知道我回来。在这一点儿上，我与三叔心思一样。但三叔贼眉鼠眼关门的动作还是刺痛我了。家里没地位，村里没面子，三叔的处境是我造成的，是我的罪过。我没吃饭，搁下东西，匆匆逃离。人可以逃，但有些东西永远逃不掉的。

我和校长吵起来，如果我不服从安排，学校就要停发我的工资。我岂能轻易就范？主任想把我拖出校长办公室，我狠狠甩开他。后来，乔丽就来了，一定是主任给她打了电话。她煞白着脸，边给校长说对不起，边拽我。完了，我痛心地想。我怕乔丽知道我又一次被贬，我夸下海口，半年之内，我定会重上讲台，我会评上副教授、教授，她自然会成为副教授夫人、教授夫人，可以免费在学校浴室洗澡。我怕吓着乔丽，由她拽着离开。在学校门口，我突然挣脱她，奔跑起来。可能是她说要带我去医院，也可能是他闪了那么一下，我失控了。

　　我在车流、人流、小贩摊位间穿梭，先前还躲避着，后来我眼里只有那个模模糊糊的背影了。我听见刹车声和愤怒的叫骂声，还有各种分贝的惊呼。我奔跑着，从石北街拐上岭南路，又由范西街拐上桥东路，然后奔上高速路。我和夏利、红旗、桑塔纳赛跑，和宝马、奥迪、凯迪拉克赛跑。那个背影消逝了，但我知道他在前面。

　　蓦地，一个疑团飘过来：我是真的在跑，还是在虚妄的想象中奔跑？我回想我经历的那一切，校长、乔丽、他……但是，我搞不清了。天呐，我几乎要喊了，我是在脑子里奔跑，还是在这个真实的世界奔跑？我四顾，试图找出答案。可是不能，什么也分辨不出，我只知道我在跑，我停不下来。

谁吃了我的麦子

鼻子最灵的两个人，一个是吴根，另一个是黄牙。

　　麦子泛黄，吴根就闻见香味了，轻轻的、浅浅的，半遮半掩，像害羞的小媳妇。日头呷摸几遍，在与秋风的拥抱缠绵中，香味黏稠了，浓浓烈烈，在田野上卷来滚去。然后香味砰地炸开，肆无忌惮，横冲直撞，飞离大地，飞越村庄，飞到河岸那边。

　　吴根站在自家院里，踩着板凳往房檐挂辣椒。女人听吴根哎呀一声，心一慌，丢下铲子往外跑。女人却见吴根依旧踩在凳子上，只是仰面朝天，鼻孔大张。女人问咋了，吴根痴了一样。女人又问，吴根反问她闻见没？女人问什么？不由抽抽鼻子，说什么也没闻出来。吴根让她再闻，女人像吴根一样仰面朝天，张大鼻孔。吴根问，咋样？女人忽然骂，饼煳了，你个驴！吴根自言自语，饼煳还不是常事？女人烙饼多数都是黑脸。

　　吃饭中间，女人唠叨，看看，成张飞脸了。吴根说，麦子熟了。女人撇嘴，吴根说，麦子熟了。女人说，快吃吧，吃也堵不住嘴。吴根说，麦子熟了，你闻不见？女人说，我知道麦子熟了，辛苦一年等的不就这一天吗？你哭丧个脸干啥？吴根问，我哭丧了？女人说，照镜子去！吴根说，我不照，老脸有什么好照的？女人说，我要吃饭。吴根大声说，麦子熟了！女人吓一跳，骂，疯了？吴根失神地说，黄牙又该来了。女人迟疑一下，说，他该来了。吴根骂，狗东西。

麦子泛黄的时候，吴根喜欢在田野溜达，闻着淡淡的麦香，心里喜滋滋的，如同追了多时的女人终于答应他过门。这是吴根最幸福的时刻。麦香渐浓，吴根却难过了。麦子一熟，黄牙就要来。吴根讨厌他，甚至是恨，但吴根躲不开他。整个村庄，谁又能离开黄牙呢？

傍晚，吴根去了趟麦田。暮色中，麦子像披着凯甲的士兵，一脸的庄严肃穆。他看着它们，它们也看他。他是头儿，是它们的魂儿，可它们不知道他要背叛它们了。秋风荡过，吹落一声叹息。吴根摸一个麦穗，轻轻捻着，那个念头就这样被捻出来。你个黄牙，吴根冷笑一声。

黄牙追着麦子的香味进了村庄。黄牙是个粮食贩子，来的时候车上装的是面，走的时候则是麦子。吴根听见黄牙的吆喝，依然忙自己的。女人提醒吴根，他说不换。女人说，没面了，不换吃啥？吴根说，饿不着你。女人气鼓鼓地哼了一声，不再理他。

不久，黄牙的车开到门口，哪家换了哪家没换，黄牙清清楚楚。黄牙是个精油子。吴根说，不打算换了。黄牙说，你的面快完了吧，不换吃啥？吴根不冷不热地说，这就不用你操心了。黄牙不愠不恼，抽出烟给吴根，吴根没接。黄牙说，怎么？嫌给得少？年年给别人七十斤，给你七十二斤，我知道你的麦子好，很照顾你的。今年给你七十五吧，咋样？吴根说，我说不换就不换。黄牙狐疑地问，别的贩子来过，给你多少？吴根说，你别费唾沫了。黄牙说，不是什么秘密吧？能不能告诉我怎么回事？

吴根盯黄牙一会儿，一字一顿地说，我想吃自己的麦子。

黄牙愣了愣，问，磨自己的麦子？

吴根说是。

黄牙突然哈哈大笑，就像吴根说自己造飞机一样。

吴根恼火地瞪着他。

黄牙说，老吴，你脑子没问题吧？……好，算我没说，是我脑子出了问题。

吴根暗暗骂娘。要说也没什么道理，黄牙不是恶人，从某种程度上，他应算村庄的恩人。因为有了黄牙，村民不再费力费时淘麦磨面，有时直接从地头拉面回家。可也正是黄牙，吴根吃不上自己的麦子磨的面了。吴根不知道黄牙把换去的麦子拉哪儿了，但吃的面肯定不是自己的。快十年了，自己种地的吴根一直吃着别人的面。面也不错，可吴根总觉得味道不对，每次吃饭，心里十分别扭。吴根对黄牙的怨气就这样慢慢长出来。可是不管怎样讨厌，却离不开黄牙，谁也不能把整粒麦子吞进肚里不是？因为离不开，那怨便一层一层地积累成恨。吴根总得有个怨恨对象，他总不能怨自己的麦子吧？只是以往，他一边揣着怨，一边吃着黄牙那儿换来的面，现在他打定主意，不再和黄牙打交道了。

他要吃自己的麦面。

自己的麦面。

自己的。

麦面。

吴根抻着脖子，仿佛吞咽着什么。他是一个老实的庄稼人，没想过发横财，没想过弄个村官当当，也没想和任何人过不去，他只想吃上自己的麦面。谁也拦不住他。

第二天，吴根在自家大锅里淘麦。割麦、打麦、扬麦、淘麦、磨麦，哪个过程都马虎不得，但淘麦是金黄的麦子变成雪白的面粉最重要的关口，淘不出沙粒，面粉会硌牙，淘不尽空麦壳，面粉颜色发暗。吴根是淘麦好手，过去谁家淘麦都找吴根，吴根随叫随到，没要过谁的工钱，管顿饭即可。吴根赢得了口碑，也练就了更精湛的淘麦手艺。

重温过去，吴根忧伤而兴奋，毕竟多年没淘，胳膊生了锈一样不听使唤。一袋麦子淘出来，吴根浑身都湿了。女人在一旁冷嘲热讽，说吴根不知哪根筋抽了，村里百十户人家谁不吃换来的面粉，换来的面粉又有啥不好？有这工夫，还不如捡几筐牛粪。吴根没理她，这不是什么丢人的事，他不管别人怎么说。像张豁子有家有口的，半夜敲王三家的门，被浇一盆冷水，那才丢脸。吴根没惹谁，不过是实现自己的一个梦想。他想，你等着吧，吃了自己的面，保准你笑得满脸花。

淘完，天色已经暗了，吴根伸伸腰，去找张豁子。吴根不大看得起他，张豁子不止敲王三家的门，据说还在镇上的洗头城干过什么勾当。可张豁子有三轮车，又跑镇上，只能找他。村里原先有个磨坊，是二米家的，挺红火。自黄牙的吆喝在街上响起，磨坊的生意就淡了，不死不活拖了一年，关了。卖磨面机的时候，二米女人还哭了一鼻子。现在二米家吃的也是黄牙的面。邻村的磨坊也是这样的命运。全镇只有一家面粉厂了，吴根要磨面只能到镇上。女人终究是心疼吴根，让吴根吃了饭去。吴根说不饿。他不是和女人怄气，确实不饿。虽然只是早上吃了点儿东西，可除了吃的，肚里还装了别的。说了，女人也未必懂，还是不说吧。女人让他快去快回，吴根哎哎几声，女人只是刀子嘴。

吴根在张豁子家等了很久才等见张豁子。张豁子骂骂咧咧，说半路坏了车。吴根紧张地问修好没有，张豁子说当然修好了，修不好我咋能回来？张豁子问吴根干什么，吴根说了。张豁子似乎没听明白，又问一遍才瞪大眼，黄牙不换给你？吴根说不是，他要吃自己的面。张豁子问，干吗要吃自己的面，自己的面好吃？吴根不知怎么回答，自己的面当然好吃，但他不单单是为了好吃。他知道和张豁子这种人解释不清，也不想和他解释。吴根说，你给拉到镇上就是。张豁子说，城里人也没这么多讲究，你……拉就拉吧，反正我天天去。吴根问运费，张豁子说你看着给，随便几个都行。吴根让张豁子一定说个数，张豁子说到时再说，我不指望挣你的钱。吴根想，张豁子有时也挺像个人，当下和张豁子约定了时间。

张豁子把吴根拉到面粉厂门口，卸下麦子，答应晚上再来拉他。是个大厂，水泥门墩有两人高，吴根拍了拍，好像见到久违的朋友。其实挺简单，不就三十里路嘛，早该这么做了。怨黄牙没道理，黄牙也要挣饭吃嘛。怪只怪自己太懒惰。

吴根把八袋麦子背到一排房前，一个阔脸男人问吴根，换面？又说再等几分钟，验麦子的还没到。吴根说，我不是换，我想把自己的麦子磨成面。阔脸男人看吴根一眼，突然鬼哭狼嚎。吴根吓一跳。原来是阔脸男人腰里的手机在叫。吴根不知阔脸男人的手机咋这么个叫法，吴根的儿子也有手机，是一个女人在唱，很好听的。儿子在城里打工，但手机是吴根出钱买的。儿子总是挣不到工钱。也许因为阔脸男人是面粉厂的，也可能由阔脸男人的手机想到儿子，吴根看阔脸男人的目光暖洋洋的。

但阔脸男人却不再理吴根，他一脸不耐烦。昨晚不是说了吗？怎么还问……我在厂子里……陪一个大客户打一夜牌……我能去哪儿过夜？……你不信就算了……哭什么？我怎么你了？别死呀活呀地吓唬我……

阔脸男人火气十足，吴根被烤了似的，扑脸的热。

你说什么？阔脸男人终于挂了电话。

吴根让自己的脸绽开，我想磨面，用自己的麦子磨面。

阔脸男人说，换可以，不磨。

吴根蒙了，这不是面粉厂吗？

阔脸男人说，当然了，不是养猪场。

吴根问，面粉厂怎么可以不磨面？吴根生气了，只是那气只在胸里涌动。

阔脸男人说，不对外加工，除非万斤以上的。有现成的面，你换就是了。

换面还用跑这么远？不能白跑，吴根想再和阔脸男人说说，忽然又是一阵鬼哭狼嚎。

阔脸男人的眉头皱得烂布一样，拽出手机，眼睛顿时眯成一条细线，声音也软唧唧的，离开这么一会儿就想我了？……算账？算什么账？阔脸男人嘎嘎大笑，我没那么厉害，和你在一起就不一样了……起来吧，小懒虫……别赖床了……晚上当然去了，你不是腿疼吗？我得给你治啊……嘎嘎……行了行了，我都站不住了……好，宝贝儿！

干吗自己磨？阔脸男人心情似乎不错。

吴根说，我想吃自己的麦子。

阔脸男人眼神怪怪的，为啥？自己的麦子好吃？

吴根浅浅地吐出个是。

阔脸男人问，你的意思是换的面不好吃了？

吴根说，我没那个意思。他不想说那么多，阔脸男人再长一颗脑袋也未必懂。

阔脸男人说，别啰唆，换就换，不换背出去，别挡地儿，一会儿要进大车呢。

吴根咬咬牙，我多给加工费。

阔脸男人说，行啊，一斤一块。阔脸男人冷笑两声，撇下吴根走了。

吴根好像被砸了一锤，半天才缓过劲儿。吴根呆呆站了一会儿，一袋一袋背到大门外。一斤一块，宰人也没这么个宰法。有什么了不起？死了张屠户，不吃带毛猪。吴根怒冲冲的，那阔脸欠撕。别无他法，只能等张豁子了。日头渐高，吴根的怨恨一点点散了，只剩下疑惑。为什么不对外加工？想不明白，无论如何想不明白。除了镇里，

217

又能去哪里加工呢？难怪黄牙嘲笑他，还真是难呢。中午时分，吴根到对面商铺买了两个麻饼。不时有车或人进出面粉厂，但没人理吴根。后半晌，一辆三轮车终于停在吴根身边，问吴根要不要雇车。吴根摇头。吴根望着街道尽头，目光空洞。受罪呢，真是受罪，也许不该有这么个荒唐想法。十年了，都是等着黄牙送面上门。村里人已经习惯，他怎么就不舒服呢？他不知道自己的麦子谁吃了，可他吃的麦子，麦子主人也不知道是不？就像自己的孩子让人抱走，而自己也抱了别人的孩子，寻不到原来的，这个就相当于自己的，干吗不待见呢？这么一想，吴根似乎想通了。管他呢，换就换吧，不折腾了，也没的折腾了。

吴根背起袋子准备进去，迎头撞上阔脸男人。阔脸男人笑笑，想通了，背那边儿去。吴根像被人抽了一鞭子，脸火辣辣的。这一鞭子将他抽醒，背着袋子大步离开。身后有人骂神经病什么的。吴根想真是糊涂，自己的孩子并未被人抱走，他是故意往别人怀里送啊。他怎么可以把孩子送给别人？折腾一番，吴根又是一身汗。这个面粉厂不行，再找找别的，不信就找不见。吴根不是怄气，他种一辈子地，不过想吃一回自己的麦粉，他怎么会让自己的心愿残花一样飘落？

麦子又被拉回。张豁子劝吴根别做傻事，还是和黄牙换，不值得来回跑。吴根不想和他争执，任凭张豁子喋喋不休。对别人当然不值得，每个人的"值得"不同，比如张豁子，半夜敲别人门值得，对吴根则是辱没门风。吃自己的麦子，对吴根值得，张豁子懂什么？卸完，吴根问张豁子多少钱。张豁子说给个油钱算了，三十吧。吴根吃了一惊，雇车也不过二十，他等了整整一天啊。吴根疑惑地问，三十？张豁子说，三十，现在油贵，别人我怎么也得要四十。吴根没和他争执，丢给他。争得脸红脖子粗没意思，吃个哑巴亏吧。谁让他相信张豁子呢？张豁子说用车打招呼，吴根冲他背影吐口唾沫。

麦子没磨成，白扔三十块钱，女人数落吴根，见吴根沉着脸不说话，马上住嘴。吴根让女人煮几碗麦子，女人问干啥，吃也煮不了这么多，吴根说当干粮。女人愕然，你要出门？吴根点头。女人明白了吴根的意思，劝他别和自己过不去。吴根说，你甭管。女人叹口气，说，还有点儿面，烙几张饼吧？吴根大声说，我要吃自己的麦子！

吴根揣着女人煮的麦子上路了，他要寻找一家给他磨麦的面粉厂。吴根没见过真正的地图，但他心里有一张地图，是周边的村村庄庄。他不但要走完心中的地图，还要走到地图外。就这样，吴根从这个村庄到另一个村庄，饿了吃自己的煮麦子和咸菜，渴了随便和哪个村户讨一口。傍黑，吴根的身影会出现在村口。女人不再劝吴根，除了早早备好饭，还烧好水让吴根泡脚。

数日过去，吴根仍然没找到。那些村庄都曾有过磨坊，都是几年前的事。遇多嘴的人问吴根那个问题，吴根也不解释，笑笑，离开。总能找见的，他想。

一个孤独的身影在乡间路上奔波。

一天返回途中，自行车胎破了，没地方补，吴根推着走。夜色凝重，但吴根的眼睛雪亮，能辨出哪是小路，哪是大路。偶尔，吴根会哼哼一曲，那是儿子手机里的歌。吴根没听全，自然只会哼那几声。当然，吴根的哼很难听，甭说当着儿子面，就是和女人在一起也没哼过。可是在这个夜晚，他哼出来，自然、放松。吴根没少走夜路，早年邻村有电影，村里的人蜂一样飞去。说起来，他和女人是在看电影的路上有了意思，而后才找媒人。夜路没少走，但多数人相跟着走，至少也是两人，比如他和女人那次。一个人走夜路还是第一次，而且是多年没走过，吴根没一点儿害怕，反觉惬意，如果不是寻找磨坊，他真不知走夜路这样好。他哼着小曲，秋风哼着大曲。小曲是儿子的，大曲是田野的，吴根似乎看见儿子在田野歌唱。他把自行车扛在肩上，有一种飞翔的感觉。

回家是后半夜了，吴根没有丝毫倦意，反一脸喜色，眼睛灼亮，女人正打盹，问清楚没什么事，忙着给他热饭。女人让吴根自己吃，她实在困得不行了，抱怨说明儿就是让狼叼走她也不再等。吴根叫住女人。女人问他还要啥，同时打个哈欠。吴根捉了女人的手，往近扯扯。二十多年前，他就是这么捉女人的。女人愣了一下，骂老不正经，就要抽。吴根轻声道，别动！我只想捉捉你的手，还记得那个夜晚吗？你的手心全是汗。女人说，你发烧了吧？什么……女人突然顿住，像受了惊吓，表情惊骇，很快，大块大块的红晕爬上脸，她的目光渐渐柔软润湿，身子也被水泡了似的，湿得没了力度，一点儿点儿软下去，软在吴根怀里。

女人还在被子里歪着，吴根就爬起来。女人咕哝，哪来的精神，又沉沉睡去。吴根笑笑，哪来的精神？他自己也不明白。吴根补了胎，背着女人昨晚煮好的麦子，回到路上。不错，回到路上。磨坊没着落，但他在路上找到了别的。

吴根穿行于村庄，那些散落在大地各个旮旯的村庄。遇到热闹的镇，他就绕开。镇上肯定有面粉厂，未必都像营盘镇的面粉厂不对外加工，至少该去问问。但他没问。并不是一次被蛇咬怕了，他不是怕，不怕再碰见个阔脸男人，他就是想找找，想找见一个还有磨坊的村庄。他似乎不只是为磨麦而寻找了。当然，麦还要磨，实在找不见，他会去那些镇里碰一碰。但现在他总是绕过它们。他想起早年看过的电影，把自己想象成送信的民兵，遇到碉堡总要绕行。

那个日子天阴着，云朵挤着云朵，随时要落到地上。女人拦吴根，没拦住。女人说，你不要命了？你不要命我还要脸呢。吴根听她话茬儿不对，问她什么意思。女人说走嘴，索性敞开，说整个村子都在笑话吴根，说吴根脑子出了问题。吴根哈哈大笑。女人立刻顿住，嘴巴

220

张得老大。然后，吴根指着自己，一字一顿地说，你说，我脑子是不是出了问题？女人已经没了刚才的激动，小声说，我说有什么用？吴根说，干吗在意别人？来，让我捉捉手。女人似乎想砸吴根一拳，当然，落在了吴根手心。女人给吴根带了雨具，嘱咐他千万别顶着雨走。吴根说又不是三岁孩子。走出一段，吴根回头，女人仍在门口站着，吴根心里忽然有一种异样的感觉。就是这一刻，吴根意识到自己和村里男人的不一样，绝非脑子，而是心性。哪个五十岁的男人在出门时想捉捉女人的手？哪个五十岁的男人看见自己的女人会涌上热辣的感觉？他们怕是永远不会懂得。他为自己的不一样生出一丝傲气。像他这样普通得不能再普通的男人，傲气本来不属于他。

就是那天，吴根遇见黄牙了。落雨了，吴根在一个镇的加油站躲雨。黄牙一副怪样儿，老吴，听说你满世界找磨坊，找见了？老实说，再往前几天，吴根是怕碰见黄牙的，当然不是惧怕。现在，吴根不怕了，大大方方地说，没有，还在找。黄牙说，当年找媳妇也没这么费劲吧？吴根说是啊，媳妇懂得往怀里扑。黄牙问，还准备继续找？吴根骄傲地说，当然。黄牙说，我到现在也不明白。吴根嘿嘿笑，你永远也不会明白。吴根迎视着黄牙，又目送黄牙离去，神态坦然。

找见磨坊是二十天后了，那是个叫骆驼沟的村庄，但吴根并未见到骆驼。磨坊主人四十左右，神情寡淡。吴根说明来意，男人说早就不磨了。吴根一愣，问为啥？男人冷冷地说不为啥，一年前就不磨了。吴根神情激奋，你知道我找了多少天吗？二十多天呢，算起来有四五千里，怎么不磨呢？男人吃惊地问，走了多少里？吴根重复，掏出烟敬上。男人吸几口，说正联系着卖呢。吴根问，为啥？这时，门那边有响动，一个拄着双拐的女人出来了。吴根没见过这么瘦的人，像一根包着皮的拐杖。男人说风这么大，出来干啥？女人说两天没晒太阳了。声音拐杖一样细而硬。

男人回头，对吴根说，我肯定要卖了。吴根有些明白了，问男人能不能再给自己磨一次麦。吴根望着男人，目光充满期待。男人问吴根同样的问题，吴根老老实实地说，我就想吃自己种的麦子，兄弟，我跑了一百多个村子呀，你帮帮我这个忙。男人飞快扫女人一眼，真的？吴根举起手指，我对天发誓。

男人不大情愿，但总算答应。吴根真想拥抱他一下，瞥瞥那个女人，还是忍住。

第二天黎明吴根就上路了，借的是老毛的驴车。不管多远，吴根也不会雇张豁子的车了，哪怕他一分钱不要。村里有驴车的有两三家。老毛叮嘱吴根别饿着他的驴，所以吴根的车上拉了两袋青草。吴根还带了两瓶酒，并从小卖部割了二斤肉。女人问吴根，你是磨面还是送礼？吴根说都有。他脑海里总是晃着那瘦瘦的"拐杖"。

男人一改昨日的寡淡，热情许多。磨完，非要留吴根吃饭，强调说以前路远来磨面的，他都管饭。"拐杖"张罗做饭，男人不让，执意把她抱到炕上，男人责备中含着疼爱。吴根给男人打下手，两人边干边聊，吴根知道了男人的一些情况。几年前，男人借钱买了这台磨面机，钱没还完，生意就不行了。而女人在一次车祸中受了重伤，日子一天不如一天。女人早就让他卖掉磨面机，可他舍不得，一拖再拖，拖得磨面机越发不值钱，两人为此没少吵。不过，他终于下定决心，放那儿只是废铁，家里到处用钱。如果吴根晚来几天，也许就磨不成了。吴根一面唏嘘，一面庆幸。

两人喝得痛快，说得也痛快，像多年的知己。吴根说男人是个重情义的，对一台机器都这般好，别的可以想见。男人说吴根才值得敬重，为了吃自己的麦子，不惜跑几千里路。吴根说男人让他实现了心愿，男人说吴根也给了他实现心愿的机会。男人想磨最后一次麦子，可是居然没人上门，总不能去求别人磨麦吧。在等待中，他的脾气变坏，发誓就是有人来也不磨，所以开始对吴根怠慢了。

　　吴根掏钱，男人说什么也不要。拉扯中，吴根说，兄弟，实说了吧，你不光让我实现了心愿，在找你的过程中，我脑海里多了一盏灯，你是我的福星呀。男人眼睛亮亮的，我也告你个实话，日子窝心，我快被拖垮了，听了你的事，我的心变宽了，几个加工费算啥？两人不约而同地笑了。男人提议吴根住一夜，吴根瞄一眼"拐杖"，说家里惦记呢。

　　吴根晕晕乎乎上路。他没喝醉，他怎么能醉呢？但他晕，他喜欢晕，晕乎的感觉是这样好。吴根又哼起小曲，儿子的小曲。迎头过来一辆货车，喇叭叫了一声，驴突然撒蹄狂奔。慌乱中，缰绳飞出手，吴根急着去抓，车颠了一下，吴根麻包般甩出去……

　　吴根醒来，已躺在医院。看到女人，吴根颤声问，面呢，我磨的面在不在了？女人红着眼圈，还惦记面？我差点没见着你，亏得老毛和他两个儿子。吴根问驴没事吧，女人说驴倒是没事，车毁了，老毛心疼得直跺脚。吴根说我赔他辆新车，随后又小心翼翼地问，面在不？女人说放心吧。吴根长长舒口气，这时才感觉身子裂开似的疼。

　　数日后，吴根回到家，迫不及待地让女人发面，他馋了，几乎流口水了。女人蒸了一锅馒头，吴根捧一个馒头在手，心潮起伏。他终于能吃上自己的麦面了。咬了一口，吴根突然僵住，而后大叫，这不是我的麦面，我的麦面呢？眼泪横流，像受了委屈的孩子。

一个谜面有几个谜底

一

　　没错，那个戴手铐的人就是我。我耷拉着脑袋，不想让人看见我的脸。我不是害羞，有什么害羞的呢？老六说，害羞是怯懦的表现，是男人就不应该害羞。老六虽然高中毕业，但分析问题一针见血。老六的智商在小学阶段就显现出来了。有一次，胖子考试不及格，被他爹揍了一顿。胖子泪汪汪地哭诉，要把家里的柴火垛点了，老六及时劝阻了胖子。老六说出出气是必须的，但你的方式不对，点了柴火垛，没准能把房子引着，这样不合算。敌我矛盾和人民内部矛盾的处理办法绝不能一样，你这是人民内部矛盾，哪能用敌我矛盾的处理办法？胖子的眼珠快瞪出来了，他问老六有什么办法。老六想了想说，你家不是养了很多鸡吗？干脆就捉一只，一来惩罚你父母，二来你补补身体，脑袋没营养咋考及格？老六的话很对胖子的心思，胖子当下就要回去逮鸡。老六拦住胖子，劝他不能蛮干，然后如此这般地嘱咐一番。每天傍晚鸡上窝，胖子娘都要一只一只数，二十八只鸡一个不少才关鸡窝门，而在早上她是不数的。那天晚上她发现少了一只鸡时，那只鸡已在老六、胖子等人的肚里消化得差不多了。胖子娘怀疑让人逮了，骂了一晚上。胖子把娘骂人的话告诉了老六，老六说还得给她点儿颜

226

色看看，解决问题必须彻底。过了几天，胖子家又丢了一只鸡。胖子娘认定鸡窝里有黄鼠狼，结果揭开鸡窝盖，里面只有鸡粪。后来胖子撑不住，老实交代了。老六说胖子没出息，不然这案子永远是个谜。

让老六最出名的是老六念高二时的一件事。化学老师喜欢上了班里的文娱委员。文娱委员大名杨兰兰，外号小白菜。这么说，是她又白又嫩，别说掐一把，就是碰一下，没准也能喷你一脸水。当然，小白菜有一点名不副实，她不像小白菜结结实实，而是病病恹恹的，风一吹就倒的样子。化学老师大学毕业没多久，血气正旺，常把小白菜叫到他办公室辅导功课。小白菜的化学一塌糊涂，化学老师显然想把小白菜辅导到床上。各门功课中，老六化学最好，他和化学老师的关系不错。化学老师喜欢啃小白菜，学校都不管，老六更不会干那种狗拿耗子的事。问题出在陆雨身上。陆雨是老六的哥们儿，他也喜欢啃小白菜。化学老师没喜欢小白菜前，小白菜还让陆雨啃，化学老师喜欢上小白菜后，小白菜也和陆雨约会，但绝不让他啃了。陆雨很苦恼，如小白菜彻底回绝他，他也许就死心了。可小白菜若即若离的，折磨得陆雨几乎变成一棵腌白菜。老六家穷，饭量又大，一个月的饭票半个月就吃光了。老六常用陆雨的饭票，和陆雨的关系很铁，那几天陆雨吃不下饭，老六天天打肉菜。老六决定帮陆雨一把，他替陆雨分析了形势，认为小白菜也是喜欢陆雨的，现在她正处于摇摆状态。化学老师除了年龄比陆雨大点儿，并不占什么优势。现在问题的关键是谁下手快，下手狠，光打雷不下雨永远处于劣势。陆雨听从了老六的劝告，终于在一个星期六的夜晚将小白菜彻底啃了。事后，陆雨说小白菜掴了他一个耳光，但她没拒绝他。最后的结果是陆雨和小白菜均被学校开除了。老六很惭愧，觉得害了陆雨，他去送陆雨，陆雨咬着他耳朵说，你的主意真是不错，小白菜答应嫁给我，我不后悔。

我想老六，不是无缘无故的，老六说善于琢磨才能积累经验。

我故意背对着人群，我听到了人群中的议论，这家伙的背多宽呀。在我们坝上草原，男人的背都是宽宽的、平平的，柏油马路一般。可是宽能说明什么问题呢？背影常给人造成假象。老六的女朋友小丁就是用背影制造假象的人。

　　老六是在大街上认识小丁的。老六从饭馆出来，小丁恰好从门前走过。老六酒量大，可是他的女朋友王梅被人抢走以后，就不胜酒力了。老六仅仅喝了半瓶二锅头，就头昏脑涨的，眼前老是飞舞着蝴蝶。老六在燕北市混了四年了，喜欢喝二锅头的习惯没变。老六瞟了小丁一眼，一下被她的背影吸引了。小丁的肩翘着，像是长了翅膀，似乎一不小心就会飞起来。她的腰很细，臀部却很大，但绝不是肥大，而是饱满，如熟透的西瓜。蝴蝶变成了凤凰。老六说声我的娘，摇摇晃晃追上去，西瓜的香味几乎将老六熏倒。老六一路嗅着，穿过鑫鑫百货商店、飞毛腿网吧、老干娘食品店、爱仁堂药店，到十字路口时，小丁回了一下头。这时，老六正好走到小丁眼皮底下。老六情不自禁地呀了一声。老六太失望了，本想抢个火球，突然发现是冰块。小丁的脸又细又长，虽然肤色很白，但那几粒雀斑也因此格外耀眼。小丁从老六的失态中意识到什么，很有些恼怒。老六没觉出小丁的变化，他像是很不甘心，伸出手想把小丁的脸捏圆，把那几颗"铁砂子"抠出来。小丁狠狠捆了老六一巴掌，骂声流氓，转身就走。

　　小丁一转过身，老六就忘记了她的脸，那背影太迷人了。老六不声不响地追上去，他其实没什么明确目的，只是想看一看。小丁知道老六跟在身后，加快了脚步。小丁心情不好，出门又碰见了酒鬼，真是糟透了。小丁甩了半天，也没甩掉老六。小丁猛然回头，问老六究竟要干啥。老六咂了咂嘴，他口干舌燥的，很想喝一口水。老六说你太美了。老六是说小丁的背影太美了，小丁以为老六说她的脸，这分明是嘲讽她。小丁又骂句恶棍，让老六滚开，要不她就报警了。老六说我不是坏人，你看我这样的人像坏人吗？小丁盯着老六，似在琢磨老六的用意。老六一米七八，挺帅气，脸上没有坏相，但还不能说明老六不是坏人。小丁哼哼鼻子，继续走路。

老六跟在小丁身后，夸小丁的背影迷人，说我来城里这么多年，还是第一次看到呢。老六没有什么坏念头，对一个城里女人有坏念头有什么用？老六在燕北市没亲人，很孤独，他只想找个人说说话。小丁没理老六，继续走路。

小丁一直把老六领到派出所，老六傻眼了。小丁说老六耍流氓。小丁走了，老六被留下来。老六想分辩，但民警没给他机会。民警说老六满身酒气，让他醒了酒再说。老六在黑屋子里待了一下午，又待了一夜，直到第二天早上才提审他。老六想了一夜，已想好对策，因此没等民警询问，便痛哭流涕地说，我对不起党，对不起人民，对不起爹，对不起娘，对不起……民警喝住老六，问，姓名？民警一脸严肃。

老六端正地坐了，说，大名乔铁蛋，小名老六。

民警问，带身份证没有？

老六说，带了。

民警验了老六的身份证，问，为什么耍流氓？

老六说，我没耍流氓，民警同志，我没资格耍流氓啊，我性功能有障碍，看了好几年也没看好，我女友跟我吹了，不信，你检查嘛。

民警没料到老六这么说，他盯着结结实实的老六，问，为什么要跟着女同志？

老六红了眼圈说，她的背影像我的女朋友，我只是想看看她，我没有歹意啊。我要是有歹意，怎么会跟着她到派出所？我也是想糊涂了。

民警询问了一番，确信老六没什么恶劣行径，但要通知单位来领人。老六哭丧着脸说自己没单位，他在工地搞建筑，包工头跑了，到现在连工资都没要上。老六说想回到坝上，继续放他的羊，他不想再在燕北市待下去了，攒够了路费就走。

民警挺同情老六，老六走时，民警竟然掏出五十块钱，让老六做路费。民警说，城里不好混，尤其你这种没技术的，早回早好。老六的泪珠扑扑往下掉，说自己遇上了菩萨。

走出派出所，老六阳光灿烂。老六怎么会回坝上呢？不混出个样子，他绝不回去。

老六想找个地方喂喂肚子，一抬头看见了小丁。

二

老六高考落榜是自然而然的事。老六虽然聪明，但心思没往书上用，书本上的知识，什么也记不住。农村是一片广阔天地，大有作为，老六和伟人有共识。分数下来那天，许多同学把眼都哭肿了，老六却不，他对一个上了本科分数线的同学说，操，没想到我能考这么多，差点儿超过王梅。老六在街上转了一圈，买了二斤毛线、一只发卡，便回村了。王梅没来看分数，她知道自己考不上，让老六代看一眼就行。

一次，老六喝醉了，曾说他不是考不上大学，而是不想考。不想考，主要是为了王梅。老六和王梅念小学就好上了，一直好到高中。老六平时乐呵呵，可一旦王梅遭了男生的欺侮，老六的眉毛就拧成了小辫。老六个子大，拳头也硬，不少男生都吃过苦头。老六的拳头能砸烂土豆，在初中、高中的元旦晚会上，老六一直表演着他的传统节目：拳砸土豆。生土豆放在凳子上，老六一运气，嘿一声，土豆就裂开了。老六最高纪录砸了十一个土豆，他赢得了班主任和全班学生的喝彩，只是此后几天一直用左手使勺子。老六为啥能超常发挥？后来老六将秘密告诉胖子，此前，王梅让他亲了一口，老六激动得控制不住。

老六的审美标准和陆雨不一样，陆雨喜欢啃小白菜，老六却喜欢壮实的。王梅就是那种壮实的姑娘。老六是因为王梅才喜欢壮实呢，还是喜欢壮实，王梅正好符合了他的标准，不清楚。老六自己也说不清楚。不过，说王梅壮实不是说王梅长得像一口缸。王梅的身体素质好，线条也很优美。从前看，胸脯鼓得高高的，不是一堆肉，而是两只皮球，从后看，腰窄窄的，屁股大大的，不是无边无沿的大，而是恰如其分、适可而止。王梅的脸盘算不上漂亮，但是耐端详，加上身材的优势，确实够诱人的。老六说，王梅适宜生活在农村，能干活自是不必说，生孩子也是一把好手，就她那样的，甭愁缺奶水，一吸一嘟噜。老六把几年以后孩子吃奶的事都想到了。

王梅学习不好，原先也没指望考大学。老六宁愿陪着王梅考不上。什么是爱情？同甘苦，共患难。

老六为了王梅，死而无憾。王梅对老六也是一百个真心，老六那二斤毛线是王梅让他买的，王梅计划为老六织件毛衣。

问题出在王梅的父母身上。王梅的父母嫌老六家穷。老六上面有四个哥哥，有两个半娶了媳妇，还有一个至今单身。娶半个媳妇的是他二哥，那媳妇和他二哥过了没几年，跟人跑了。虽说老六下面还有个如花似玉的妹妹，但这并不能保证老六有钱。钱是个实实在在的东西，没有谁讨厌它。王梅的父母如此表现，在理。

王梅哭哭啼啼地说，老六，你得挣钱呢。

老六说，没关系，要月亮我摘不下来，要钱还不好说，不出两年，我让你父母眉开眼笑。

王梅信服地点点头。老六趁机狠狠啃了王梅一顿。老六本想使用陆雨对小白菜的手段，让王梅变成自己的人。可是王梅让他亲，让他摸，就是不让他脱裤子。王梅一边躲避一边红着脸说，迟早都是你的，你急啥？摘得太早是生瓜呢。老六住了手，他不愿吃生瓜。老六并不担心，王梅变成孙悟空，他就是如来佛。

老六承包了八十亩荒地，种纯籽胡麻。每亩地承包费十五块钱，加上籽种钱、化肥钱、播种费、收割费，每亩成本最多一百元。当时胡麻每斤一块八，按一亩地打一百五十斤计算，每亩毛收入二百七十元，纯收入达一百七十元，当年就能挣一万多块。乖乖，就这个速度，甭说一个王梅，三个王梅也娶到手了。

老六早出晚归，整日扑在地里。他不是种胡麻，是种媳妇呢。那一阵子，除了王梅帮老六，还有老六的妹妹乔小燕和我。那时，我和乔小燕正搞得天南地北，云遮雾罩。乔小燕和她六哥最好，我帮老六种地也是醉翁之意。

老六对待胡麻就像对待自己的孩子，一次乔小燕踩倒了几棵胡麻，被老六狠狠训了一顿。乔小燕委屈得直掉泪，那天，乔小燕连手都没让我挨。胡麻生了虫子，老六赶忙买来杀虫剂。可是喷了杀虫剂后，那些黑虫子不但没杀死，一夜之间竟长大了许多。老六后悔不迭，大骂化学老师。以老六当时在化学方面的发展，自己制个杀虫剂不成问题。但陆雨事件后，化学老师不知从哪儿得了信，自己的失败是由于老六从中出坏，便冷落了老六，老六的化学从此就荒废了。老六重新买了一种农药，才将肥硕的黑虫子杀死。

老六说，有耕耘就会有收获。可那年据说是厄尔尼诺现象影响，南方发洪水北方闹旱灾，老六的胡麻收成不好，除去各种费用，所剩无几。

老六没有泄气，道路是曲折的，前途是光明的。老六没在什么事上泄过气。第二年，老六在地里打了几口井，改种甜菜。老六同样用心，王梅、乔小燕、我同样尽心尽力帮他，全是义务劳动。甜菜丰收了，一铁锨挖一个，个个肥头大耳。老六说不但要给王梅买东西，还要给乔小燕和我买。老六让乔小燕拉个单子，他一块儿买回来。乔小燕先前说不要，后来又说她不要东西，她要自己买。老六明白了，说那就给你钱吧。我知道乔小燕怎么回事，她是想买胸罩。乔小燕的胸罩是自己缝的，不太好看。她那对小鹿似的奶子，怎么也得配副好胸罩。

我和老六卖甜菜回来，已是黄昏，老远就看见王梅和乔小燕在村口张望。我的心咯噔一下，老六瞅我一眼骂，你哭丧个脸干啥，快活点儿。

我快活不起来，我为老六委屈。怎么也没想到，今年糖价下跌，县糖厂处于半停产状态，甜菜价格低得不能再低。就这，想卖还轮不上呢，门口的车队有二里多长。老六找了他一个同学，才把甜菜处理掉。老六给了我点儿钱，让我给乔小燕买东西。我不好意思拿，老六拍着我的膀子说，还有来年呢，留得青山在，不怕没柴烧，一个男人必须让女人快乐。于是，我为乔小燕买了一副豆绿色的胸罩、一个布娃娃。老六为王梅买的是一个带耳机的小型录音机、一支口红。老六领着我在小摊上吃了两碗羊杂，喝了一瓶二锅头。

老六拥着王梅先走了。我拉着乔小燕的手，来到一片树林。我要乔小燕脱了衣服，给她戴上胸罩。乔小燕说不，我要自己戴，可她秀巧的手早就把扣子解了。乔小燕的乳房热乎乎的，我狠狠地捏了一下，捏得乔小燕泪汪汪的。乔小燕打了我一下，骂我粗鲁。我一不小心叹了口气，乔小燕问我怎么了。我实说了。末了我补充，老六说还有来年呢。乔小燕痴了半晌，问我明年还帮不帮老六了。我说当然要帮，乔小燕就让我再捏她的乳房，她让我轻些。乔小燕对老六是充满信心的。

王梅对老六也很有信心，但王梅的父母不这样看。老六尽管能折腾，但都两年了，没折腾出个子丑寅卯，照这样折腾下去，老六把王梅卖了都说不定。王梅的母亲的泼辣是出了名的，她警告王梅，老六没能耐，趁早滚得远远的，老六再登门，她就敲断老六的腿。王梅的母亲啥事都干得出来，早年一名村干部开她玩笑，想和她相好，云云。

233

大庭广众之下，王梅的母亲就要解裤带，吓得那名村干部比老鼠窜得都快。

　　老六有对付王梅的母亲的办法。王梅的母亲不让老六登门，老六就用暗号约会王梅。王梅家的厕所临街，厕所是土坯墙，墙上有缝，老六常把约会的纸条塞进缝里。王梅上厕所，先往缝里瞅瞅。王梅本不喜欢上厕所，可是自那以后，她对厕所有了感情，有事没事往厕所里跑。老六说，厕所是臭的，但爱情是香的。馒头香吧，可小麦是粪喂出来的。老六的地下爱情搞得神神秘秘，瞒住了王梅的母亲。王梅到底经验不足，有一天老六没塞纸条，她不死心，隔十分钟便去一趟厕所。王梅的母亲问王梅是不是闹肚子，王梅说不是。王梅不敢看母亲的眼睛，王梅的母亲起了疑心。王梅的母亲不屈不挠地在厕所内侦察，最终发现了秘密。王梅的母亲的嘴唇厚，仿佛是为了增强爆破力，说话常跳起来。那天，王梅的母亲也跳得很高，骂的话很难入耳。

　　秋末的夜晚寒意如水，可村外的树林里却热得人透不过气。王梅和老六正在树林里亲嘴。老六不喜欢接吻这个词，接吻太虚，没有亲嘴来得实在。王梅咬着老六的嘴，老六也咬着王梅的嘴，两人几乎窒息了。这时，老六又冒出那个念头，决定趁机把王梅办了。办了王梅，是对付王梅的母亲的最好办法。老六腾出一只手，往王梅的隐秘处步步逼近。快达到终点时，王梅忽然跳起来。王梅咬着老六的舌头，差点没把老六的舌头撕下来。老六说，咋，还没熟透？王梅委屈地说，你不施肥，没个熟透。老六说，我正要和你说这个事，我想去城里打工，有了钱再回村里干。王梅说，我支持你，城里的钱怎么也比村里的好挣，我娘数钱眼都是绿的，你没钱她是万万不答应的。老六说，我领你私奔你敢不敢？王梅说，有什么不敢的？只是……王梅犹豫了一下，说，老六你不忍心是吧？我要你正大光明地娶我。老六拍拍王梅的脸蛋，那当然。王梅说，你放心地走，我给你留着，到时让你连

234

渣子都吃进肚里。老六试探着说，要不先尝一口？尝一口与全吃掉滋味肯定不一样。王梅说，尝就尝，反正早晚是你的。老六正要动手，一束光探进树林，接着就是王梅的母亲的吆喝声。王梅小声说，我先回了，明天就不送你了。

第二天，老六背着一卷行李，去了燕北市。

三

老六看见小丁时，小丁正在对面的摊上买水果。老六太熟悉那背影了，她已刻在老六脑里，用刀子都刮不掉。老六第一感觉是生气，他不过看看她，她却把他领进派出所。就冲她那张脸，他犯不着强暴她呀。老六决定给小丁点儿颜色，这样想着，老六穿过马路。这时，两个瘦鬼样的后生正靠近小丁。老六立刻意识到，这是两小偷。一个后生挨住小丁，问水果的价钱，另一个后生迅速伸向小丁的皮包。老六直冲上去，握住后生的手腕，说，这是我女朋友。后生龇牙咧嘴地抽了一下，一连声说对不起。老六松开，俩家伙撒腿就跑。小丁哎了一声，问，你怎么放他俩跑了？老六说，怎么，把他们送到派出所？小丁看了看老六，退后一步，你要干啥？老六的样子有些可怕。老六问，你说，我对你怎么了？小丁骂句无赖，提上水果就走。老六不紧不慢地跟着，他怕小丁再把他领进派出所，边走边扫着两边的牌子。

小丁来到一个电脑培训部，她回头看了老六一眼，猛地将手里的水果扔在地上，冲进去。老六将食品袋捡起来，靠在门外的铁栏杆上。老六的肚子咕咕叫了，他从袋里拿出一个苹果瞧了瞧，又放进去。老六买了两个麻饼，狼吞虎咽吃起来，有几次噎出了眼泪。

老六等了一个多小时，小丁没出来。老六想了想，溜进一个能窥视电脑部的门店。又过了一刻钟，小丁走了出来。小丁四下张望了一会儿，急急忙忙离开。这一次，老六没有追上去，而是远远地跟着。中途，老六和小丁乘了同一辆公共汽车，小丁从前门上，老六从后门上。老六感到挺刺激。

老六一直跟着小丁走进那栋小楼。小丁掏出钥匙开门，觉得身后有动静，一回头，看见从天而降的老六，脸越发白了。小丁哆嗦着问，你要干呀啥？老六扬扬手中的水果袋，是你丢的吧？你别害怕，喏，这是我的身份证。小丁抖抖擞擞地看了老六的身份证，又丢给老六。身份证上的照片和老六一模一样，可身份证不能证明老六什么。人都有假，何况身份证？小丁说，苹果我不要了。小丁的意思是让老六赶紧走，老六把水果袋放在地上，说，我真的不是坏人。小丁镇静了一下，问，你究竟要干什么？老六说，一句两句说不清楚，找个人多的地方谈一谈，怎样？小丁横下心，你以为我怕你不成。

小丁要领老六去茶馆，老六却选择了饭馆。老六说，我饿着肚子呢，你请我一顿怎样？不是我，你的钱包就丢了，请我一顿你不吃亏。小丁说，我的钱包是空的。很难得地笑了笑，老六的心情也为之一爽。

两人选了个位置坐下，小丁要了几样菜，让侍者上瓶啤酒。老六说，不喝啤酒，来二锅头。小丁皱皱眉，可她的目光始终没离开老六的脸。老六的脸棱角分明，碰一下，便弹起一片响声。老六饿极了，那两个麻饼不但没止饿，反刺激了他的食欲。老六的吃相很是不雅。

小丁说，哎，你不是要说事吗？老六抬起头，用纸巾抹了抹嘴。老六说，我没歹意，昨天你不该把我送进派出所。小丁呛他，没歹意跟我干啥？老六说，我说不清楚，也许是鬼迷心窍了，不过，你确实很特别。小丁哼了一声，这声哼里没有恼怒，老六听出来了。老六说，你不要以为乡下人就不懂审美，除了钱少，什么都比城里强。小丁忽然笑了，止都止不住。老六继续吃，等小丁笑够了，老六又说，我来城里几年了，可看城里人怎么也不顺眼，昨天见了你不知怎么觉得亲切，没想到叫你送进了派出所，我不是坏人，我靠劳动挣钱，你看，我的手上有茧子。小丁顿了半晌，说，对不起。这时，半瓶二锅头已进老六的肚子。小丁问，还喝？老六说，昨天跟你是想看看你，今天跟你是觉得憋气，想报复，不过现在没那个意思了，吃完饭我就走。小丁问老六现在在哪儿干，老六说，目前是无业游民。小丁问，你怎么生活？老六说，该怎么生活就怎么生活呗。小丁犹豫了一下，给老六写了一个手机号，有什么困难，我可以帮你。老六很意外地看了小丁一眼，猛猛地喝了一口酒。

小丁起身结账，老六拦住她，你一口没吃，我结吧。小丁说，不是说好的嘛。老六笑笑，我也是刚下岗，并不是穷光蛋，这点儿钱还掏得起，你有这个心意就行了。出了饭馆，小丁客气地说，你上来坐坐吧。老六说，我不敢，你再报警我就全完了。小丁红着脸说，你这人。老六忙说，玩笑，玩笑。

和小丁分了手，老六回到工地上。老六两个多星期没来工地了。看见满地的水泥、钢筋，老六有些陌生。那些东西扎得老六眼睛疼，可老六依然不紧不慢地走着，像是故意这样。老六快到工棚时，一个叫青瓜的汉子刚好从工棚出来。青瓜吃惊地叫了一声，问老六这几日去了什么地方。而后又小声说，你赶紧走吧，老包的人昨日还问你呢。老六呸了一口，我他妈连枪子都不怕，还怕老包？青瓜说，当然，有王梅……她早上还来找过你。青瓜住了嘴，像是等待老六问下去，可老六没问，青瓜说，她说有东西交给你……哎，她会不会送你个存折？老六没理他，走进工棚收拾自己的东西。老六的行李很简单，一卷被褥、洗漱用具、一本捡来的《厚黑学》。老六在这个工棚里生活了近二年，乍一离去，竟空落落的。

老六出来，青瓜依然在门口站着。老六把那本书塞给青瓜，说，兄弟，要想混，好好学学。青瓜说，就这么走了？老六噢了一声，王

237

梅要来，就说我有个东西要送给他。老六走远，青瓜才问，什么东西？

老六回过头，恶狠狠地说，炸药包！

这世道什么东西可靠？答案是什么东西都不可靠。王梅和他好了这么多年，一夜之间就成了别人的女人。这个打击对老六太大了，但老六是击不垮的。老六说，天涯何处无芳草。老六说，大丈夫何患无妻。老六说，女人是什么，墙上的草。我和乔小燕进城后，老六不止一次这样说过，说得我心惊肉跳。

老六本来打算挣了钱，回去和王梅结婚的，现在老六不准备回去了。老六善于总结经验，他分析自己失败是因为没钱。在工地上虽然挣钱，但太慢了。老六打算寻找一种新的赚钱方式。老六痛苦，但绝不会沉沦，他的信心像弹簧，摁都摁不住。

老六在火车站趴了一夜。火车站是个温暖的地方，它让老六感觉到了生活的实在。一拨人走了，另一拨人又来了，没人理会老六。周围吵吵嚷嚷的，可老六心静如水。一年以后，我和老六头破血流地从地道桥逃出来，老六一边往身上抹二锅头，一边说，失败并不可怕，可怕的是不吸取教训。

老六躺在上火车站的旮旯里，盘算着赚钱的方法，他还没有更深远更明确的打算。一辆列车开始检票了，老六睁开眼，看见一条挨一条的人腿往前蹭着，老六像是被什么东西敲了一下。老六不明白怎么回事，其实那个模模糊糊的念头已在老六脑海深处若隐若现了，只是还无法抓住。

那天晚上，我和乔小燕正庆祝一个节日。我已经当了两年代课教师，每月工资只有一百八十元。今年乡里从二十一名代课教师中招聘十名转为民办，工资也由一百八十元提到三百六十元，我是那十分之一。这算什么？可乔小燕非要给我庆贺。说实在的，我并不喜欢这个职业，之所以硬着头皮干下去，是想将来能够转正。为了摘乔小燕这

238

个鲜桃，我还养了几十只獭兔。老六喜欢大刀阔斧，我没那魄力，只能稳扎稳打。

那场面简单得不能再简单，一袋五香花生豆、一个鱼罐头、几瓶啤酒。乔小燕举着满是白沫的酒杯，说，祝贺你。我说，惭愧，惭愧，革命尚未成功，同志仍需努力。乔小燕微微一笑，骂我贫嘴。我的嘴唇和王梅娘的嘴唇一样厚，我没老六嘴溜，但那天我的嘴唇被人削薄似的，俏皮话一句接一句往外蹦。乔小燕和我酒量差不多，几瓶酒很快就喝光了。乔小燕打着嗝说，你有了出息，可别当陈世美啊。灯光下，乔小燕艳若桃花，两个黑亮亮的眸子深不见底。我闻见了从乔小燕身上散发出的桃一样的香味。这是个千载难逢的好机会，我决定把乔小燕这个桃先摘了。这是老六的高招，用之四海而皆准。我心荡神摇地拽过乔小燕，说想吃桃。乔小燕骂我是坏蛋。骂坏蛋就是恩准了，我解开乔小燕的扣子，小心翼翼伸进手解她的乳罩。两只洁白的兔子扑噜一下跳出来，我生怕它们跑掉，以迅雷不及掩耳之势将兔头咬住。乔小燕哎哟一声，先是捶我，而后便和我抱在一起。我的身子越来越硬，乔小燕的身子越来越软，我知道是时候了。乔小燕觉到了我的意图，挡了一下，别……我害怕。我说，桃子熟得过分就成了烂桃。当然，我没说出来，我心无旁骛，一心摘桃。乔小燕反抗了一下，便顺从了我。

就在这紧要关头，我和乔小燕几乎同时打了个冷战，像是天空中响了一个炸雷。看看窗外，月朗星稀，四下望望，毫无动静。那一刻，老六正在火车站哲学家一样地思考。老六的思考和乔小燕有关。几年以后，我明白了我当时为什么会打战。

乔小燕哆嗦着问，是不是六哥出了什么事？

我说，不会，他什么智商？

乔小燕担心地说，听说城里很乱。

我说，乱世出英雄嘛。

乔小燕白我一眼，你什么意思？

我说，我没什么意思，我相信老六。

其实，我仅仅是安慰乔小燕，我心里很虚，胸腔里堵满了黏稠的雾。待我从恍惚中醒悟过来，乔小燕已穿好了衣服，那两只兔子从我的视线里消失了。我是一名拙劣的猎手，我很窝囊。乔小燕却像什么事也没发生似的，很利索地收拾着东西。确实什么也没发生，乔小燕还是乔小燕，我还是我。

乔小燕收拾完，说，天不早了。我知道她的意思，可我啥也没说。乔小燕在我脸上亲了一口，独自走了。

我第一次没送她。乔小燕走了很长时间，我才站起来，我打开门，黑暗轰地一下挤进来，险些将我撞倒。

我狠狠捆了自己一个嘴巴。

四

老六说，燕北市和咱村有啥区别？一个是大戏，一个是小戏。燕北市唱京剧，咱村唱二人台，京剧未必比二人台好看。可看京剧得掏钱，二人台白看。为啥？这就是城市的高明之处，钱要得越狠你越过瘾，天天白演谁还看？

这是老六到燕北市半个月后总结的经验。老六在郊区租了间房，天天进城找活。住老六隔壁的是一对中年夫妻，男的个子矮小；女的个子也不高，却很粗壮。两人是捡破烂的，每天走得很早，男的蹬着三轮车，女的扛两根铁钩子。晚上，依然是男的蹬三轮车，女的扛两根铁钩子，车上则多了些纸箱之类的东西。老六没听他们大声说过话，更没见两人吵架，他们的脸永远是一个表情，那是一种没有表情的表情。混熟了，男的说他们是安徽来的，他们的一对儿女都读大学，为了积攒儿女读书的费用，到燕北市也没多久。说话时，男的脸上方浮起一丝自豪。中年夫妻知道老六一直没找上工作，让老六也去捡破烂，男的说，只要不怕脏，就能挣钱。女的补充说，听说有人还捡过存折呢。这是一对热心、善良的夫妻。老六笑着摇摇头，谢绝了。

那天，老六没出去，一个人在屋里待着。半上午，中年夫妻回来了，这次女的蹬着车，男的扛着钩子，车上空空的。老六觉得奇怪，他去打招呼时，见男的鼻青脸肿，嘴角淌着血，女的衣衫不整，披头散发的。

中年夫妻被人揍了，若不是两人拼命护着三轮车，车就被砸了。老六听中年夫妻讲了经过，很是气愤。地盘，本来是一个和土匪联系在一起的词，可在城里，却时髦得烫手。卖菜有卖菜的地盘，摆摊有摆摊的地盘，就连小偷、捡破烂的都拥有自己的地盘，且恪守规则，井水不犯河水。附近有一个垃圾点儿，中年夫妻来时，这个地盘已被别人占了，中年夫妻每天打游击。今天，中年夫妻看见垃圾车驶进垃圾场，一时没管住自己的脚，追了进去，结果垃圾被没收，两人还挨了揍。

老六问以后怎么办，男的说，还能怎么办，以后躲着就是了。老六说，地盘都是打出来的，别怕，这个忙我帮。

第二日，老六硬是拽着中年夫妻来到垃圾场。刚一到那儿，便有七八个男男女女围过来，手里均提着家伙。中年夫妻小声说，我们还是走吧。老六手里空着，冷冷地逼近他们，扫视一圈，问，他俩是你们打的？老六的神态、语气镇住了对方。老六冷着脸说，老子捡破烂时你们还在娘肚子里钻着呢，这阵倒来发威了！没人吱声。老六说，你们不是拿着家伙吗？上来试试。那些人都是农村来的，骨子里并不凶恶，没多大胆量。老六弯腰捡了个啤酒瓶，猛地朝自己的脑袋砸去，瓶子碎了。老六说,不是想占地盘吗?试试吧。对方不知老六根底,胆怯了,目光一截一截软下去。一个老汉说,兄弟,我们有眼不识泰山,给我们一口饭吃吧。老六静默了半晌,说,看你们也挺可怜,不然……老六没再往下说。

老六用啤酒瓶为中年夫妻砸出了一块儿地盘。老六不是铁头,他头疼了好几天。此后不久,老六搬出小院。第二年春天,老六去了老包的建筑工地。

老包是个包工头,恰又姓包,四十左右的样子。老包原是瓦工,后来组建了临时建筑队在县里折腾。一个乡村建筑队竟敢拉到燕北市,一不小心还折腾大了,现在叫燎原第一建筑公司,目前正为一个房地产商盖楼。

老包招工,个个都要过目,小工一天二十元,泥瓦工一天三十五元,管住不管吃。老六说要干泥瓦工,老包便对老六进行面试。老包打量老六的目光很特别,先从脚上看,最后盯住老六的脸。老六忍不住想笑,这个人的脑袋和脖子竟长得分不清楚。老包让老六试手,老六还真露了几下子。其实,老六并没干过泥瓦工。老包让老六留下来,但只答应每天给二十八元,老六不够泥瓦工标准。老六故意迟疑了一下,答应了。

老六开始了每天一身泥一身水的生活。表面看,老包开得工资挺高,可要是按工作量核算,工资实在可怜。每天从早晨五点开始上工,一直干到十一点,下午则从一点干到六点,一天十一个小时。晚上加班,则另给加班费。可累算什么?老六说,红军两万五千里长征都走过来了,我还有什么受不下去的。老六豪情万丈,为了早日把王梅啃了,只要有加班机会,老六就不放过。

第一个月下来,老六没领到工资,按照老包的规定,只能在下月领上月的工资。这样,老包手里总是攥着你一个月的工资,就有了主动权。老六挺生气，可他忍住了。第二月底，除去饭钱，老六领了五百二十块钱。吃饭时，老六喝了一瓶二锅头，然后去找老包，要把第二个月的钱也领了。老包挺不高兴，你不知道咱这儿的规矩？老六揉揉眼窝，我对象要一千块钱，现在凑不齐，她就跟我吹了。我家穷，搞个对象不容易，你帮帮这个忙吧。老六死缠硬磨，老包终于答应让老六把钱领了。当天，老六就把那一千块钱寄给了王梅。老六给王梅写了封信，说自己做梦都在啃西瓜。

老包的工资发得还顺，可临近年底，老包扣了工人们三个月工资。过去在这儿干的工人解释，这是老包的惯例，他怕明年工人跑到别的工地上。老六骂，怎么比资本家还可恶。老六拦住众人，集体找老包要钱，谁知老包早跑回老家过年了。老六要领众人去老家追老包，起先没人愿去，可是经不住老六的鼓动，有四十多人举手同意。

老包的家在一个小县城。老六没费周折就打听到了地址。当然，老六打听到的不止这些，比如还打听到老包很孝顺。老六说，知己知彼，攻无不克。

那个场面很滑稽。四十多人在老包家门口排成一溜长队，每个人举着一个牌子，牌子上写着"要账"。他们不说话，就那么举着。老包立马服软，很快就把工资兑现了。老包什么都不怕，就怕不吉利。

坐在回家的火车上，老六突然想，怎么就忘记和老包要路费呢？当时，就是要路费，老包也会答应。

那是老六最顺畅的一个春节。老六挣的钱都寄给了王梅，王梅的母亲总算有了一丝笑意，老六找王梅不用再往厕所塞纸条了。王梅呢，又熟了许多，该凸的越发凸，该凹的越发凹，要多饱满有多饱满。老六对我说，他馋得都流口水了。那个冬日，坝上草原出奇的冷，夜间气温零下三十度。这给老六和王梅的约会带来许多不便，在双方家里是不可能的，只能去树林。老六怕把王梅冻坏，摸两把，咬几口，便匆匆回来。

一天清早，我还在被窝里缩着，老六便匆匆忙忙找上来，向我要办公室的钥匙。我问他干什么，老六说还能干什么。我反应过来，嘿嘿一笑，办公室没床，只有破桌子。老六说，只要有炉子就行。我说，炉子是有，可是没煤。老六几乎走出去了，猛又回头问，真的没煤？我说真没有。老六想了想说，兄弟，麻烦你往学校弄点煤，我弄太惹眼。没等我说话，老六一把把我从被窝里拽出来。

我前脚进办公室，老六后脚就到了。老六说行了行了，你的任务算完成了。老六撵我走，我故意不走。老六忽然问我，你是不是欺侮小燕了？我纳闷，没有啊。老六说，那昨晚她为啥哭？我可警告你，小燕还小，你不能急着把她办了。我没心思跟老六啰唆，急急地走出来。阳光一照，我醒悟过来，明白这是老六支我走的把戏。我回过头，一缕青烟正冉冉升起。我想，应该给它命名：爱情烟。

老六把办公室搞得热乎乎的。那天本来应该是个绝妙的日子，老六要把成熟的西瓜吞进肚里。可是那一天，老六的娘突然犯病了。老六娘胃溃疡，几年没疼了，那天一下子犯了。老六把娘弄到乡卫生院，结果又检查出胆囊炎。老六陪娘在医院输了七天液。老六的娘住院花去几百块钱，而老六的钱全给了王梅，他让王梅回去拿，王梅没拿上。原因是王梅的母亲已经把钱存了，准备为两人结婚用。老六很不高兴，恨恨地骂，整个儿一个钱篓子。老六没指明，听起来像是骂王梅的母亲，又像是骂王梅。王梅心里委屈，嘴上也不示弱，谁让你给我寄钱来着。老六瞪了眼，你倒有理了？我和乔小燕忙把两人拉开，王梅已呜呜哭了。

老六娘住院的钱是我支付的。回去的路上，老六用自行车推着娘，王梅则拉开一段距离，走一步踢一下路上的积雪。我和乔小燕走在最后，乔小燕挽着我的胳膊。老六也真是的，这事原本就该让我表现。

我知道老六和王梅不会恼下去，老六快要返城了，他不会白白错过机会。大冬天吃西瓜，去哪儿找这么好的事去？早上，我看着学校冒烟了，狠狠嗅了嗅鼻子，满街都是西瓜的香味。

第二天，老六把办公室的钥匙狠狠摔给了我。我嘿嘿一笑，想老六肯定把王梅办了，不然他不会故意绷着脸，表演给我看。老六有城府，没办的时候呱呱叫，大功告成却不显露。我说，你坐着，我杀个兔，咱俩喝酒。老六说，我哪有心思喝酒。我觉得不对头，问他怎么了。老六说，你办公室的桌子也太破了。我那张桌子确实破了点儿，四条桌腿断了两条，我修了好几次，有时我趴在桌子边批改作业，桌子咯咯吱吱响。我意识到什么，忙问，没事吧？老六气呼呼地说，怎么没事？王梅把腰闪了。我想笑，可看着老六青冷的脸没敢笑。多饱满的西瓜，可惜被老六摔碎了。后来，老六告诉我，他确实有些急，他和王梅先咬了一会儿，咬到火候上，他一把抱起王梅。他是想轻轻放下王梅的，可不知怎么用了些劲——也许是王梅熟透了的缘故，我为老六分析——桌子裂开，王梅从中间陷下去。

临走的前一天晚上，老六去看王梅。王梅趴在炕上，哼哼唧唧的。王梅是真疼，她的脸色白寡寡的。王梅的母亲把老六叫到外屋，数落了几句。王梅的母亲的厚嘴唇碰一下，老六的耳朵就疼一下。那晚，老六的舌头像是烂掉了，一副虚心认错的表现，王梅的母亲的讨伐就此为止。

老六离家一个月之后，王梅才上街。但王梅不再像过去那么蹦蹦跳跳了，我怀疑她是不是把西瓜籽摔了出来。开学后，我看到了那张令老六恼火万分的桌子。它很不道德地躺在地上，一脸坏笑。我把桌板捡起来，想重新拾掇一下，可任我怎么努力，就是收拢不到一块儿。于是，我狠狠心，将它扔到库房。我舍不得烧掉，这毕竟是学校唯一的一张办公室，老六恨就让他恨去吧。我和乔小燕在一块儿时，老想那张桌子，老想朝她身后看，生怕她陷下去，闪了腰。那几日，乔小燕骂我神经兮兮的。

我为老六惋惜，决心在老六回家前，购买一张结结实实的办公桌。

五

如果老六没遇见小丁，老六也许不会把我煽呼到燕北市；如果我没有投奔老六，乔小燕也许不会到城里来；如果乔小燕不来，我和老六的故事会是另外一个样子。可问题是没有那么多如果，一切都实实在在的。

老六行走在燕北市的柏油马路上，我正在乔家围子小学上语文课。我在黑板上写下了义愤填膺这个词，问谁会解释。这是昨天的预习题。我问了半天，没人回答。我的目光落在张兵身上，张兵是语文课代表。张兵终于举起手，而后站起来，我爹说，义愤填膺就是尿粗的意思。我没憋住，笑出了声。

那时，老六没有心情笑。他在燕北市的大市场转了五六天了，可没有琢磨出赚钱的方法。下午，老六拖着疲惫的身子往回走，有人喊住老六，问老六打不打卦。那个人四十几岁，胡子却有半尺多长，嘴倒是挺甜，兄弟，我一眼就看出来，你大富大贵，福大命大。老六蹲下来，说，我不算卦，我问你两个问题。那家伙马上仰起脸，捋着胡子，一副指点迷津的架势。老六问，干什么能一夜发财？那家伙脱口说，胆大的抢银行，胆小的抓彩券。老六又问，干什么来钱容易？那家伙说得更是干脆，女的当妓女，男的当鸭子。末了眯缝了眼，那家伙补充了半句话，你这身架。老六骂句娘，哭丧着脸说，我倒想去当鸭子，可我阳痿。那家伙说，没关系，现在的社会太监都可以当鸭子。那家伙很迅速地从包里掏出一个纸盒，这药百分之二百管事，每天只需服一次。老六嘿嘿一笑，站起来就走。那家伙喊老六给钱，老六顿住，你先把胡子粘牢了再说。

卜卦全是扯淡。可老六经过一个体育彩券销售点时，还是买了两注，中彩是虚幻的、遥远的，是自我慰藉的一种方式。老六不会把希望寄托在彩票上。

老六回到火车站，看到了一个熟悉的背影。老六的目光立刻牢牢地粘在上面。老六只是静静地望着，没有上前。对小丁，老六最初是这样形容的：背面值十万，侧面减一半，正面瞧，滚他妈的蛋。两人下了一次饭馆后，老六对小丁的印象又变了，从本性上说，小丁还是善良的。

小丁张张望望的，像是在寻找什么人。老六跟着小丁，想看看是怎么回事。小丁转了两圈，发现了老六，猛地在老六的胸上捶了一拳，你是不是早就看见我了？真坏！这个亲昵的动作让老六意外，他一头雾水地说，我怕你报警。小丁想再捶一下，手举起了，却指着老六的肩说，你是不是从洞里钻出来的？轻轻弹了几下。老六刚溅出的几个火苗子，倏一下掉进了水洞。小丁说我没猜错，你真的趴火车站？老六说，怎么是火车站，这是我家，他们都是我的兄弟。小丁说，你真乐观。而后说她为老六联系了一份工作，她找不到他，便寻到了火车站。老六问干什么，小丁说搞装卸，活不累，工资还可以，每月一千二，怎样？小丁盯住老六，似乎老六不同意，她可以再给他加工资。老六没有理由不同意，他不能白白耗费时光。老六点头后，小丁拉着他就走。老六寻自己的行李，可是怎么也没找见。小丁说，算啦，不就一卷破行李嘛。

小丁径直把老六领到一座小楼。老六觉得面熟，想了想，记起这是小丁的屋子。老六不明白小丁为什么把他领到这儿，热血狠狠地沸腾了一下。小丁打开门后，并没让老六进去，而是让他在门口候着。

老六探了探头，嗅了嗅。屋内飘荡着浓重的女人味。老六马上断定，这个屋子里只住着小丁一个人。老六探进一只脚，然后又缩回来。

小丁抱出一床被子、一床褥子、一个枕头。小丁解释，这是多余的，先借给你。老六哎呀一声，我用过了，怎么还你？小丁说，那就还我新的，必须还！小丁的声音很霸道，是那种让人心疼的霸道。

老六的工作单位是一家食品批发部。进货方需要什么东西，打个电话，批发部就派人送去。送货的两辆车，都是东风140，一辆车算一组，每组三个人。批发部的负责人是一个叫强子的后生，平时绷着脸，可是见了小丁却笑嘻嘻的。老六以为强子是老板，后来知道强子也是老板雇佣的。

小丁安顿了老六便离开了。第二天，老六正装货，小丁出现在仓库门口。小丁喊老六出去一趟，老六看看司机老马，拍拍手走出来。强子看见了，笑嘻嘻地说，小丁，工作期间闲人不能随便进入，小心我罚你款。小丁说，你多大的官，怎么见谁训谁。强子呵呵笑着，我的大小姐，还是你厉害。

老六问小丁什么事，小丁说没啥事，我路过这里，来看看。这个理由不充分，小丁的脸悄悄红了。老六不敢再沸腾了，他说没事我干活去了。小丁说，下了班我在门口等你，你怎么也得请我吃顿饭吧。

这天晚上，老六在九匹狼酒家宴请小丁。小丁说，我这个人不轻易帮别人忙的，你是例外，今天得狠狠宰你一顿。老六说你看我像铁公鸡吗？便专捡贵的点，点得小丁都心疼了。小丁说，你怎么连档次与浪费也分不清。老六说，档次在某种程度上就是浪费。老六感到遗憾的是酒家没有二锅头。老六喝别的白酒，怎么喝怎么不是味。

吃饭中间，老六很随意问小丁和批发部是什么关系。小丁说老板是我亲戚，然后便把话岔开了。两人说了许多话，可都是不着边际的，虚虚的，没有任何实质性的内容。老六对小丁什么都不了解，小丁依然是一团雾。

吃完饭，小丁给了老六一个寻呼机。小丁说她有了手机，用不着寻呼机了，老六带着，两人联系方便。小丁的声音蚊鸣一样低下去，耳根子都红了。老六什么都明白，可他没有这方面的经验，不敢轻举妄动。如果是王梅，老六怎么出手都行，可小丁不是王梅。小丁真真假假，虚虚实实，玩的是游击战。老六接过寻呼机，小丁当场呼了一遍。

从酒家出来，小丁说，我回去了。老六噢了一声。小丁看了老六一眼，站在那儿拦车。计程车过来了，可小丁并不伸手，计程车驶过去，她才扬起胳膊，每次都这样，总是慢半拍。有一刻钟时间，小丁没拦住一辆。又一辆计程车驶过来，老六扬起了手，计程车停下来，小丁回头冲老六一笑。司机摇下玻璃后，小丁突然离开了。司机和老六都莫名其妙，老六忙摆手说不坐了。

老六追上去，问，怎么回事？小丁说，那个司机样子太凶。小丁背对着老六，声音冷冰冰的。老六说，我送你吧。小丁问，你没事？老六笑说，我能有什么事？什么事也没有送你重要。小丁捶了老六一下，骂老六嘴油子。

后来，老六对我说，城里女人是谜，你得慢慢猜，她们说话不直截了当，你得从另一个方向琢磨，哪像王梅，啥就是啥，不来虚的。老六还说，知识是无穷的，人的智慧是有限的。

上楼时，小丁歪了一下，老六及时托住她。小丁站稳，马上甩开老六。老六把小丁送到门口，老六等待小丁说，你不进来坐会儿？或你进来坐坐吧。可小丁说的是，天不早了。老六说，没关系，我是夜行侠。老六没走，准备再说点儿什么。小丁说，改天来玩啊。老六再不走就没意思了，小丁说再见，老六说，再……见没出口，老六已蹦出楼道口了。

老六回到批发部快十点了，呼机嘟嘟地响起来。老六见是小丁的手机号，便到门口的磁卡电话亭给小丁回电话。小丁问老六到了没有，老六说到了。小丁静了两秒钟，什么也没说，便挂了。

小丁送给老六的是一床粉色的被子。被子里有一股怪怪的、让人痒痒的味道，像是有一只手轻轻地摩挲。这种味道和西瓜的味道不一样，老六说不清是什么。老六明白小丁钻进了自己的脑子里，可闭了眼，老是晃动着王梅的影子。

那一夜，老六遗精了。

六

老六第二年出现在工地上，老包并没有因老六要账的事辞掉老六。相反，老包给老六涨了工资，由每天二十八元提到三十元。老包没说别的，只说好好干，我亏待不了你。老六怪不好意思的，干活更卖力气了。老六无论如何想不到，这一下竟演绎出一段血淋淋的故事。

王梅来找老六是在一个夏日的中午。燕北市正值高温，日头毒花花的，空气中弥漫着一股焦煳味。王梅戴顶遮阳帽，白衬衫上像是脏手摸了似的凸现着黑印子。老六惊喜万分，拉着王梅去吃饭。老六要牵王梅的手，王梅却非让老六揽住她的腰。老六心有余悸，仿佛再碰王梅的腰就会折断。直到王梅歪在他怀里，他方如释重负，裂开的西瓜已合上口了。

王梅说她也想找点儿活干，两个人挣钱总比一个人强。老六不同意，乖乖，老六哪舍得让王梅和他受罪。王梅死缠硬磨，老六不开口，王梅便噘了嘴说，老六，我等不及了，你再不摘，西瓜就烂了，我可是为你好，不信，你摸摸。王梅让老六摸她的乳房，老六摸了一下，便不知如何拒绝了。老六让王梅先找个旅店住下，干活的事慢慢再说。王梅说，我是来打工的，住什么旅店，随便找个地方就行。老六说，咱俩一块儿住，我馋坏了。王梅犹豫了一下，要是让公安逮住怎么办？这里不是乔家围子，万一罚款可就惨了。老六叹气，西瓜一进城就变成了芝麻。王梅见老六不大高兴，小声说，去就去，反正罚款你掏。两人便出去找旅店，专捡偏僻的小巷走。旅店倒是不少，可店主一看便知道怎么回事，张口就要二百。二百就二百，为了吃西瓜，二百也值。可王梅不同意，王梅说二百块钱够缝一套被褥了，老六你忍忍吧，到时候让你撑破肚子，咱们是来挣钱的，不是来花钱的。王梅说的是过日子话，老六咬咬牙掐断了自己的念头。

王梅留在了工地，在食堂给工人做饭。晚上，她就和一同做饭的青瓜的女人住在食堂。王梅工资不多，只有四百元，但王梅很满足，到年底她能攒两千多元。

虽说在一个工地上，住处也没多远，可老六和王梅待在一起的机会并不多，老六忙的时候王梅有空闲，老六有空闲了王梅正忙着。为了能和王梅多待一会儿，吃饭时老六就蹲在食堂地上，一边吃一边瞄着王梅。可能青瓜的女人和青瓜说了，一天晚上青瓜对老六说，兄弟，眼睛过不了瘾，说着眨了眨眼。青瓜和女人常年在工地干活，青瓜精力正旺，老六想青瓜肯定有什么奇妙的办法。青瓜卖了半天关子，道，抓住机会，速战速决。老六嘴上不说，心里却骂，这是什么鸟办法。

什么事能难住老六？老六的点子遍地开花。那天，老六实在想王梅了，就故意装病，请了假。人去棚空，老六倒头睡觉。老六知道青瓜会把消息告诉王梅的。过了一会儿，王梅心急火燎地走进来，摸着老六的额头问老六哪儿难受。老六说可能中暑了，头晕恶心。王梅给老六泡了白糖水，用湿毛巾为老六敷头，忙得一塌糊涂。老六让王梅坐在他身边，他说什么东西也没西瓜退热。王梅在老六额头点了一指头，撩起背心，让老六啃。老六啃得性起，想趁机把王梅办了。王梅瞅瞅门口，慌慌地说，不行啊，老六，万一给撞见……羞死了。老六

251

说，你放心，他们不会回来。王梅疑疑惑惑地问，你是不是装病？老六说，不装病，哪能吃西瓜？没料王梅突然恼了，狠狠推了老六一下，说，你咋这么没出息，放着白花花的票子不挣，你……一抹眼泪，跑了。

老六蔫蔫地来到工地上，青瓜笑眯眯地问，解决了？老六说，解决了，妈的，真过瘾。青瓜深有同感地拍拍老六。

大约王梅来了一个月之后，老包来找老六。老包说他母亲来燕北市看病，想找个人侍候，问王梅能不能去。老六怔了一下，说王梅怕是不行，让老包另外找人。老包说贸然雇人不可靠，他的母亲生活能自理，王梅的任务就是做饭，煎药，陪老人说说话。老包在市里买了一套楼，他母亲一个人在楼里，孤寂得很。当然，工资少不了，一个月八百。老包说，如果王梅不去，他就让青瓜的女人去。老六没有立刻回绝，说他做不了主，得和王梅商量。

谁知王梅早从青瓜的女人那儿得信了，非要去。王梅说，咱们的任务是啥？啥挣钱咱干啥。可是老六总是放心不下，他怕自己的西瓜让别人劈开。王梅撒娇，我又飞不了，挣了钱，年底咱就能结婚了，老六，你不想吃西瓜了？老六怕王梅小瞧了自己的肚量，提出先去老包家考察一趟。用时髦话讲，老六原则上已基本同意。

考察的结果还算满意。老包的母亲一脸病相，说话打不起声音，但人很和善，是没有心机的那种。老包的房子宽敞得很，吃有吃处，住有住处。

从老包家出来，王梅碰碰老六，咋样？

老六说，还能咋样？反正你不听我的。

王梅捏老六一把，咬着老六的耳朵，你放心，我肯定是你的，今天晚上，我由着你……你找地方吧。

老六激动了一万分，感动了一亿分。为了让他放心，王梅要把钥匙先交给他。老六能说什么？再说就小肚鸡肠了。

那一天，我正油刷我的办公桌。办公桌是我自己做的，虽然是杨木料，但桌板厚，桌腿粗，结实得不能再结实。老六和王梅再怎么折腾，它也不会哼哼一声。

老六最终把地点选在餐厅，就像他当初选择我的办公桌一样。他和青瓜商量，让青瓜领着女人逛半夜街，老六给了青瓜五十块钱，算是请青瓜两口子吃夜宵。青瓜很爽快，与人方便，自己方便，你就放心干吧。

那天晚上，一个工人从楼板上摔了下来，虽然没摔死，但摔得七零八乱。老六和王梅还没来得及行事，外面一片混乱。王梅看看老六，老六说别管他，可是外面的声音撞得两人都缩了手脚。老六说，你先待着，别出去，我看看就回来。老六跑出去，几个人正七手八脚地抬着受伤的工人，看见老六，喊老六帮手。老六犹豫了一下，抬住了那位工人。

老六是第二天早上回来的，王梅正在工地门口等他。王梅也是一夜未眠，揉着眼睛直打呵欠。王梅说，老六，我先去，记着来看我。

老六说，我去送你。

王梅说，不用了，老包的车在外面呢，你快睡觉去吧。

王梅拍拍老六的脸，走了。

半个月后，老六去看王梅。王梅告诉老六，老包和他母亲对她不错，活也不累，晚上还能看电视，只是一睡下她就想老六。王梅领老六参观了她的房间，两人还在房间里悄悄活动了一会儿。王梅的样子没变，神情没变，老六放心了。

老六常去看王梅，有时隔一星期，有时隔半个月。

临近交工，工地活紧张，老六连着两个月没去。老六没想到，仅仅两个月时间，老包竟然把王梅和平演变了。

秋末的一天，老六买了王梅最爱吃的葡萄去老包家。王梅的样子让老六吃了一惊。王梅穿着一件花裙子，嘴唇描得红嘟嘟的。王梅有些慌张，她没往老六怀里扑，老六进去半天了，她只说那两个字，你坐，你坐。老六转了转，问，老包的娘呢？王梅说，早回去了。王梅意识到自己说走了嘴，紧咬了嘴唇。老六的目光已插进了王梅眼窝。王梅受不了老六的逼视，哭着说，老六，我对不起你。

老六肝肠寸断，精心呵护了近二十年的西瓜，竟然被猪啃了。老六先前以为是老包强暴王梅的，要找老包算账。王梅哭着说不怪老包，她是自愿的。老六看着哭得一塌糊涂的王梅，难以相信自己的耳朵。王梅说，我想过上好生活啊，老六，我下辈子再报答你吧。老六揪着王梅的领子，恶声恶气地说，他有老婆孩子，你想当二奶呀。王梅只是捂着脸哭。

老六想狠狠揍王梅一顿，可瞧着王梅悲痛的样子，摔门离开。老六找见老包，拍了老包一砖头。老六想把老包的脑袋拍碎，可他提的是一块次品砖，老包的脑袋只裂开一个口子。

这是一个老掉牙的故事，类似的故事每天都在发生，一不小心它就砸在了老六身上。老六虽然说大丈夫何患无妻之类的话，但他的心实实在在被捅了几个血窟窿。

那一天，老六收到我的信。我在信中告诉老六，我新做的办公桌又宽大，又结实。

老六骂声操，将信扔了。

七

和老六一个组的，除了司机老马，还有一个叫闷瓜的后生。闷瓜的绰号不知是谁起的，真是恰当极了。闷瓜一天不说几句话，几乎让人怀疑他是个哑巴。老六起先不好意思叫他闷瓜，后见众人都这么叫，便也随着叫。老马稳重、随和，是知足常乐的那种人。两个人都很好相处。

批发部的业务不错，在这儿干个三年五载的估计不成问题。老六一直想弄清小丁和批发部的关系。小丁越是不说，老六越是想知道。那天，在送货回来的路上，老六很随意地问老马，怎么见不着老板？老马说，只要给咱发工资，见老板干啥？老六说好奇。老马嘿嘿笑，就是不说话。老六不便再问，那份好奇却越发强烈了。

那一阵子，老六被小丁搞得焦头烂额。小丁三天两头约老六吃饭，当然，两人不再去档次很高的酒店，老六陪不起。有时小丁请老六，有时老六请小丁，多数是小丁请老六。这分明是一对恋人的样子，小丁还常常撒娇，要么捶老六一下，要么拧老六一把，也够百分之八十的打情骂俏了。可是老六要有什么动作，比如蹭蹭她的乳房呀，碰碰她的屁股呀，小丁就显得很生气，仿佛老六占了她多大便宜。老六保持同志间的距离，小丁则又酸溜溜的，不时讥讽老六两句，责怪老六不懂情调。老六琢磨不透小丁，呼机一响就头疼。城里的女人真是难对付。

一天晚上，小丁约老六在街头的大排档吃炸面。老六故意吃出一副恶相，他眼角瞄着小丁，小丁并没什么反应。那天，老六决计干点儿什么，吃完面，他又要了一瓶二锅头。小丁奇怪地问，怎么吃完饭了才喝酒。老六说在我们老家，新女婿头次上门，都要这么款待。老六是编出来的。小丁说，什么破规矩呀，看新女婿是不是酒囊饭袋？老六说，错了，在老家，没有酒量和饭量的男人不是男人。小丁抢白，这儿不是你老家，没人相你。老六四下瞅瞅，那没准，一不小心啥事都发生。小丁突然站起来，我不等你了。老六头也没抬。小丁结了账，背着挎包走开。老六一直盯着小丁的背影消失。小丁的背影总让老六想入非非，魂不守舍。老六大口地喝酒，一瓶酒快喝光的时候，小丁又回来了。小丁脸色很难看，她坐在老六对面说，这不公平，每顿饭你都比我吃得多。老六说，我也不知道怎么回事，每次和你吃饭都特别能吃。小丁说，鬼话！老六说，有半句假的，你割我的舌头。小丁说，你欺负人。老六故作惊讶状，我怎么欺负人了？小丁说，让我割你舌头，不是成心害我呀。老六说，没关系，我爹是医生，回头让他给我安个羊尾巴。小丁哈哈笑起来。老六趁机说，咱们走吧。两人谁也没说去哪儿，就那么漫无目的地走。后来，小丁问，你要领我去哪儿？老六想开个玩笑，可怕小丁羞恼，迟疑了一下，说我送你回家吧。

两人打了辆计程车，半道上小丁突然喊停车。下了车，老六忙问怎么了，小丁说晕车，并且吐了几口。老六忙拿出餐巾纸，这一招是小丁培养出来的。老六心想，妈的，我都成啥人了。

两人步行往回走，小丁说，这么好的夜晚，打车是浪费。

老六说，是啊，多么迷人的夜晚。老六怕小丁说他酸，赶紧讲了个笑话，小丁大笑不止。讲笑话，是老六的强项。小丁说，你真坏，我都笑头晕了。老六便适时挽住她。

老六想今天该发生点儿什么事，可到了家门口，小丁依然不让他进屋。老六装不明白。老六喝了酒，有过失，是酒的过，怨不着他老六。老六说，我还有两个笑话没讲呢。小丁说，留着明天讲吧。老六说，明天就烂了……开门呀，我又不是强盗。小丁说，你今天喝多了，走吧。小丁推了老六一把，老六猛就抱住小丁。小丁慌慌张张地喊，你放开，然后就打老六一巴掌。小丁生气了，她拢拢头发，打开门，闪进去，砰的一声。老六就想，这下完了，妈的，驴鸡巴撞火炉，自个儿找罪受。

老六回到批发部，呼机嘟嘟响起了，老六赌气没看，呼机连响了三次。老六想，她又玩什么鬼玩意儿，摁了一下，呼机上是三句话，对不起！对不起!! 对不起!!!

老六不想和小丁捉迷藏了。老六可以付出，但不想被人耍了。他决定戳一戳小丁的把戏，试探试探她。

第二天，小丁呼了老六几次，老六没回电话。活一干完，老六就躲了出去，喝酒喝到半夜方回来。次日没有动静，第三天傍晚，老六正要出去，小丁出现在门口。老六和小丁打招呼，小丁冷着脸说，又要出去躲，你这人怎么回事，属耗子的？老六佯说，没有啊。小丁说，算了，算了，去哪儿吃饭？老六说，你说去哪儿咱去哪儿。小丁哼了一声，朝外走去。老六贪婪地盯着小丁丰满的臀部，那是一朵怒放的花。

两人找了个小饭馆，落座后，小丁主动给老六要了半斤二锅头，并且特霸道地说，以后只许你喝半斤。老六一副无精打采的样子。小丁声音低低地说，对不起，那天……我吓坏了。老六刚有点儿痒痒，小丁又噘着嘴说，以后可不许开这种玩笑了。老六说，以后肯定不会了。小丁听出老六话里有话，便盯住老六。老六不动声色地说，我想离开批发部。小丁静了半晌，问，嫌钱少？老六忙说，不是不是，我想找个地方学开车。小丁说，那可不行。小丁大概觉得唐突，改口道，在批发部也能学开车嘛，回头我跟老马说一声。老六说你别开玩笑了，批发部变成驾校，老板还不炒了我。小丁说，这样吧，你帮我办一件事，办完再走，怎样？老六等待小丁的下文，小丁却央求道，答应我，好吗？老六问，很难办？小丁点点头。老六喝了一口酒，狠狠烧了一下胃，然后才说，我答应，为了你，我可以去死，说吧，什么事？小丁笑起来，那张脸竟圆了许多。小丁说，没那么严重，先吃饭吧。

那天晚上，小丁破例让老六走进她的屋子。那是一个一居室，屋内干干净净，飘荡着单身女人的味道。

那个晚上，小丁交给老六一个任务。小丁说批发部的老板是她哥，自批发部生意日渐红火后，她哥就很少回家了，她父母和她嫂嫂怀疑她哥在外面包了女人。因此想让老六调查一下，她哥是不是包了女人，那个女人是谁？

老六疑疑惑惑地说，你不是编出来骗我的吧？小丁说，我编什么故事？我还没那能耐，批发部那些人都是我哥的亲信，我只能靠你。老六琢磨了一会儿说，你哥不会怀疑？小丁说，怀疑什么？他又不知道我打探他的私事，再说，他知道你是我的朋友，通过这几天接触，我觉得你扮我男朋友还说得过去。老六有一种受了愚弄的感觉，后一想，小丁并没有承诺他什么，他也并没有吃亏上当，本质上是一场交易吧。可是老六怎么也提不起精神。小丁观察着老六的神色，问，你是不是怕你对象知道？老六说，我哪有对象，光棍一条。小丁摇摇头，我不信，你这么英俊的小伙子会没女朋友？老六故意哭丧着脸说，有是有一个，可惜是假的。小丁顿悟过来，要捶老六。老六躲开了，他马上意识到小丁刚才是有意伸出触角试探他。城里的女人，心眼儿就是鬼。

老六想，小丁布置的任务是工作以外的，应另加工资才是。老六没说出口，突然笑了一下。小丁问老六笑什么？老六说，我小时候最大的愿望是当侦探，没想到今天竟然实现了，我拿什么感谢你呢？小丁很敏感，马上问，你是不是要钱？老六矢口否认，没那意思，我吃你的，喝你的，我再提条件，成啥了？小丁说，你当律师才对，这样吧，事情有了眉目之后，我给你介绍个对象。老六说，你说话可要算数。小丁说，你要什么样的？老六说，就你这样的。小丁红了脸，骂老六耍赖。

老六待到很晚才回，当然，仅仅是待着而已。小丁对于老六，依然是一团迷雾。她只告诉他，房子是她租来的，她正在学电脑，其余的，只字未提。

老六是狗鼻子，没有什么事能难住老六。一旦钻进去，老六除了兴奋，还感到前所未有的刺激。妈的，天底下怎么到处都是老包？

几天后，小丁从呼机上告诉老六，她哥要去批发部，让他做好准备。下午，老六正装货，强子喊他进去。

老六走进那间很少开门的屋子，一个男人背对着老六看墙上的地图，男人无疑是老板了。老六站了一会儿，老板方把脸转过来。老六看到一张又窄又长的刀削脸，和一双鹰一样的眼睛。

老板审视了老六足有二十秒的时间，直到在老六脸上扎出坑，才问，你是新来的老六？声音里透着威严。

老六说是。

老板问，你怎么认识小丁的？完全是审问的架势。

老六略去小丁送他进派出所的细节，只讲他抓小偷的事。老六始终望着老板，他并不感到胆怯。老板脸上没有表情，看不出他是相信老六的话，还是怀疑。

随后，老板又问老六是什么地方人、家里的情况等，老六一一作答了，不知小丁对他说了些什么，看样子好像是审查老六是否有资格做小丁的男朋友。

老六等待老板说出让老六好好待小丁或者反对的话。但老板没说，老板只说，好好干，我不会亏待你。

老板像一条深深的隧道，让人望不见底。

八

如果没有王梅和平演变的事，老六也许仅仅是一个优秀的业余侦探。可是王梅演变了，所以，老六的故事只能朝着另一个方向发展。

老六在那座神秘的白楼附近转悠，脑里老是想着王梅。老六默念着一个数字：六〇八。他犹豫着，不知该不该上去。从嗅出蛛丝马迹到咬定六〇八这个数字，老六费了不少周折。仅仅是费周折而已，没什么事能难住老六。老六说，有志者，事竟成。老六说，世上无难事，只要肯攀登。

老六推断女人会出来散步，阳光明媚的日子，一个寂寞的女人在屋里是待不住的。这样想着，老六决定再等一会儿。为了不让保安生疑，老六向锄草的老花工走去。老六和老花工已很熟悉了。

……老六找王梅可没这么犹豫过。

老六摁了门铃后，半天没有动静，但老六知道王梅就在门旁站着，西瓜的味道已沸沸扬扬扑出来。王梅一定在猫眼里观察他，老六有些恼火，王梅已学会了猫眼看人。老六举手欲再次摁门铃，门开了。

王梅堵在门口，脸上浮着夸张的惊喜，老六！老六的眼球被扎了一下，王梅肥硕的肚子如一枚红气球。嘀嗒，老六的心滴了一滴血，可老六脸上平静如水。老六说，不准备让我进去？王梅做恍悟状，我真该死。红气球慢慢挪开，仿佛不小心就会爆炸。

老六挨屋子转，样子很随意，像是在自己家里。结果老六在王梅卧室里看见了老包和王梅的结婚照。西装革履的老包怎么看怎么像桶，披着婚纱的王梅抿着嘴，想幸福又不敢的样子。难道老包和王梅结婚了？老六觉得不可能，可那张照片分明是答案。老六狠狠地盯着，想从照片上看出鲜花插在牛粪上的字样，但没有。事后，老六曾感叹地说，为什么鲜花常常插在牛粪上？鲜花离不开牛粪，没有牛粪，鲜花就不开放。

王梅在身后小声说，老六，我俩结婚了。像是为了证实她不会欺骗老六，她从抽屉里拿出结婚证。

老六瞄了一眼，笑着说，党是信任你的。

王梅说，老包和乡下的女人离了，他是真和我好呢。

老六说，不管是社会主义，还是资本主义，有钱是硬道理。

王梅一下很悲伤的样子，老六，对不起，我不是有意的，我也不知道怎么回事。

老六说，这话你早就说过了，我不怪你，我要有一张漂亮脸蛋，也拼着命嫁到城里。

王梅悲悲切切地说，我是诚心诚意给你来着，可……这是命。老六听出了王梅话里的意思，不是我不让你啃，是你不会啃。

王梅给老六沏杯茶，让老六喝着，她去做饭。老六说他是来拿自己的存折的，饭就不吃了。王梅从抽屉里拿出两个存折，上面都是老六的名字。王梅解释说，一张是老六的，一张是她给老六的。老六将自己的装了，另一张则丢在桌上，这算什么？老六想，青春损失费，感情补偿费？

王梅说，我知道你看不起我……

老六打断她，不管白猫黑猫，会抓钱的绝对是好猫，用钱的时候我会跟你借的。

老六要走，王梅非要留老六吃饭。老六问，你不怕老包撞见？王梅说老六你说笑话呢。老六看着王梅，手不由搁在王梅的胸脯上。王梅的乳房像两个大棒槌。王梅叫声老六，慌慌地往后退了一步。老六本来是无意识的，王梅的举止激恼了老六。老六将王梅逼到墙角，剥开她的扣子，撕开乳罩。王梅的乳头像两粒晶莹剔透的紫葡萄，乳晕周围有两排牙印。王梅没有反抗，可她的眼泪出来了，她小声央求，别……老六的手慢慢缩回来，他明白，这个西瓜和他没有任何联系了……

老六说，西瓜结籽了。

老花工愣了一下，问，哪来的西瓜？

老六哦了一声，抬头看见了那个女人。她从楼里出来，漫无目的地在甬道上走走停停，停停走走，分明是懒懒散散的样子，却又像在思考什么问题。她细瘦细瘦的，显得极挺拔。老六站起来，向女人走过去。女人看见了老六，她的目光虚虚散散。老六冲她笑笑，向她打听贾老板住在什么地方。女人茫然地摇摇头。她当然不可能知道，假老板嘛。老六从女人眼底深处看到了忧郁、伤感，甚至还有绝望。老六还想问些什么，见保安朝这边走过来，忙走开。女人看老六的神色有些怪。

事情已尘埃落定，老六完全可以交差，可失意女人的眼神勾起了老六的兴趣，老六想把女人看得更清楚一些。说穿了，是想看看这类女人有什么下场。会和王梅一样，弄到一张结婚证吗？

老六怕小丁问起此事，想好了种种借口，可小丁从来不提。小丁像是怕知道结果，老六甚至怀疑她让他调查的用意。

那天晚上，老六给我写信，鼓动我来燕北市闯天下。老六说，你那个破民办有什么干头？三百块钱还不够喝二锅头呢，燕北市才是英雄用武之地。

在调查老板包二奶这件事上，老六确实表现出了超人的嗅觉。老六不但知道那个女人是老板的二奶，而且知道她受到了老板的冷落。老板现在另有他人。老六不知老板的钱有多少，但绝对七位数以上，不然，老板怎么频频更换女人？那时，老六已开始琢磨，批发部的利润究竟有多大。老六无法走进批发部的心脏，无法弄清它的秘密，可是老六是个不会服输的家伙，越弄不清楚，越喜欢琢磨。

那天沙尘暴肆虐燕北市，老六和老马、闷瓜在屋里猫着。老六正给两人讲笑话，呼机嘟嘟响起来。老马嘲笑他，你要那玩意儿干啥？那是拴狗绳。老六来不及反驳老马，匆匆忙忙出去。小丁说她病了，要老六立刻去她那儿。老六打车过去，刚上楼梯没几步，呼机又杀猪似的叫起来。小丁告诉他，她已到了第四医院，让他速去。老六赶到第四医院，小丁正在门诊外的椅子上坐着。她罩着头纱，老六看不清她的表情。

老六直奔过去，抓住小丁的手，问她什么地方不舒服。老六不放过任何一次抓手的机会。

小丁说你怎么才来，忽然哽咽起来，且不时地捶打老六，招惹得许多人投过目光。

老六说对不起，出租车司机全是沙眼，一遇这种天气，他们分不清东南西北，能找到这儿就很不错了。

小丁扑哧笑出声，骂老六鬼话连篇。

老六说，我的小乖乖……

小丁捂住他的嘴，不许你这么叫，多肉麻呀。

老六说，我的小西瓜。

小丁说，别贫了，什么西瓜，还冬瓜呢。

老六说，我喜欢吃，看见人都香。

小丁骂老六是披着羊皮的狼，说我以前怎么没发现，让你害了还不知道呢。

小丁抽出手。老六问她哪儿不舒服。

小丁说，吹眼里沙子了。

老六像是见了鬼，鼓着眼球，定在那儿。折腾了半天，仅仅是因为几粒沙子？

小丁没在意老六的表情，说，刚才一哭，全出来了……你发什么呆？

老六说，我家的祖传秘方，怎么让你偷了去？老六把自己的不悦掩饰过去。小丁没长出可爱样——当然是正面看，却常常玩娇气。这一点儿无论如何不及王梅，甭说眼里揉沙子，就是扎几个钉子也不会大呼小叫。

老六突然觉得没意思。老六想把他的调查结果告诉小丁，让这一切马上结束，可是小丁缠了老六的胳膊说，我们走吧。老六只好把快要吐出来的话咬碎，咽回去。

两人吃完饭，回到了小丁那儿。老六第一次产生了逃离的欲望，可小丁将他摁在沙发上。小丁的情绪很好，她给老六削苹果。削好了，并不递给老六，而是将苹果切成小块儿，用牙签扎了，让老六咬。老六怕咬了小丁的手，每次用牙齿咬住，先拽回嘴里，然后才开始咀嚼。一个苹果没吃完，老六的脖子和牙床都发酸。小丁问老六还吃不，老六忙说不了，我牙不好。其实，若是大口嚼，老六一口气吃七八个苹果不成问题。

　　小丁打开电视，让老六看，她则翻阅一本杂志。电视频道是小丁调好的，里面一个精瘦的厨师正教人们如何做菜。老六喜欢武打片，他摁了半天，选中一个。小丁瞄他一眼，看点儿别的吧，打打杀杀的多没品位。不由分说又调了过来，又说，你不是爱吃吗？会做才会吃。老六的脑袋被味精、麻油、酱油一搅和，脑仁几乎要流出来。小丁忽然凑近老六撒娇道，喂我瓜子。老六便剥了瓜子，喂小丁。老六剥一粒，小丁伸一次舌头，蛇信子似的一伸一缩，伴着嘶嘶的响声。

　　老六在教我如何应付女人时，举例说，小丁把孙子兵法用上了。在军事上，这叫占据有利地形，进可以攻，退可以守。

　　喂了一会儿，小丁忽然要洗脚。她打来一盆水，将脚伸进去，用力咕了几下后，让老六给她搓。老六陡地站起来，小丁的眼里扑噜飞出两只吃惊的鸽子。老六却将袖子挽了，蹲下去。老六没看小丁，但他知道小丁的耳根红了。老六站起的一刹那，确实有些生气，想走，可他马上又意识到这可能是小丁抛过来的一个信号。

　　小丁的脚白白胖胖的，很绵乎。老六轻轻揉捏了几下，小丁便呻吟起来。小丁闭着眼，两颊渐渐涌上潮红。老六看见她的胸部微微颤着，如微风中噙着露珠的花朵，身子向四外摊着，两手却想抓住点儿什么。

　　老六觉得机会来了，啃不上西瓜，白菜也得啃一棵吧。

老六将一只手搁在小丁胸部，小丁没什么反应。老六正要动作，小丁突然睁开眼，问，几点了？

时钟已指向十点。

小丁把脚拽出来，天不早了，你回吧。

小丁轻而易举地恢复了常态，老六却不行。他的思维僵着，身子僵着，好半天才站起来。

九

我投奔老六是在冬日。那个冬天温度居高不下，过去白茫茫的坝上草原如今黄蒙蒙、灰乎乎的，狗舔了一样。我和乔小燕约会都不用穿棉衣了。隔着单衣，我一下子就能摸着她的乳头。虽说这样的冬天让人发慌，可也为我和乔小燕提供了方便。我想让乔小燕去我的办公室，那张办公桌把我的邪火全勾了出来。可是乔小燕和我进树林、钻草垛，甚至去她家的粪房，就是不去我的办公室。我不明白，乔小燕没被蛇咬，咋也怕井绳呢？

放假前夕，我和村长吵了一架。我的工资提了，但至今没发到手，民办教师的工资理应由乡里出，可村里没交齐提留，乡里便把工资抵顶到村，据说叫转移支付。村里的提留都是由乡里收的，收起的乡里已拿走了，没收起的村里当然也没办法收。我找乡里，乡里让找村里，我找村里，村里让找乡里。我不敢和乡长吵，但我敢和村长吵，谁让村长是我二叔呢。村长吵急了，说，该着也是钱，全村人都倒欠，就你兜里有票子声，你有啥不知足的？

我一气之下，离开了坝上草原。没有钱，我怎么娶乔小燕？就算乔小燕同意，我也有脸呢。我计划只干一个寒假，可一到那儿，老六就没再让我回来。这么说有点儿冤枉老六，桃红柳绿的燕北市让我馋呢。

那时节，老六已和那个寂寞的女人上了床。

事情的结果是老六始料未及的。那天，老六喝了一瓶二锅头，可怎么说也不是二锅头惹得祸。老六的酒量已经恢复了，一瓶酒算个鸟。那天，小丁原说让老六陪她回家，可走到半路上，小丁忽然想起她约了人看电脑去的，撇下老六，匆匆走了。老六在街头吃了碗拉面，喝了瓶二锅头。老六已请了假，批发部他可回可不回。老六行走在高楼大厦之间，他自然而然地想起了那个女人。她现在干什么呢？这个问题勾得老六眼皮子直跳。

老六到了那儿，已是下午。老六不清楚女人是否会出来，他和老花工聊了会儿天。老花工说他的儿子和儿媳正闹离婚，他老伴劝说不住，喝药要挟，差点送了命。老六正想安慰老花工几句，那个寂寞的女人从楼梯口闪出来。她没有像别的女人那样抱只猫或牵只狗，而是空着两手。没等老六做出反应，她已向老花工和老六走过来。老六呆呆地望着女人，不知她要干什么。

女人径直走到老六面前，问老六能不能帮个忙。女人说她想把家具挪个地方。老六没有理由不同意，他跟在女人后面上了楼。有几次，老六踩空，险些闪了脚。那个女人瞄着他，眼神怪怪的。

进屋后，女人咔地将门锁了。老六觉得什么地方不对劲，心虚地冲女人笑笑。女人二话没说，抬手扇了老六一个耳光。老六愣了一下，叫，你凭什么打人？女人站在老六面前，像一根缺少水分的竹子。她冷冷地盯着老六，问，是不是他让你来监视我的？老六说，我听不懂你的话。女人说，他有什么理由监视我，为什么他不来？老六说没有谁让我监视，你弄错了。说着，老六就要走开。女人拦住老六，不说清楚，你今天别想走。女人一旦胡搅蛮缠，铁嘴钢牙纪晓岚也没辙，何况老六？老六开始考虑脱身的办法，可是女人推搡着老六，老六栽在沙发上。

女人渐渐安静下来，她甚至为老六倒了杯水。女人说，这些日子你一直监视我，别以为我不知道。那天，我悄悄跟踪了你，看见你走进了批发部，我就晓得怎么回事了。别怕，我不会告诉他。现在，你只回答我一个问题：那个女人是谁？她在什么地方？

这是一个被醋泡得几乎发涨的女人。老六盯着女人鲜艳的嘴唇，莫名其妙地笑了一下。老六想起了王梅，他不明白为啥包养对女人有如此大的魔力？她们不懂得恬不知耻，个个振振有词。这实在让老六之辈绝望。

女人说，你嘲笑我？

老六说，没有。

女人霸道地说，那你笑什么？

妈的，老子连笑的资格都没了。老六忽然问，他没答应和你结婚？

结婚？女人突然笑起来，眼泪都出来了。好半天，女人才收住，她恢复了冷漠的表情，道，别说废话了，回答我的问题。

老六说，我真的不晓得。

女人叫，说了半天你玩我。

老六怕女人再次发作，站起来直奔门口。可是，女人的速度比老六还快，她往前一扑，将老六扑倒。女人已经发作了，她连骂带咬，还抓老六的脸，老六躲避着。

那件事不知怎么就发生了。老六回忆过，可关于那个过程，他脑子里一片空白。

事毕，老六慌乱无措，不知如何收场。女人的暴躁被老六浇灭了，她拢拢头发，却突然说了一句让老六心惊肉跳的话：你强奸我！

老六猛一哆嗦，没……我没……

女人冷酷地说，我一句话，他们就会把你抓走。

老六盯着女人，冒出一个念头：马上逃离燕北市。这样一想，他反而不害怕了。老六逼近女人，将她抱起来，老六的胳膊哗哗地抖。女人骇然道，你要干什么？老六恶狠狠地说，强奸！女人挣扎了一下，没有挣脱。老六发了狠，他要毁灭女人，也要毁灭自己。在这个过程中，女人发出愉悦的呻吟，老六顿时一头雾水。

老六临走，女人又说出一句石破天惊的话。女人说只要老六答应每星期来一次，她就不告他，而且还可以给老六钱。女人说，我喜欢你。

老六答应了。那一阵，老六一脑袋莜面糨糊。

从楼里出来，老六像是做了一场梦。老六胸有成竹地啃西瓜，没啃上，小心翼翼地啃白菜，也没啃上，现在突然无缘无故啃了一片菜帮子。老六想，她是让我陪她睡觉呢，去他妈的。

老六想逃离燕北市。可第二天，他莫名其妙地痒痒起来，像是有几百只虫子挠着，怎么都控制不住。老六把寻呼机关掉，去了女人那里。

次日，小丁问老六怎么不回话，老六说没电池了。

老六上了瘾。每次老六都把自己骂得血淋淋的，而且发誓下次绝不再去。可过了没几天，老六就犯了瘾。老六不再像过去油腔滑调的了。小丁说老六稳重了，并补充说，男人就应该稳重些。

老六周旋于女人和小丁之间。老六不知自己更需要哪一个。那些日子里，老六是迷茫的。

我就在那个时候到了燕北市。

老六替我在市郊租了房子，开了家食品店。这是老六的主意。老六说人挣钱难，钱挣钱易。老六在批发部干了一年多，已有了一定的经验。

我和老六就这样开始了合作。老六特别忙，除了送货回来，我一般见不着他。

有一天，老六难得地回来了，他提了两瓶二锅头、一包猪耳朵，说是我来这么长时间了，还没请我喝过酒。我见老六神色疲惫，问他

268

是不是特别累，老六说，闯天下，累算什么？一副卧薪尝胆的气派。

刚启开瓶盖，老六的呼机哼起来。老六看了一眼呼机，说单位呼他，临走没忘了抿一口二锅头。

其实，那天是小丁呼他。

小丁让老六陪她回家。上一次，小丁陪朋友看电脑没回成，之后小丁一直没提，老六早就把这事忘了。老六已经知道小丁家在郊区，父母都是菜农。种菜收入不低，可小丁不喜欢，小丁说她学电脑，是为了换一种新的工作。

小丁在不知不觉中揭掉了她的神秘面纱。

仿佛为了断绝老六不该有的念头，小丁说老六和她回家是有任务的，她的父母一直为她不找对象数落她，今天拉老六充充数，堵堵父母的嘴。小丁说，你不介意吧？老六笑笑，愿为你两肋插刀。老六想随便一些，可小丁不干，她陪老六买了一套西服，让老六理了发。那套西服花去八百多块，好在钱是小丁掏的，她说权当是给老六的报酬。

小丁的父母十分客气。客气是一种距离，客气的背后是冷漠和拒绝。小丁的父亲稍好一些，小丁的母亲则用一种挑剔的目光剥着老六，一副开膛破肚的架势。老六忍受不了这种目光，心里很别扭，想走。后来，老六见到了小丁的嫂子，他掐断了自己的想法。他说不清楚是怎么回事。小丁的嫂子不好看也不难看，从她对公婆的态度上，一望便知是那种老实、善良的女人。

吃饭时发生了不愉快，起因是老六突然问有没有二锅头。老六的话使小丁的父母愣了一下，小丁的母亲指着桌上的燕北春说，这酒很贵的。老六说我没那个意思，我就喜欢二锅头。小丁生气地说，家里有酒精，你喝不喝？结果，那顿饭双方都吃得没滋味。事后，小丁说老六是狗肉上不了台盘。

十

老六终于发现了批发部的秘密：批发部一半是真货，一半是假货，借着真货的掩护批发假货。那天，老六的眼珠像充了电。他把他的计划跟我说了，我吃了一惊，问这行吗？老六说，别人能卖咱们为什么不能卖？到处是假东西，根本没人管。假货的利润馋得我都流口水了。我说那就干吧。

不久之后，乔小燕来到了燕北市。我已知道了老六和王梅各奔东西的事，怕乔小燕被人摘去，让她住几天就回。可乔小燕说怕我在城里学坏，要守着我，挣够了钱，回去结婚。

老六从批发部搬出来了，和我们一块在郊区租房子住。我和老六住一间，乔小燕住一间。老六让乔小燕在家里做饭，不让她介入食品店的事。这一点儿让我受用。我一直以为老六从批发部搬出来是因为那儿不方便，可是我很快就发现不是这么回事，老六似乎是为了监视我和乔小燕。他把乔小燕看得很紧，就连乔小燕穿什么衣服他都管。要是乔小燕衣服的开口低，老六多半会说，别学城里人，多难看。我和乔小燕没有亲热的机会，吃一口桃要费不少周折。那时，老六的计划已经生根发芽，但老六还没有具体实施，大约是没有机会吧？

那些日子，无论多晚，老六都要赶回来。

我把乔小燕办掉的念头越来越强烈。其实，这个主意最初的创造者是老六。我偷偷把食品店的地址告诉乔小燕，老六一走，乔小燕就跑到食品店，在老六回来以前赶回去。我俩成了地下工作者，食品店没人时，我就和乔小燕亲热，但是一直没能把她办掉。

一个阴雨绵绵的日子，乔小燕没来店里。没有顾客光顾，店内冷冷清清。我翻着一本旧杂志，百无聊赖地打发着时光。门突然开了，老六浑身透湿走进来。我问他是不是有事，为什么不打车。老六没回答我，让我给他弄一瓶二锅头。老六没有让我，他背对着我，独自喝起来。

老六和那个寂寞的女人闹崩了。那个女人和老六工作时，嘴里老说一些莫名其妙的话，诸如疼死我了，你个傻家伙，想死我了。老六不知这是调情，以为女人确实喜欢他，这让老六阴暗的心多多少少有了一丝安慰，他是和一个爱她的女人做爱呢，并不是生意。可那天，女人把老六的头摁到她的下身，示意老六舔她。老六一下火了，他说老子还贱不到这个份儿上，他穿了衣服要走。女人冷冷地说，别忘了我们之间是有协议的。老六说，那你就告吧，老子才不怕呢。这时的老六已不比当初，他把这个女人看透了，知道她绝不敢告他。老六把女人绝望的号叫声甩在身后。

老六离开女人后，也躲了小丁几天。那一阵子，小丁执着地对老六进行强化训练。小丁很霸道给老六定了几条纪律，如老六可以喝低度白酒、啤酒、干白干红之类，就是不能喝二锅头；小丁每天检查老六的手指甲，看是不是有污垢；老六吃饭不能大口地嚼，不能弄出声音；等等。老六实在烦透了。小丁明显想把老六改造成她心目中的样子。小丁撒娇的次数多起来，但绝不让老六动手动脚。

小丁呼了老六好多遍，老六都没有回电。小丁气呼呼地找到批发部，找老六问罪。小丁见老六明显消瘦了，当着众人的面在老六脸上摸了一下。老六小声说，别这样。小丁说，这样咋啦？我愿意。

老六和小丁回到小丁的住处。老六恍恍惚惚，老是心神不定。小丁追问再三，老六就说，我见到了你哥包养的女人。可是小丁的脸上平平淡淡的，一点表情都没有。小丁说，其实，知道了又咋样？没人管得了他，我只是觉得嫂子怪可怜的。小丁突然意识到什么，她紧紧逼住老六，你什么意思？老六说，我有啥意思，这不是你交给我的任

271

务吗？小丁问，你是不是想离开？没等老六说话，一场暴风雨劈头盖脸砸向老六，小丁骂，你不就是想走吗？走，走得远远的，你这个没良心的……小丁缩在沙发上，呜呜哭起来。她的膀子一耸一抽，万分悲伤的样子。

那一刻，老六确实感动了。他坐在小丁身边，抓住小丁的手。小丁抽出去，让老六滚远点儿。老六扳小丁的膀子，小丁猛地拱到老六怀里。老六抱紧了小丁。之后，老六和小丁咬在一起。小丁含混不清地呻吟着，身子瘫软如泥。但老六不敢造次，不敢碰她别的地方。

终于分开了。老六舔舔嘴唇，嘴唇有些麻。

小丁揉揉眼，说，你真流氓。

老六讪讪笑着。他没心思油滑。

小丁去卫生间洗了脸，出来之后，她平静地问老六打算什么时候离开她。她的样子一本正经，绝对不是开玩笑。

老六疑惑了。

小丁说，我不怪你，人各有志，你走吧。

老六站起来，向门口走去。他感觉到身后小丁的呼吸硬了。

小丁突然喝道，老六，你这个王八蛋。

小丁奔过来，狠狠砸着老六，你走！你走！！你走！！！可是她的胳膊将老六缠住了。

小丁恨铁不成钢地说，我喜欢你，你这个傻瓜。

老六一直盼望小丁能说出这句话，可小丁表白后，老六不但不感到惊喜，反有些沉重。她像一块儿石头堵在了老六心口。

半个月后，老六和小丁有了实质性的进展。那天是小丁的生日，两人喝了一瓶干红葡萄酒。小丁两腮带着醉红，脸虽然长了些，但一副玲珑剔透的样子。小丁问老六爱不爱她，老六说爱，小丁让老六对天起誓，老六按小丁的要求做了。小丁说了句掏心窝子话，她一直很自卑，是老六让她看到了生活的美好。小丁让老六一辈子都爱她，她一改往日的含蓄，说要在生日这天把她郑重地交给他。

一切都朝着老六预想的方向发展。

老六洗澡出来，小丁已在床上躺着了。她身上盖了块毯子，可是曲线分明。她的眼睛躲闪着，一半胆怯一半含羞，什么是含苞待放？这就是。老六走过去，揭了盖在她身上的毛毯。小丁的身子洁白、丰满、迷人。老六的脑袋涨了一下，艰难地咽口唾沫。这时，小丁努了努嘴，老六看到床头上的避孕套。老六迟疑间，那个寂寞的女人跳到老六面前，拦住了老六。老六不忍心这么欺骗了小丁，小丁还是棵嫩白菜呢。

老六坐在床头，讲了那一切。

老六被小丁赶了出来，到了大街上他才感到小丁那一巴掌的厉害，他半个脸都肿了。和小丁的结束意味着工作的终止，老六没再回批发部。

那天，我要了点儿小计谋，乔小燕同意让我办她，我当即关了食品店的门窗，我知道过了这一阵乔小燕没准又改了主意。我像一个窃贼，狠狠地剥着她的衣服。食品店的门就是那时被砸响的，我和乔小燕未能如愿。我打开门，看见了几个穿灰色制服的公家人，脸立刻绿了。

他们不是冲我和乔小燕来的，他们是冲食品店来的。

东西在那儿摆着，无须费什么口舌。他们没收了东西，查封了门店，当然还要罚款。顺藤摸瓜，燕北市最大的假货批发部浮出水面。

这件事本来和老六与小丁的破裂没关系。可发生得凑巧，老六便有了告发老板的嫌疑。

十一

老六说，无论那个寂寞的女人，还是小丁，谁也没有爱过他。老六说，小丁爱他不假，可她仅仅爱他这个人，她不喜欢他的身份，厌恶他身上所有的习惯。老六和她们的距离不是钱的事儿，就是有钱，她们未必瞧得起他。若说来燕北市挣钱是初级阶段，现在老六已进入高级阶段了，他决心在燕北市生根发芽，当然还要结出果实。

那几日，为了躲避老板的报复，老六领着我和乔小燕从城南逃到城北，从城东逃到城西。老六脸上没有"泄气"这两个字，他依然信心百倍，终究要打出一片天下的样子。

日子平静了一段后，老六和我分头出去找工作。老六已不满足于为别人打工，他考察了燕北市的书报市场，决定搞报刊批发。老六说，报刊批发看着不起眼，其实是块儿肥肉。

办下执照后，老六领着我和乔小燕逛了趟商场。乔小燕来一年多了，还没有正儿八经进过城。商场里琳琅满目，看得人眼珠子都是蓝的。乔小燕拽着我，怯怯地迈着步子。乔小燕的啧啧声让我惭愧，我发誓，以后有了钱开着卡车来买东西。

从商场出来，迎头遇见王梅，真是没有想到。王梅推着一辆儿童车，车内坐着两个白白胖胖、一模一样的婴儿。王梅虽不是珠光宝气，但她的打扮很难使人相信她是从乔家围子走出来的，曾经是老六要啃的西瓜。

王梅很高兴，她说一直想去看我们，可不知我们在什么地方。

老六扫了王梅一眼，目光便咬住了那一对双胞胎。双胞胎集中了王梅所有的优点，他们的脖子尤其灵活。老六的预言很准，王梅绝对是一块肥沃的土地，就老包那尿样，还能种出俩来。

乔小燕想摸摸婴儿的脸，老六咳嗽一声，她忙缩了回来。

老六笑着对王梅说，恭喜你，改日来玩哦。拉着乔小燕走开了。

那天吃饭时，老六老是盯着乔小燕看，眼神怪怪的，让人琢磨不透。老六开始实施他的计划了。但是，老六不给我和乔小燕透露半点儿，只是轻描淡写地说，小燕也该出去找个工作。

乔小燕一脸喜色，我早就不想在家里待了，我都快长出毛了。

我说，咱们一块儿干吧。

老六没吱声，他把头深深地埋下去，似乎要把碗吃掉。

我和老六开始了报刊批发，没想到生意很火。老六让我负责批发，他颠来颠去搞外围。

老六给乔小燕找了份工作，是钟点工，对方是燕北大学教授，工资不低。老六的口气似乎这份工作是他凑巧碰上的，他没有把找这份工作的过程讲出来。我不明白老六为什么不让乔小燕帮忙批发报纸，而去干钟点工。老六说你不懂，咱们这个行当说不定有风险。

果然让老六说中了。那天，我和老六在地道桥遭到了几个不明身份人的殴打。起先以为是老板的人，后来才知道他们也是批发报纸的，他们要老六和我滚出他们的地盘。老六哪会服软，无奈对方人多，老六和我头破血流。

其实那点伤算不了什么，真正让我受伤的是老六。我和老六回家后，乔小燕吓坏了，她打来水让我俩洗脸。吃饭时，乔小燕突然说她不想再去当钟点工了。老六瞟她一眼，怎么？你也想尝尝挨打的滋味？乔小燕没再说话，可她的样子很委屈。

我觉得乔小燕肯定有什么心事，饭后，我把她拽到一边。乔小燕告诉我，那个姓梁的教授老是对她动手动脚的。我担心的事发生了，我怒火中烧，想去把那家伙揍一顿，乔小燕拦住我。我抱着乔小燕，说，放心，我不会再让你去了。乔小燕泪眼蒙眬地点点头。

我跟老六说了，老六脸上什么表情也没有。半夜里，老六把我喊出去，来到城郊的田野。

老六说，有些想法，咱们应该沟通一下。

我有点儿紧张，我还没见老六这么严肃过。我看不清他的面孔，但他的声音告诉我，他和我说的事非同一般。

老六说了他雄伟的计划，我蒙了，如遭雷轰。老六想让乔小燕留在燕北，做一个真正的燕北人，老六要让乔小燕做第二个王梅。

片刻的惊呆之后，我叫了一声，突然扑向老六。我没想到老六变得这么残酷，即使不为我想，怎么也得为乔小燕想吧。梁教授四十多岁，这个鲜桃怎么能让他咬去？老六一声不吭，任我的拳头在脸上、头上、两肋上砸着。

老六被我砸倒。我也累了，呼哧呼哧喘着气。

老六声音冷酷地说，如果你喜欢小燕，你就应该让她幸福。

我说，去你妈的吧，让她嫁给四十岁的男人，你这是往火坑里推她。

老六说，我理解你，我也同样痛苦过。可是你现在看看王梅，她哪儿不比咱们强？小燕肯定要比王梅的结局好，梁教授有文化，工资高，他和妻子两地分居，感情一直不好。

我质问他，原来是你故意安排的？

老六说，我不打没把握的仗，小燕是委屈了些，可她的下一代就是真正的燕北人，胖子，这一切你能给她吗？

哦，对了，我就是那个为了出气让老六偷家里鸡的胖子。二十年前，老六替我拿主意，二十年后，依然如此。

我嘿嘿怪笑起来。

老六说，你笑什么？

我说，你让乔小燕去吧，反正我是把她办了。

老六嗖地坐起来，他揪住我的领子，你再说一遍。

老六的气急败坏让我解恨，我故意大声说，我——把——乔——小——燕——办——了！

我日你个娘！老六猛地掐住我的脖子。老六想把我掐死。我拼命挣扎，无奈我力气太小，老六的手如两只巨钳。

我快要窒息了，老六突然松手，捂着脸哭起来。我没见男人哭过，尤其没见老六这样的男人哭过。他哭声不大，哽哽咽咽，悲痛欲绝，像是被人骗了。

我开始考虑老六的话了。我爱乔小燕，千真万确，我为她可以把五脏六腑掏出来。可是，除了掏出这些杂碎，我还能给乔小燕什么？那个鲜桃终究会被坝上草原长年不绝的西风榨干。夜色茫茫，我突然有了一种悲壮感。

我说，别哭了，我是想办她，可还没来得及。

老六停止了抽泣，他想从我脸上证实一下。我的脸隐在夜幕的后面，老六看不见。但老六闻出来了，老六是狗鼻子嘛。

老六拍拍我的肩，这是老六自信外露的表现。老六说，小燕不会掉价。

天亮时，我和老六互相搀扶着走了回去。乔小燕看我俩浑身是血，脸都变白了。乔小燕让老六报警，老六虎着脸说，你走你的。乔小燕看我，我说，打江山哪有不流血的。

乔小燕迟迟疑疑地走了。

我的心砰的一声碎了。

那些日子，我老是梦见乔小燕被追杀，她浑身是血，哭喊救命，我想救她，可我的手被人绑了，我想喊叫，可我的嘴被人封住了。我从梦中惊醒，大汗淋漓。

白天，我和老六拼拼杀杀的。燕北市有两家报刊批发商，他们容不下老六。老六说，我们没有退路了，江山是打出来的，豁出命，怕它个卵。我一向怯懦，可那些日子打架比老六还玩命。

我和老六总算有了一块地盘。

那天，老六为了庆祝我们暂时的胜利，买了一包猪耳朵、一瓶二锅头。我拿着酒瓶倒酒时，突然抽搐了一下。酒瓶碎裂了，二锅头洒了一地。老六问怎么了？我没回答。我知道，乔小燕被梁教授啃了。

<h1 style="text-align:center">十二</h1>

事情像老六预料的一样，梁教授喜欢上了天生丽质的乔小燕，并让乔小燕怀上了他的孩子。梁教授答应和感情不和的妻子离婚，娶乔小燕。乔小燕的肚子一天天大了，梁教授的离婚证也没拿到。梁教授千不该，万不该，不该提出让乔小燕做掉孩子。

老六带我去找梁教授谈判。这个一脸肥猪肉的家伙什么条件都答应，就是不答应和乔小燕结婚。他说，婚我是离不了，你们看着办吧。

我不能让乔小燕白白受了委屈，想着乔小燕那凄楚的样子，我狠极了。我抓起暖水瓶，砸到梁教授脸上……

没错，那个戴手铐的人就是我。我不后悔，有啥可后悔的？老六说，小燕终究会成为燕北人。老六说，坐牢也是资本，许多暴发户都坐过牢。老六说道路是曲折的，前途是光明的，谁也别想把咱踩倒。

我知道，老六又有了下一步的打算。

胡学文

男，1967 年 9 月生。中国作协会员、河北作协副主席。
曾获鲁迅文学奖、《小说选刊》全国优秀小说奖、《十月》
文学奖、《北京文学·中篇小说月报》奖、《中篇小说选
刊》奖、《中国作家》鄂尔多斯文学奖、《青年文学》创
作奖、孙犁文学奖、鲁彦周文学奖、《钟山》文学奖，并
连获六届百花文学奖。

代表作品

长篇小说

《私人档案》

《燃烧的苍白》

《天外的歌声》

《红月亮》

《私人档案》

《漩涡》

小说集

《龙门》

《麦子的盖头》

《命案高悬》等十三部

有度文化   北岳好书房

龙　门

出 品 人｜续小强　　选题策划｜左树涛　　责任编辑｜左树涛

复　审｜席香妮　　终　　审｜古卫红　　书籍设计｜张永文

印装监制｜巩　璠　　项目运营｜有度文化·刘文飞工作室

投稿邮箱｜liuwenfei0223@163.com　　微信公众号｜bywycbs1984

微　博｜http://weibo.com/liuwenfei0223